神隠しの教室

山本悦子

丸山ゆき・絵

童心社

1

3

2

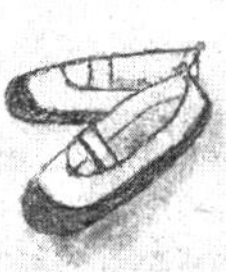

カンパン

4

5

卒業文集

MILK

6

保健室

手を洗おう

「加奈《かな》さん、またお腹《なか》が痛《いた》いの？」

担任《たんにん》の岡本《おかもと》先生の声に、加奈は顔を上げた。

「顔色悪いわよ。だいじょうぶ？」

「だいじょうぶです」と答えたものの、だいじょうぶなのかどうか自信はなかった。キュウッとしめつけられるような痛《いた》みは、どんどん強くなっているような気もする。つい体が前かがみになる。その様子を見て、

「保健室に行った方がいいわね」

岡本先生は、教室を見まわした。

「保健係」

保健係のバネッサが立ち上がった。

「保健室に連れて行ってあげて」

「はい」

バネッサは、加奈のそばまで来ると腕《うで》をとった。

「立てる？」

加奈《かな》はうなずいて立ち上がった。教室を出るとき、視線《しせん》を感じて振《ふ》り返ると、沙也加《さやか》と恵斗《けいと》が顔を寄《よ》せ合って話しているのが見えた。

（今、笑った？）

ドクンと、心臓《しんぞう》が大きく波打った。本当に笑ったのかどうかはわからない。でも、加奈には「笑った」ように見えた。

バネッサは、加奈の腕《うで》をがっしりとつかんでいる。これでは病人というより、刑事《けいじ》に連行される犯人《はんにん》のようだ。バネッサは、不機嫌《ふきげん》にも見える顔でだまって歩き始めた。

五年二組の教室は三階。保健室は一階だ。四年の教室の前を通り、階段《かいだん》に向かう。その間も、胃《い》はキュウッとつかまれるように痛《いた》む。必死にこらえながら歩いていると、急にみじめな気持ちになってきた。

二学期の始業式の朝、げた箱の所で会った沙也加に、「おはよう」と声をかけたが、無視《むし》された。それが、すべての始まりだった。沙也加だけでなく恵斗も舞《まい》も口をきいてくれないまま、二週間が過ぎた。思いきって舞に理由を聞いたけれど、「知らない」とつき放された。

沙也加だ、と思った。沙也加がきらいだと言ったら、みんなもきらいにならないといけないし、沙也加が口をきかないと言ったら、だれも話してはいけないのだ。

一学期、みんなで舞を無視《むし》したことがあった。沙也加から指示があったのだ。そのときは、加奈も舞とは口をきかなかった。理由は、わからなかった。同じことをされているだけだ。きっとすぐ終わる。舞のときも一週間ほどで終わったのだ。

でも、だれからも口をきいてもらえない一日は、信じられないほど長く、一人でいると気持ちが悪くなったり、お腹《なか》が痛《いた》くなったりした。

学校を休みたいと何度も思ったけれど、それはできなかった。母の友紀子《ゆきこ》に、同級生から仲間はずれにされている、と気づかれたくないから。

まだ、父の三回忌《かいき》がすんだところなのだ。交通事故《じこ》だった。それまで専業主婦《せんぎょうしゅふ》だった友紀子は、仕事を探《さが》し、加奈と保育園の弟の健《けん》を育ててくれている。

「お母さん、結婚《けっこん》する前は、会社にお勤《つと》めしてたのよ。だから、働くのなんて全然平気」

と言うけれど、疲《つか》れていることは、加奈の目から見ても明らかだった。この上、自分のことで心配をかけたくない。お母さんの前では、元気な子でいたい。でも、元気な自分を演《えん》じるたびに胸《むね》が苦しくなった。

（もうダメな気がする）

加奈が足を止めると、バネッサは、「どうする？　トイレによる？」と、たずねた。加奈はだまって首を横にふった。

三階から一階まで長い時間をかけて階段《かいだん》を下りた。保健室は、昇降口《しょうこうぐち》の向こう。一階の東端《ひがしはし》だ。西側には、一年の教室や職員室がある。

一年生の教室の方から、国語の教科書を読む声が聞こえてきた。全員そろって、同じ文を読んでいる。速さをそろえようとするせいで、妙《みょう》に間のびしている。

だまったまま歩いているのは、気づまりだったのだろう。保健室の前まで行くと、

「とうちゃーく」

バネッサは、勢《いきお》いよく保健室のとびらを開け、

「病人でーす。お願いしまーす」

元気な声を出した。

「……あれ？　早苗《さなえ》先生いないのかな」

その声に、加奈《かな》も顔を上げた。保健室の中にはだれもいなかった。

「職員室かな」

バネッサは、職員室の方を振《ふ》り返った。「待ってて、見てくる」

加奈は、保健室の中に入り、いすに腰掛《こしか》けた。窓《まど》の向こうに運動場が見える。どこも体育の授業はしていないのか、運動場はがらんとしている。

バタバタと足音を立てて、バネッサがもどってきた。

「へんなの。職員室、だれもいないんだよ」

バネッサは、とまどった顔で加奈に訴《うった》えた。

「何か、あったのかなあ」

バネッサは、廊下《ろうか》をもう一度確認《かくにん》したり、運動場をのぞいたりした。

「運動場もだれもいない」

そう言って、もう一度廊下《ろうか》に出て行った。でもすぐに、「やっぱり、おかしい。一年生の教室も二クラス
ともからっぽ」ともどってきた。

(一年が二クラスともいない?)

職員室に人がいないことより、一年生がだれもいないことの方が気になった。

(今、歩いてきたとき、どっちかの教室から音読の声が聞こえたのに)

バネッサは、そのことに気づいているのかいないのか、

「教室に帰ろう」

加奈の腕《うで》をとって立ち上がらせようとした。教室と言われたとたん、頭の中に沙也加《さやか》の笑った顔が浮《う》かん
だ。加奈は思わず、頭をぶるんと振《ふ》った。

「いいよ。ここで待ってる」

でも、バネッサは、「なんかヘンだよ。一回もどろう」何かにおびえるようにくり返した。

「ね、もどろう」

加奈は、しぶしぶ立ち上がった。階段《かいだん》の下まで行ったとき、だれか下りてくる足音が聞こえた。見上げる
と、男の子が下りてくるところだった。手すりをもちながら、所在なさげな足取りだ。

四年の子だ。すぐにわかった。各学年二クラスしかない小さな学校なので、名前は知らなくても学年くらいはわかる。男の子は、加奈《かな》とバネッサに気づくとほっとしたような表情になって、

「今日って、なんかあったっけ？」

突然《とつぜん》話しかけてきた。

「なんかって？」

「みんながいなくなるような、なんか」

男の子は、あわてて理由を言った。

「だってだれもいないんだ。どこの教室もからなんだよ」

二階を指差した。加奈とバネッサは、男の子の脇《わき》をかけ上がり、端《はし》の二年一組の教室をのぞいた。

「ホントだ。いない」

そのとなりの二年二組。「いない」そのとなり、「あれ？　ここもいない」

男の子は小さく「ほら」と言った。「だれもいないだろ。二、三年だけじゃないんだって。みんな、いないんだよ。ぼく、もう全部の教室見たんだから」

「五年生は？　五年はどうだったの？」

バネッサは、あせってたずねた。

「だ、か、ら、全部いなかったんだよ！」

「じゃあ、あんたは、なんでここにいるのよ」

めちゃくちゃな問いかけに、男の子は困《こま》ったような顔をした。

「図工室に、絵の具借りに行ってた」

「絵の具？」

「先生が、図工室なら予備《よび》があるから、借りてきなさいって」

確《たし》かに、男の子は、絵の具セットの袋《ふくろ》を下げていた。

「あ、あのね」加奈は、質問を変えた。「いつだれもいないことに気づいたの？」

「教室帰ったらだれもいなくて、へんだなあって。図工室って四年の教室のすぐ近くだし、いなかったのってほんとに二、三分なのに」

三階は、一番東が図工室で、階段をはさんで家庭科室、四年一組、二組と並んでいる。

「なんでだれもいないの？」

バネッサは、振《ふ》り返って加奈にたずねた。

「……避難《ひなん》訓練、とか？」

「避難《ひなん》訓練？　そんな突然《とつぜん》？」

確《たし》かにおかしな話だった。

「職員室に行ってみる」

男の子は、今思い立ったように階段《かいだん》をかけ下りた。

「待ってよ」

バネッサと加奈《かな》は、後を追った。すると、男の子は階段《かいだん》を下りきった所で立ち止まっていた。視線《しせん》の先に小さな女の子がいる。

「おまえ、一年？」

女の子は、ぽかんとした顔で三人を見ている。加奈は、女の子の前にしゃがみこんだ。胸《むね》の名札を見て、

「おおむらみはるちゃん？」

加奈が名札の名前を読むと、みはるはこっくりうなずいた。

「どこにいたの？」

「トイレ」みはるは、小さな声で答えた。

「一年一組だよね？」みはるは、またうなずいた。

「一年一組のみんな、どこ行ったか知らない？」

今度は、だまって首を横に振《ふ》った。

「こんなチビスケにわかるはずないじゃん」

男の子は、加奈に訴《うった》えた。

「あのね、だれもいなくなっちゃったんだよ」

バネッサが説明しても、首をかしげている。加奈は、みはるの手をとった。加奈が歩き出すと、みはるもついてきた。四人は、職員室をのぞいた。だれもいない。

「加奈、五年二組、見に行こうよ」

バネッサが言うと、

「いないって言ったじゃん」

男の子は、不満そうだった。

「自分で見ないと信じらんない」

バネッサは男の子を無視《むし》し、歩き出した。校長室の前を通り抜《ぬ》け、下りてきた東側の階段《かいだん》ではなく、西側の階段《かいだん》を上りはじめた。三階まで上ると、階段の横は六年の教室だ。階段をはさんで西側の奥《おく》が理科室だ。

三階はしんと静まりかえっている。

「ほら、三階もだれもいないだろ」

男の子が、言ったときだ。ガラガラと大きな音をたてて、六年二組のとびらが開いた。

「お~。なんだ、おまえら」

教室の中から、ボサボサの頭の男の子が顔を出した。

「聖哉《せいや》！」

バネッサがさけんだ。

「あれ？　バネッサ、何ふらふらしてんだよ。授業中だろ？」

「聖哉《せいや》こそ」

加奈《かな》は、バネッサと聖哉を交互《こうご》に見た。

「おれ、今来たんだけどさあ」

聖哉は廊下《ろうか》に出てきて、きょろきょろと周りを見まわした。

「だれもいねえんだよ。そろそろ給食なのに。どこ行ったんだろ？　おまえら知ってる？」

2……………………………五人だけ？

「だれもいないよ」

バネッサは、冷たく言った。それから、加奈に、「こいつ、同じ団地《だんち》の菅野《かんの》聖哉」と、短く紹介《しょうかい》した。

「聖哉って、いっつも遅刻《ちこく》なのよ。集団登校の班長《はんちょう》なのに。だから、副班長《ふくはんちょう》のあたしがみんなをつれてこないといけなくなっちゃうのよ。もう、信じられないでしょ」

バネッサは、おおげさに両手を広げた。

「どうでもいいだろ、ンなこと」

聖哉はふてくされている。

「それよりどうなってんだよ。だれもいなかったら、給食、どうなんだよ」

「そこ？　あんた、何しに学校に来てんのよ」

バネッサは、あきれた、と肩《かた》をすくめた。

「おまえ、何したんだよ」

聖哉は、バネッサのせいだとでも言わんばかりに食ってかかった。

「なんにもしてないわよ。どういうことか知りたいのはこっちよ」

バネッサも、負けずに言い返した。

「気がついたら、だれもいなくなってたんだから」

「だれもいないって、おれのクラスだけじゃねえの？」

「ちがう。みんな、いないの」

「ぼく、全部のクラスのぞいたからわかるよ」

男の子も言った。

「はあ？」

聖哉は、くちびるを片端《かたはし》だけ上げた。

「意味、わかんね」

「意味わかんないのは、あたしたちもいっしょだよ」

聖哉《せいや》は、まだ信じられないのか、何度も聞き直した。

「ホントに、おれたち以外いないの？」

「そうよ」

「先生も？」

「うん」

聖哉は、だまって二人のやりとりを見ている加奈《かな》に目を向けた。

「おまえ、だれだよ」

「私……小笠原《おがさわら》加奈。バネッサと同じクラスの」

加奈は、素直《すなお》に自己紹介《じこしょうかい》をした。

「そういえば、あんたは？」

バネッサは、もう一人の男の子にたずねた。

「村崎亮太《むらさきりょうた》、四年」

亮太は、メガネを指先で押《お》し上げた。

「あたしはダシルバ・バネッサ」

バネッサが名乗ると、

「知ってる」亮太は、短く言った。「五年のガイジンって、あんただけだから」

バネッサは鼻にしわを寄《よ》せた。

「ガイジンじゃないわ。ブラジルジンよ。ニホンジン」

加奈は、あわてて会話に割《わ》りこんだ。

「でも、バネッサは日本語ぺらぺらだし、漢字のテストもクラスで最高点とったりするのよ」

「へー」

亮太は気のない返事だ。

「この子は、おおむらみはるちゃん。一年生」

加奈は、みはるを紹介《しょうかい》した。みはるは、怖《こわ》がっているのか、顔を上げようとしない。

バネッサは、聖哉と亮太に、加奈をつれて保健室に行った話をした。

「保健室にだれもいなかったから、変だなと思ったのよ。早苗《さなえ》先生、保健室を留守《るす》にするときは、入り口横のホワイトボードに『先生は職員室です』とか『出張《しゅっちょう》です』とか書いておくのに、それもなかったし。で、職員室に行ったら、だれもいなかったのよ」

亮太は、図工室から教室にもどるまで、何も気づかなかったと言った。

「廊下《ろうか》に出たとき、静かな気がしたけど、もともと授業中だし」

「みはるちゃんは、トイレから出てくるまで、何も気づいてなかったんだよね」

加奈の問いかけに、みはるはだまってうなずいた。不安なのだろう。ずっと泣きそうな顔をしている。

「私とバネッサが保健室に向かっているとき、一年の教室から音読する声が聞こえてきたよね。バネッサ、気づかなかった？」

「そう言われてみれば、そうだよね」

バネッサは、みはるに、

「音読してたのって、みはるちゃんのクラス？」

とたずねた。みはるは、何も答えない。

「音読って、本を読むことだよ。みはるちゃんのクラス、みんなで国語の本、読んでた？」

「音読」の意味がわからないのかもしれないと思って、加奈《かな》は言葉をつけ足した。今度はわかったのか、みはるはこっくりうなずいた。

「そうなんだ。で、途中《とちゅう》でトイレに行ったんだね」

今度も、みはるはうなずいた。

「つまり、トイレに行ってる短い間に、みんながいなくなったってことか」

亮太《りょうた》は、探偵《たんてい》のように腕組《うでぐ》みをした。

「けど、そんなことってあるかな。一年生で、一人トイレに行っている子がいるのに、みんなでどこかに行っちゃうなんて」

亮太に言われるまでもなく、加奈もバネッサもおかしいと感じていた。

「あんたは、遅刻《ちこく》してきたらみんながいなかったんだよね」

バネッサに言われて、聖哉《せいや》は、「かな」と、あいまいな返事をした。五年や四年の教室をのぞき、だれもいないことを確認《かくにん》しても、聖哉は今の状況《じょうきょう》をそれほど深刻《しんこく》には受け止めていないようだ。

「どうせ、みんな、どこかに行っただけだろ。引《ひ》っ越《こ》したとかさ。ほら、このおんぼろ校舎《こうしゃ》、もうすぐ壊《こわ》すんだろ」

「バカじゃないの。そんなに突然《とつぜん》引《ひ》っ越《こ》すなんてあり得ないでしょ。だいたい、まだ仮校舎《かりこうしゃ》だって工事中じゃないの」

バネッサが反論《はんろん》した。体育館のとなりに、校舎《こうしゃ》を建て直している間に入る二階建てのプレハブの校舎《こうしゃ》が、二棟《とう》建てられている。ほとんど完成してはいるものの、まだ工事は終わっていない。

「じゃ、なんでおれらしかいないんだよ。意味わかんねえじゃん」

「だから、どうしたんだろうって考えてんじゃないの！」

バネッサは、イライラしている。加奈は、はっとした。

「もしかして地震《じしん》があったんじゃないの？　私たち動いてて気づかなかったけど、みんな避難《ひなん》したんじゃないの？」

「じゃ、みんな運動場？」

五人は、いっせいに運動場側の窓《まど》にかけよった。

「だれもいねえじゃん」

加奈《かな》も、聖哉《せいや》の横で外を見た。さっき見たときと同様、運動場にはだれもいなかった。

（あれ？　なんだか、へん）

加奈は、どこかに違和感《いわかん》を覚えた。どこがおかしいのか、すぐにはわからなかった。窓《まど》から見える運動場は、いつも見ている運動場と同じ。体育倉庫の位置も、その横の登り棒《ぼう》も、サッカーゴールも、いつもと同じ場所にある。新しい校舎《こうしゃ》ができるまでに入ることになっているプレハブの仮校舎《かりこうしゃ》もある。

視線《しせん》をもう少し先に伸《の》ばして、ようやく気づいた。本来、学校の門の向こうには、写真館がある。大きな看板《かんばん》は、校舎《こうしゃ》の中からも見える。横には国道も走っているし、家だってある。なのに、今、門の向こうは真っ白なのだ。何もない。

「ほら、学校の向こう、なんにもない」

「ほんとだ……」

みんな言葉をなくした。

「霧《きり》で見えないんじゃないの？」

亮太《りょうた》が言った。

「霧《きり》？　学校の外だけ？」

加奈の知識《ちしき》では、そういうことがあり得るのかどうかも断言《だんげん》できなかった。

突然《とつぜん》、聖哉が、元気な声を出した。

「よしっ！　外に出てみようぜ」

「えっ！」

加奈は、驚《おどろ》いた。見に行くなんて考えもしなかったのだ。でも、意外なことに、バネッサは聖哉に賛成《さんせい》した。

「確《たし》かめないと気になるじゃない」

行く気満々だ。

「ぼくも見に行く」

亮太も、確《たし》かめに行く方に賛成《さんせい》した。

「加奈は、ここにいればいいよ。見たらもどってくるから」

「みはるちゃん、どうする？」

みはるは、加奈とバネッサを交互《こうご》に見上げ、どちらにつくか迷《まよ》ったあげくに、バネッサの手をにぎった。

一人で残されるのは心細い。加奈はしかたなく、「私も行く」と歩き出した。

東階段《かいだん》を下り、一階まで行く。昇降口《しょうこうぐち》から外に出ようとすると、

「みいちゃん、靴《くつ》かえてくる！」

みはるが、あわてて靴《くつ》をかえに行った。ここには一年生から四年生までが使うげた箱があるのだ。

「ちっ。靴《くつ》なんてかえなくていいのに」

聖哉《せいや》が、あきれたように言った。

「そんなことより、靴《くつ》ってあるの？」

バネッサは、首をかしげた。でも、次の瞬間《しゅんかん》、げた箱のかげから、みはるが飛び出してきた。

「靴《くつ》、あったぁ」

「靴《くつ》、あるんだ」

亮太《りょうた》も、四年のげた箱にかけよった。

「あった。ちゃんとぼくの靴《くつ》だ」

「あたしたちも見てこようか」

バネッサが言った。五年の昇降口《しょうこうぐち》は、西側だ。「靴《くつ》かぁ」何気なく足下《あしもと》を見たとき、すぐ前にあった聖哉の足が目に入った。はだしだった。

「聖哉くん、上ばき、なんではいてないの？」

「え？」

聖哉はそう言われて、はじめてはだしだと気づいたようだった。

「はくの忘《わす》れてた。まあ、いいや」

と、はだしのまま歩き出した。バネッサと加奈《かな》も上ばきのまま外に出た。

運動場は、いつもの見慣《みな》れた運動場そのものだった。体育館も遊具も鉄棒《てつぼう》もある。

聖哉は、校門を目指して、運動場の真ん中をつっきって行く。四人はその後に続いた。

みはるは、加奈とバネッサの間に来て、二人の手をとった。加奈、みはる、バネッサの影《かげ》がMの字になった。加奈は、空を見上げた。

「ねえ、影《かげ》がこんなにくっきりうつるのに、なんで太陽が見えないんだろう」

バネッサも立ち止まって、空を見上げた。空は、一面真っ白だ。

「くもってるんじゃないの?」

「でも、こんなに明るいよ」

地面は、明るく照らされていた。でも、太陽はどこにも見えない。雲の切れ間も見当たらない。日差しがどこから来るのか、わからなかった。

門の前まで来ると、聖哉は立ち止まった。

「向こう、どうなってるんだろ」

近くまで来ても、やっぱり門の向こうは真っ白だ。何も見えない。視線《しせん》を上に伸《の》ばしても同じだ。

聖哉は、門柱に手をかけ、もう片方の手を伸《の》ばした。手は、なんの抵抗《ていこう》もなく伸《の》びた。

その後、五人で運動場の周りをぐるりと歩いてみた。フェンスで仕切られた学校の敷地《しきち》だけが切りとられたようになっていて、外はどこも真っ白だった。

（どうなっちゃってるんだろう）

真っ白な霧《きり》に囲《かこ》まれた学校を歩いているうちに、加奈《かな》の不安は、どんどんふくれあがっていく。それは、他の四人も同じらしく、みんな次第に口をきかなくなった。

加奈の頭の中に、白い闇《やみ》の中に、学校がぽつんととり残されている様子が浮《う》かんだ。しかも、この学校にいるのはこの五人だけなのだ。頼《たよ》りになる大人もいない。

一周まわって昇降口《しょうこうぐち》まで来ると、だれからともなく校舎《こうしゃ》の中に入った。昇降口《しょうこうぐち》の壁《かべ》に掛《か》かった時計は、一時十分をさしている。

「今ごろ、みんな給食食ってんだろうなあ」

あ～あと大きくため息をついた聖哉《せいや》は、「あれ？」と周囲《しゅうい》を見まわした。

「いい匂《にお》いがする」

その言葉に全員が、辺りの匂《にお》いをかいだ。確《たし》かにおいしそうな匂《にお》いがする。職員室の方向からだ。匂《にお》いをたどって、だれからともなく歩きだした。匂《にお》いの元は、一年一組だった。みはるが、はねるように教室に飛びこんだ。

「みいちゃんの給食だ！」

一年一組の机《つくえ》の上に、一つだけぽつんと給食がのっていた。

「ここ、みいちゃんの席だもん」

みはるは、席について、手を合わせた。

「いただきまぁす」

「じゃあ、おれの給食もあるかもしれない」

一番に走り出したのは、聖哉だった。

「ぼくも、教室に行ってみる」

亮太《りょうた》もかけだした。バネッサは、加奈を見た。

「私たちも行こう」

「でも、みいちゃんが……」

バネッサは、みはるの机《つくえ》の横にしゃがみこむと、「みいちゃん、私たちがお迎《むか》えに来るまで、ここにいてね」と言い聞かせた。みはるは、口いっぱいに給食をつめこんだままうなずいた。

バネッサに引っぱられて、加奈は三階まで上った。四年の教室の前を通ると、亮太が、「いただきます」と手を合わせているのが見えた。

五年一組にも、加奈とバネッサの給食が、同じように机《つくえ》の上にのせてあった。中華《ちゅうか》スープにごはん、春巻き、それに牛乳だ。

「食べよう」

バネッサが言った。加奈《かな》は、首を振《ふ》った。

「私は、いい」

食欲《しょくよく》がなかった。こんな時に食べられるなんて、どうかしてると、内心あきれていた。すると、バネッサが、「ごめん」と急に謝《あやま》った。

「お腹《なか》が痛《いた》かったんだったね」

そう言われて、加奈は、自分が腹痛《ふくつう》で保健室に来たことを思い出した。すっかり忘《わす》れていた。

「あとで、保健室に行こうか。お腹《なか》の薬があるかもしれないから」

「ううん、もう治ったみたい」

加奈は、意外な思いでバネッサを見た。バネッサは、教室では「辛口《からくち》コメンテイター」というあだ名がつけられていた。言いにくいことも、ずばっと言ってしまうからだ。

――バネッサといると、傷つくんだよねえ。

よく沙也加《さやか》が言っていた。沙也加がバネッサの悪口を言うので、加奈もバネッサには関わらないようにしてきたのだ。

(ホントはそんなにいやな子じゃないのかもしれない)

今までとはちがう気持ちで、バネッサの顔をながめた。

バネッサは、給食を口に運びながら、「食べられる分だけでも、食べた方がいいよ。今からどうなるか、わかんないんだし」と加奈を気遣《きづか》った。

言われるままに、加奈はもそもそと給食を口に運んだ。あるていど食べてから、辺りを見まわした。

「食器。どこに片付けたらいいのかな」

配膳台《はいぜんだい》の上には、食器を片付けるかごはなかった。

「いいんじゃない？　その辺に置いておけば」

バネッサはなんでもないように言った。

（そうだけど……）まだ器《うつわ》にはスープが残っていた。加奈が、ためらっていると、

「貸《か》して」

バネッサは、加奈の食べ残しをきれいに平らげた。そして、自分の食べた食器と加奈の食器を重ねて配膳《はいぜん》台《だい》にのせた。

「これでいいでしょ」

「ありがと」

加奈は、素直《すなお》にバネッサにお礼を言った。

「食ったよ」

となりの教室から、亮太《りょうた》が現《あらわ》れた。

「じゃあ、みいちゃんの所にもどろう」

三人が話していると、六年二組の教室から聖哉《せいや》が出てきた。

「めいっぱい食ってきた」

聖哉は、ゲエッと大きなげっぷをした。バネッサが、顔をしかめた。

「けど、まだまだ、全然腹《はら》ふくれねえんだよなあ」

「お腹《なか》もおかしいんじゃないの」

バネッサが憎《にく》まれ口をたたいた。

時間的には、そろそろ掃除《そうじ》の時間だった。この学校では、給食後は掃除《そうじ》の時間になり、そのあと昼休みをはさみ五時間目が始まるのだ。

「みんな、どこに行っちゃったんだろう」

加奈《かな》がつぶやくと、聖哉が鼻で笑った。

「みんながどこかに行っちゃったのか、おれらが、どこかに来ちゃったのか、どっちだと思う?」

加奈は、答えにつまった。冷静に考えれば、みんながどこかに行ったと考えるより、自分たちがどこかに来たと考える方が自然だろう。

(でも、どこに来たって言うの?)

今、いるこの場所も、歩いてきた廊下《ろうか》も、どこもかしこもいつもの校舎《こうしゃ》と同じだった。

(いつの間にか、別の場所に来てた、それって……)

加奈は、ここ数日の自分を思い出していた。

(私ののぞみ通りってこと……?)

加奈は、体全体がぞわぞわとあわ立つような感じに襲《おそ》われた。

3 ……………………… いなくなった子どもたち

一年一組の身体計測《けいそく》の途中《とちゅう》に、養護教諭《ようごきょうゆ》の小島早苗《こじまさなえ》は、「あれ」と思った。大村《おおむら》みはるの姿《すがた》がないのだ。

「安藤《あんどう》先生、みはるちゃん、今日お休みでしたっけ」

担任《たんにん》の安藤にたずねると、「休みじゃないですよ」安藤は、保健室の中をきょろきょろ見まわした。

「おかしいな、さっきまでいたのに」

「みいちゃん、トイレに行ったよ」

女の子の一人が言った。

「え?　トイレ?」

安藤は、「ちょっと見てきます」と、保健室を出て行った。担任《たんにん》の姿《すがた》が見えなくなったとたん、子どもたちはざわざわし始める。

「はーい、みんな、静かに。お口チャックです。測《はか》り終わった人は、こっちに並んで座りますよ」

早苗《さなえ》は、担任《たんにん》に代わって子どもたちに指示《しじ》を出した。体操服《たいそうふく》にハーフパンツという姿《すがた》の子どもたちが、体育の授業のときのようにひざを抱《かか》えてちょこんと座った。

早苗が子どものころは、身体計測《けいそく》と言ったら、当たり前のようにパンツ一枚だった。今は、みんな体操服《たいそうふく》で測《はか》る。しかも、体重や身長を声に出して読み上げることはしない。低学年は、声に出して言ったっていいのになと、早苗は思う。小さい子たちは、大きくなったのを自慢《じまん》したくてしかたないのだ。

夏休みあけの身体計測《けいそく》は、子どもたちの成長が一番よくわかるときだ。しっかり眠《ねむ》って、しっかり遊べる夏休みは、子どもの体をぐんと成長させる。

だが、なかには四月の身体計測《けいそく》から九月までの間に体重が減《へ》っている子がいる。小学生では、身長も体重も増《ふ》えるのが当たり前なので、減《へ》っているときは、何かしら問題を抱《かか》えていることが多い。

みはるは、そんな心配のある子だった。四月の身体計測《けいそく》のあと体重は量《はか》っていないので、やせたかどうかははっきりしない。でも、九月の始業式、体育館で見かけたみはるは、頬《ほお》がこけているように見えた。日に焼けたせいかもしれない。背《せ》が伸《の》びたせいでやせて見えることもある。

でも、それだけじゃないような、いやな予感もしていた。身体計測《けいそく》のとき、いろいろ確かめたいなと思っていた。だからこそ、みはるがいないことにすぐ気がついたのだ。

「みいちゃん、体操服《たいそうふく》着てこなかったから、体重量《はか》るのやだなあって言ってたよ」

一番前にいた子が、言いつけるような口調で言った。

「今日、長そでの服着てたもんね」

となりに座ってた子も、同じような口調で言った。

(長そで?)

早苗は、首をかしげた。暦《こよみ》の上では秋とはいえ、まだまだ暑い。それでなくても、小さい子はすぐ汗《あせ》びっしょりになるのだ。長そでで登校する子は、まずいない。

(風邪《かぜ》でもひいているのかな)

みはるを探《さが》しに行ったまま、安藤《あんどう》は、なかなか帰ってこなかった。みはる以外のクラス全員の身体計測《けいそく》が終わっても、もどってこない。どうしようかと迷《まよ》っていたら、ようやくもどってきた。

「みはるちゃんが、いません」

安藤は、救《すく》いを求めるような目で早苗を見た。

「いないって……。他のトイレも見てみた?」

安藤は、うなずいた。

「学校中のトイレを探《さが》したんですけど、いなくて……。廊下《ろうか》にも、教室にも。どうしたらいいんでしょう」

まだ教員になって三年目の安藤は、どうしたらいいかわからずおろおろしている。早苗は、とびらの横のインターホンを手にとった。このインターホンからは、学校中の教室に電話がかけられる。職員室に連絡《れんらく》をとる。

「保健室の小島《こじま》です。一年一組の大村《おおむら》みはるちゃんが、トイレに行くと言って保健室を出たままもどってきません。……はい、担任《たんにん》の先生が学校中のトイレを探《さが》したんですが、見つからなくて。……はい。お願いします」

ガシャンと受話器を置くと、できるだけ明るい声で安藤《あんどう》に指示《しじ》した。

「職員室にいる先生方が手分けして探《さが》してくれるから、すぐ見つかるわよ。安藤先生は、子どもたちをつれて教室にもどってて。だいじょうぶ。すぐ見つかるわよ」

三時間目は、あと五分で終わろうとしていた。一年一組が保健室をあとにすると、

(さて、私はどこを探《さが》せばいいかな)

早苗は、ちょっと考えた。たった一棟《とう》しかない小さな学校だ。何人もで中を探《さが》す必要はない。なら、外か。

職員用のげた箱に向かおうとしたとき、

「早苗《さなえ》せんせーい!」

五年の担任《たんにん》の岡本《おかもと》が階段《かいだん》をかけ下りてきた。

「先生、すみません。お世話おかけしました」

「え?」

なんのことかわからなかった。答えにつまっていると、

「うちの子が、保健室に行ったと思うんですが。小笠原加奈《おがさわらかな》です。保健係のバネッサがついて行ったんですけど――。バネッサも帰ってこないし、どうしちゃったかと思って」

「来てませんよ。今、一年一組の身体計測《けいそく》をしてて、ずっと保健室にいましたけど」

岡本はキツネにつままれたような顔になった。

「二人とも帰ってきてないんですけど」

早苗と岡本は顔を見合わせた。

「ひょっとしたら、職員室に行っているかも」

岡本は、職員室に小走りで向かった。早苗も後を追った。職員室のとびらを開けたとたん、

「四年二組の村崎亮太《むらさきりょうた》が、図工室に絵の具を借りに行ったまま帰ってこないそうです」

インターホンを片手に六年の担任《たんにん》の三浦《みうら》が、報告《ほうこく》しているのが聞こえた。

「おいおい。今度は四年生か。どうなってるんだぁ」

机《つくえ》に向かっていた教員が、あきれたような声をあげた。早苗は、大きなメガネをかけた亮太のなまいきそうな顔を思い出した。ざわめきに負けないように、岡本が大きな声を出した。

「五年の小笠原加奈とダシルバ・バネッサもいないんですが、だれかご存《ぞん》じありませんか？」

一瞬《いっしゅん》、職員室全体の音が消えた。

「あ、あの……」

岡本《おかもと》は、振《ふ》り返って校長を見た。校長は立ち上がって、職員室にいる職員全員に指示《しじ》を出した。

「手の空いている先生は、全員子どもたちを探《さが》してください。それから、全校放送を入れて情報《じょうほう》を集めてください。だれか見たものはいないか」

残っていた職員たちは、バタバタと動き出した。

4 …………………………… あるものとないもの

「パラレルワールドって知ってる？」

バネッサは四人にたずねた。

「あのね、この前、本で読んだの。元々住んでいた世界とそっくりなんだけど、微妙《びみょう》にちがうの。別の空間っていうか。ええっと、そうそう、布の縦糸《たていと》と横糸で説明してた。縦《たて》が時間で、横が空間で」

バネッサの説明を、聖哉《せいや》がさえぎった。

「むずかしくてわかんねえ。要《よう》はなんなんだよ」

「だから、似《に》てるけど別の世界ってことよ」

バネッサは、思いきり省略《しょうりゃく》して説明した。

「ここって、いつもの学校とそっくりだけど、実は別の場所なんじゃない？　本当の学校は、ちゃんとあるの。みんながどこかに行ったんじゃなくて、私たちが別の世界の小学校に来ちゃったのよ。そういうのパラレルワールドっていうの」

「どうせマンガの話だろ」

聖哉は鼻で笑った。

「ホントにあるはずねえじゃん」

バネッサは、鼻にしわを寄《よ》せて、「イー！」と歯をむき出した。

みはるを迎《むか》えに来たまま、五人は一年一組の教室に座りこんでいた。いす、机《つくえ》、ロッカー。何もかも同じだが、どこか殺風景《さっぷうけい》だ。

（この教室、からっぽだなあ）

中を見まわしながら、バネッサは思った。ふつうなら、壁《かべ》にはクラスの子のかいた絵や習字がはってあるものだ。時間割やクラスの目標やお便りだってはってある。でも、そういうものが何もないのだ。机《つくえ》といす。最低限《さいていげん》のものだけしかない。

（パラレルワールドだとしても、手抜《てぬ》きすぎじゃない？）

バネッサは心の中で、文句《もんく》を言った。

「このいす、ちっちぇ」聖哉は、一年生の座席の小ささに大騒《おおさわ》ぎし、「こんなとこ座ってたら、ケツが痛《いた》くなる」ごろんと床《ゆか》に寝転《ねころ》がった。

「先生にしかられるよ」

みはるが、聖哉《せいや》の腕《うで》を引っぱった。

「カーバ。先生なんていねえじゃん」

聖哉は、みはるの手を振《ふ》りはらった。

「あんたさ、真剣《しんけん》に考えてる？」

バネッサは、まゆをつり上げた。

「一番年上なんだから、ちょっとは考えなさいよ」

「考えるって、何を」

「これからどうするかよ！」

「じゃあ、とりあえず寝《ね》る」

聖哉は信じられないほど、のんきなことを言っている。バネッサは、聖哉の背中《せなか》をけとばした。

「痛《いて》えなあ。何すんだよ！」

聖哉は起き上がって、バネッサの足をけった。バネッサが、やり返そうとしたとき、

「やめて！」

加奈《かな》が、悲鳴《ひめい》のような声をあげた。

「けんかしないで。みいちゃん、怖《こわ》がってる」

みはるは、加奈の胸《むね》にしがみついている。

「ごめん」

バネッサは、加奈とみはるに謝《あやま》った。聖哉が、突然《とつぜん》、大きな声を出した。

「おれらさ、死んだんじゃね？」

みんなが、いっせいに聖哉を見た。聖哉は、にやにやしながら続けた。

「爆弾《ばくだん》が落ちたとか、大地震《おおじしん》が来たとか。で、おれら死んだんじゃね？　でさ、ここ死後の世界。うける〜。ひゃあっはっは」

「やめてよ！　変なこと言うの！」

聖哉は、急に真顔になった。

「変なことじゃねえじゃん。そう考えた方がふつうじゃん」

「どこがふつうなのよ」

バネッサは、自分の声が震《ふる》えているのがわかった。聖哉が怖《こわ》いのではなかった。もしかしたら、それは真実かもしれないと感じてしまったのだ。亮太《りょうた》が、早口で言った。

「爆発《ばくはつ》とかはないよ。だって、ぼくたち、なんにも衝撃《しょうげき》とかうけていないじゃん。もし、聖哉くんの言うように、爆発《ばくはつ》とか大地震《おおじしん》とかあったら少しくらいはぼくたちの記憶《きおく》にも残ってるはずじゃん。だれかいる？　爆発《ばくはつ》とかゆれとか感じた人、いる？」

だれも手を挙《あ》げない。

「ほら、だれもいない」

亮太《りょうた》は得意気《とくいげ》に、聖哉《せいや》を見た。聖哉は、にやりとした。

「じゃあ、ハジかれたんだ。おれら、元の世界からいらねえって、別の世界にはじきだされたんだよ」

「そんなはずないでしょ」

バネッサが否定《ひてい》すると、聖哉はとたんに目をむいた。

「何、わかったようなこと、言ってんだよ。いらねえから追い出されたんだよ！　おれたちは、いらねえ人間なの！」

聖哉が、どなりつけるような勢《いきお》いで言い放った。

「ひぃぃ……」

みはるがしぼり出すような声で泣き出した。「ごめんなさい。ごめんなさい」と、くり返している。

みはるの泣き声に、バネッサは、とまどった。朝の登下校のときもそうだ。一、二年生の子はすぐ泣くのだ。そんなとき、どうしたらいいかわからなくなる。すると、加奈《かな》がさっとみはるを抱《だ》きしめた。

「みいちゃんのせいじゃないよ」

小さな背中《せなか》をさすった。聖哉は、それを横目で見て、「泣くな！　うるせえな！」とどなっている。加奈の腕《うで》の中で、一度止《や》みかけていたみはるの泣き声がまた大きくなった。

「あんたのせいで、また泣いちゃったじゃない！　せっかく泣き止《や》みそうだったのに！」

バネッサが責《せ》めると、

「くっそー！　ここどこだよ！」

聖哉は、ガンガンととびらをけり始めた。亮太が冷めた声で言った。

「そんなことしたって、なんの解決にもならない。おろかだな」

「なんだと」

聖哉は、亮太につかみかかった。

「やめなさいよ」

バネッサは、二人の間に割《わ》って入って、聖哉の手首をねじり上げた。学年は下だが、バネッサの方が体が大きい。聖哉の手はかんたんに引きはがされた。

「くそー！」聖哉は、今度は、教卓《きょうたく》をつき飛ばした。ガンッと音をたてて教卓《きょうたく》が床《ゆか》に倒《たお》れた。「ひいい……」みはるの泣き声が一段《いちだん》と大きくなった。

「ごめんなさい。みいちゃんのせいなの。みいちゃんが悪い子だから。ごめんなさい」

「うっせー！」みはるの声にかぶせるように、聖哉は大声を出した。「うっせー、うっせー、うっせー！」

みはるを抱《だ》きしめている加奈の顔も、青ざめている。バネッサは、聖哉の足を横からけった。

「いいかげんにしてよ！」

「なぁにぃ」

聖哉《せいや》はバネッサの胸《むな》ぐらをつかんだ。バネッサは、ひるむことなく聖哉をにらみつけている。数秒、二人はにらみ合っていたが、聖哉の方が先に目をそらした。

「へっ。バーカ」

聖哉は、捨《す》てゼリフを吐《は》いて、背中《せなか》を向けた。それきり、教室は静かになった。

(疲《つか》れたぁ)

バネッサは、壁《かべ》にもたれて座りこんだ。みはるは、加奈《かな》にもたれかかって目を閉《と》じている。加奈は、みはるの頭にあごをのせぼんやりしてる。亮太《りょうた》は、机《つくえ》につっぷしている。聖哉は、教卓《きょうたく》をいすにして、黒板の方を見て座っている。バネッサは、ため息をついた。

(あたしだって、泣きたいし、暴《あば》れたいよ)

だけど、バネッサは、自分は絶対《ぜったい》にそんなことはしないと知っている。そんなことをしたってなんにもならない。やってもむだなことはしない。

時計の音だけが、教室の中に響《ひび》いていた。

気がつくと、教室の中がうす暗くなってきていた。時計は七時近い。空に太陽はなくても、実物の学校と同じように日が入り、夜になれば暗くなるようだ。バネッサは、だれにともなく話しかけた。

「どうする?　ずっと、ここに座ってる?」

聖哉が、一番に答えた。

「何か食うもの、ねえかな。夕めしになるもの」

言われてみれば、確《たし》かに空腹《くうふく》だった。でも、食べ物があるとは思えなかった。

「そんなものがあるはずがないよ」

バネッサが言うと、聖哉は、即座《そくざ》に言い返した。

「なんで言いきれるんだよ」

「だって、あたしたち以外だれもいないんだよ。だれが作ってくれるのよ」

「給食はあっただろうが」

給食のことを言われると「あるはずがない」とは言いきれなかった。

「探《さが》しに行ってみる?」

亮太が、聖哉に問いかけた。

「よし」

聖哉は、教卓《きょうたく》の上からぴょんと飛び降《お》りた。「おまえらは?」

加奈は、頼《たよ》りなく首をかしげた。みはるも行くとも行かないとも言わない。二人とも行きたくないんだなと判断《はんだん》し、「あたしたち、待ってる」と、バネッサは言った。

「あっそ」聖哉は、女子三人に冷たい目を向けた。

「もし食い物があっても、おまえらにはやらねえからな」

そう言い捨《す》てて、亮太《りょうた》と教室を出て行った。

「いっしょに行かなくてよかったのかな」

二人が行ってしまうと、加奈《かな》が不安そうな声を出した。

「いいんじゃない？」

バネッサは冷たく、返事をした。

「でも……、だいじょうぶかな。やっぱりいっしょに行けばよかったかなあ」

だまっていたくせに、あとになってあれこれ言い出す加奈に腹《はら》が立った。

「そんなこと言うくらいなら、最初っからいっしょに行くって言えばよかったじゃない」

「ごめんなさい」

加奈は、涙《なみだ》をぬぐうように目をこすりだした。イラつく気持ちが頂点《ちょうてん》に達した。

「泣くの、やめて。泣いたってなんにもならない。それに、あたしが意地悪《いじわる》してるみたいじゃない」

そんな言い方をしたら、また泣かしてしまうんだろう。わかっている。でも、言わずにはいられなかった。

言わない方がいいとわかっていても、言わずにいられないことが、バネッサにはよくあった。特に女子同士で本音を隠《かく》して、調子よく相手に合わせているのを見ると、がまんできなかった。

前に、沙也加《さやか》がお化粧《けしょう》をして学校に来たことがあった。アイラインを引いて、まつげをくるんと上げてきただけのことだから、岡本《おかもと》先生は全然気づかなかった。

——ね、これなら、明日《あした》はツケマしてきてもだいじょうぶだよね。

調子に乗った沙也加がそう言うと、グループの子たちは、「きっと平気だよ」とか「サーヤ、ツケマ持ってるんだ。すごーい」とか話を合わせていた。そうしておけばいいのだと、バネッサもわからないわけではなかった。

それなのに、気がつくと、「そんなことしてくる人の気が知れない。学校に何しに来てるの」と言ってしまっていた。

そのことで、ずいぶん沙也加から陰口《かげぐち》を言われた。

——バネッサはいいわよねえ。ガイジンだから、お化粧《けしょう》しなくても顔が派手《はで》だしさ。

何度も聞こえよがしに言われた。

どれだけ日本語がうまく話せて、漢字が書けても、「ガイジン」と言われる。「ガイジン」は、バネッサの中では「害ジン」と変換《へんかん》されてしまう。おまえは、害なんだよ。そう言われている気がする。

思ったことをはっきり言ってしまうのは、「ガイジン」だからなのだろうか。「ニホンジン」はしないのだろうか。加奈は沙也加たちとは仲がいいが、バネッサのことを「ガイジン」と言ったことはない。バネッサを悪く言ったりもしない。けれど、かばってくれることもない。バネッサには、加奈の気持ちがわからない。

本当に何も思っていないのか、実は心の中で悪口を言っているのか。それとも思いやりなのか。

(でも、そんなのは、もうどっちでもいいかぁ。どうせ学校に来るのも、あと少しなんだし)

十一月になったら、もう学校には来ない。先生にはまだ言ってないが、家では決定事項《じこう》だ。この夏に生まれた妹の面倒《めんどう》をみるためだ。預《あず》ける場所が見つかるまでだと言われているが、あてにはならない。お金が貯《た》まったらブラジルにもどるのだから、無理して日本の学校に行く必要なんてないと思ってるのだ。

(ブラジルになんて行きたくない)

二歳のときから日本にいるバネッサには、ブラジルの記憶《きおく》はない。言葉だって、ポルトガル語より日本語の方が得意《とくい》だ。だからバネッサにとっては、ブラジルは「もどる」場所ではない。

母親のジェシカが妊娠中《にんしんちゅう》は、病院に行くたびに、学校を休んでついて行かされた。通訳《つうやく》をするためだ。日本に来て十年近くも経《た》つのに、ジェシカはちっとも日本語を覚えられない。何か手続きしなければいけないことがあったり、家族のだれかが病院へ行ったりするときは、バネッサが通訳《つうやく》をしなくてはいけない。家族で助けあうことが大事なのだ。小さいころからそう言われてきた。わかっているが、いつも面倒《めんどう》なことを押《お》しつけられている気がする。

それに、赤ん坊《ぼう》の世話なんてまっぴらだ。十一年間、一人っ子だったのに、急に妹だからかわいがれと言われても、どうしていいかわからない。抱《だ》き上げるとぐにゃんとする感触《かんしょく》も、声を上げてしまうほど不気味《ぶきみ》だ。そんな妹の面倒《めんどう》を一人でみるのだ。別の家に生まれたかった。いつも思う。なんでこの家の子なんだろう。なんでブラジル人なんだろう。自分より勉強もできなくて、漢字も書けない日本人が、日本人というだけで学校には当たり前の顔で通ってくるのに。

どこかへ行っちゃいたい。別の世界で別の自分になりたい。そこでは、ガイジンじゃないし、ふつうに学校にも通えるんだ。最近は、気がつくとそんなことばかり考えていた。

(もしかしたら、そのせいかもしれない。あたしが「別の世界に行きたい」と考えていたせいで、みんなもこんな所に来てしまったとしたら……)

「なんで、電気つけねえんだ」

三十分ほどしてもどってきた聖哉《せいや》は、暗くなった教室を見て怒《おこ》り出した。

「電気ってつくの?」

亮太《りょうた》が出入り口横のスイッチを押《お》すと、二、三度またたいて、明かりがついた。

「あ、ついた」

みはるが天井《てんじょう》を見上げ、ほっとした声を出した。バネッサも内心ほっとした。

「あった?」

バネッサがたずねると、二人は首を横に振《ふ》った。

「なんでだろう。給食はあったのになあ」

亮太《りょうた》は、心底くやしそうだ。

「給食があったことの方がへんだったのよ」

バネッサが言うと、聖哉《せいや》はフンという顔をした。

「学校に給食があるのは当たり前だろうが」

「そんなのおかしいよ。あたしたち以外、だれもいないのに、給食だけはあるなんて」

決めつけた言い方が気に入らなかった。

「く……あ……」

みはるが、聞こえるか聞こえないかの声で何か言った。

「うん？」

みんなが耳を近づけると、「みいちゃんの運動靴《ぐつ》、あったもん」と言っていた。亮太は、

「今、靴《くつ》の話は、どうでも」

言いかけて、「うん？」と考えこんだ。

「そうか。靴《くつ》と電気は、あるってことか」

意味ありげにつぶやいた後、黒板に「あるもの」「ないもの」と書いた。そして「あるもの」の下に「給食」「電気」「くつ」と書いた。「ないもの」の下には、「夕ごはん」「他の人」と書いた。

「こんなときに、あるなしクイズかよ」

聖哉が、けっと笑った。それでも、亮太は、黒板をにらみつけて考えている。

「きっと何か、法則《ほうそく》があるんだ」

バネッサも黒板を見つめた。加奈《かな》もみはるも考えているようだ。しばらく息をつめて、考えていた亮太が
「そうか」とつぶやいた。

「わかったよ」亮太は、全員の顔を見まわした。

「学校にあるものはあるし、ないものはないんだ」

「はあ?」

聖哉が、気の抜《ぬ》けた返事をした。

「それ、さっきおれが言ったじゃん。給食は、学校だからあるって」

「そうなんだ。さっきは気づかなかったけど、聖哉くんの言うとおりなんだ。学校にあるものはあるんだ。反対に言うと、学校にあるものしかないんだ」

「だけど、学校にあるものがみんなあるなら、もっといろんなものがあっていいんじゃないの。机《つくえ》といすだけじゃなくて、みんなの絵とか、時間割表とか」

バネッサは、教室の中を見まわした。

「じゃあさ、他の教室も見てみよう」

亮太の提案《ていあん》で、他を見に行くことにした。まず、となりの一年二組。一組と同じように、机《つくえ》、いす、ロッ

カーなどがある。でもそれだけだった。

「同じじゃん」

聖哉《せいや》が、つまらなそうに言った。異変《いへん》が起きたのは、二組と職員室の間の教室をのぞいたときだった。

「あれ、この教室何もないよ」

バネッサは、とびらを開けてみた。中には、机《つくえ》もいすもない。空っぽだ。入り口にも何も書かれていない。

「ここって、なんの教室だったっけ？」

振り返ってたずねると、

「ここ、『ひまわり』さんだよ」

みはるが言った。「ひまわり」さんは、特別支援学級《とくべつしえん》だ。

「中にトランポリンがあるんだよ。それから、ダンボールのおうちも。みんなの机もあるよ」

みはるの説明を聞いた後、もう一度教室をのぞいたバネッサは自分の目を疑《うたが》った。さっきまで、がらんどうだった教室の中には、トランポリンが置かれ、すみには手作りのダンボールの家もあった。

「これ……」

全員が、言葉をなくした。さっきまでなかったのに。中に入ってみる。トランポリンも、ダンボールの家も幻《まぼろし》ではなかった。ちゃんと手でさわれた。

「おまえが出したのか？　手品《てじな》みてえ。チビ、すげえなあ」

聖哉は、みはるの頭をつっついた。みはるは、ただ首を振《ふ》るだけだ。バネッサは、食い入るようにトランポリンを見つめた。

（みいちゃんが言うまで、なかったのに。みいちゃんが、思い出したとたん……）

すると、加奈《かな》が突然妙《とつぜんみょう》なことを言い出した。

「みんな、何か、教室に置き忘《わす》れてるもの、ない？」

四人は顔を見合わせた。

「置き忘《わす》れてるもの？」

「なんでもいいの」

聖哉が、そう言えば、と声をあげた。

「おれ、ロッカーの上に、テープカッターが置きっぱになってる。一学期に作って、持って帰れって言われたんだけど」

「じゃ、行こう」

加奈が、先に立って歩き出した。みんな、わけがわからないまま後に続いた。六年二組の教室のとびらを開ける。中は真っ暗で何も見えない。聖哉が、入り口横のスイッチに手を伸《の》ばす。パチンという音と同時に教室が明るくなった。

「あった」

ロッカーの上には、水色と白で彩《いろど》られたくじらの絵のテープカッターが、電灯の明かりを受けて輝《かがや》いていた。

5 ……………………………… 子どもたちはどこに

五年生の女子二名、四年生の男子一名、一年の女子一名。行方《ゆくえ》がわからなくなった児童は四名。

四人は、給食の時間が終わってももどってこなかった。全校放送で、四人を見かけた者がいたら連絡《れんらく》してほしいと呼《よ》びかけたが、反応はなかった。校長は、それぞれの担任《たんにん》を職員室に呼《よ》びもどした。

「子どもたちの中に、何か知っている子がいるかもしれない。クラスで情報《じょうほう》を集めてください」

ふだんと何かちがった様子を見せていたとしたら、クラスのだれかは気づいているはずだ。

四人はいっしょに行動しているのか、それとも別々なのか。職員の中でも意見は分かれた。五年生の二人は同じクラスではあるが、他の児童との接点はない。示し合わせてどこかに隠《かく》れるとは考えがたい。とすれば、それぞれが別の意図を持って隠《かく》れているか、家に帰ったか。とにかく別行動をとっているはずだ。全員ではないにしても、だれかひとりくらいは家に帰っているのではないか。担任《たんにん》たちは四人の児童の家に電話をかけた。

真っ先に連絡《れんらく》がついたのは四年の亮太《りょうた》の母親だった。

「じつは…」

担任《たんにん》が事情を説明すると、母親はうろたえて、すぐ学校に行くと言った。

「家に向かっている可能性もありますので、お母さんはこのまま家で待機《たいき》をお願いします」

「でも……。じゃあ、近所だけでも」

母親は、今にも探《さが》しに行ってしまいそうなそぶりだった。担任《たんにん》は、くり返し家での待機《たいき》をお願いした。

五年の小笠原加奈《おがさわらかな》の母親は、仕事に行っていた。仕事先に電話をして事情を話すと、すぐに家にもどってみると言った。

ダシルバ・バネッサの母親は、日本語があまりできない。かんたんな言葉を選んで説明したが、わかったかどうかはわからない。ただ、少なくともバネッサが家には帰っていないことはわかった。

みはるは一人親家庭だった。母親の携帯《けいたい》電話にかけてもつながらないため、勤務先《きんむさき》にかけたのだが、そちらは「現在使われていない」と言われてしまった。

手のすいている教師たちで手分けし、四人の子どもたちの通学路をたどっていくことにした。

早苗《さなえ》は、家庭連絡《れんらく》票を片手に、加奈の家に向かう道を歩いて行った。加奈の家は、学校から十五分ほどの新興《しんこう》住宅地だ。通学路は、国道沿《こくどうぞ》いを通るルートになっていて、隠《かく》れるような場所は少ない。住宅地に入ると、小さな公園があったので、遊具の中やトイレも調べた。最終的には、加奈の家まで行った。

母親の友紀子《ゆきこ》は仕事場から帰ってきていた。青ざめた顔だった。その顔を見ただけで、加奈《かな》はまだ帰ってきていないのだなとわかった。

「どこか、行きそうな場所に心当たりはないですか？」

友紀子は首を振《ふ》った。

「おばあちゃんの家とか……」

「県外ですから……他にも、思い当たりません」

力なく言った。

「最近何か悩《なや》んでいたとか、変わった様子は見られませんでしたか？」

早苗《さなえ》は質問を変えた。

「少し……気になることはあったんです」

友紀子は、言いにくそうに口を開いた。

「二学期に入ってから、すごく食が細くて」

友紀子は一言ずつかみしめるように話した。

「ダイエットでも始めたのかなとか思ったんです。それで、とにかく食べなさいって」

「そうですか」

早苗は、静かにうなずいた。

「夏休みは、何か変わったことはありませんでしたか?」

「特に……」

「友だちと、プールに行ったり、遊びに行ったりとかは……」

「そういうことは……」

友紀子は言葉をにごした。

「夏休み中はずっと、家のことや弟の世話をしてくれていて」

その言葉で、加奈の父親のことを思い出した。加奈が三年生の時だった、事故《じこ》にあったのは。児童の親が亡《な》くなることは、あまりないことなので、早苗も覚えていた。

いくら母親が働いているとはいえ、夏休みを弟の世話や家事で費《つい》やすことは、なかなかできることではない。学校では、おとなしく、ひかえめな児童という印象でしかないが、しっかりした子なのだろうなと感じた。

「今まで四十キロを超《こ》えたことがなかったのに、最近四十を超《こ》えてショックとか言っていたものですから」

「それでダイエットかと」

友紀子は顔をくもらせた。

「そんなことじゃなかったのかもしれません。何か悩《なや》んでいたのかも……。私、母親なのに何も気づかないで」

「いえ、まだ、そんな」

早苗《さなえ》は、あわてて言葉をさえぎった。

「悩《なや》んで学校を抜《ぬ》け出したかどうかも、わかっていないんです。バネッサさんがいっしょなので、もっとちがう理由かもしれません」

友紀子《ゆきこ》は、だまって大きく息を吐《は》いた。

「お母さん、このままご自宅で待機《たいき》していただけますか。もし、加奈《かな》さんが帰ってきたら、すぐに学校に連《れん》絡《らく》をお願いします」

「わかりました。よろしくお願いします」

友紀子は、頭を下げた。（なんだか今にも消えてしまいそうな人だ）と、早苗は感じた。はかなげ、とでもいうのだろうか。声も小さく、目にも力がなかった。

それで、つい、言い出せなかった。

本当は、加奈のことで引っかかっていることがあった。加奈は、二学期に入ってから、毎日のように保健室に来ているのだ。いずれも腹痛《ふくつう》を訴《うった》えていた。あまりに続くので、一度、「病院で検査《けんさ》してもらったらどう？」とすすめたこともある。「おうちの人に先生から話してあげようか？」と言ったとたん、加奈の顔つきが変わった。

「もうだいじょうぶです」

加奈は、あわてて保健室を出て行ってしまった。追い出したようで、気が引けた。

精神的なものだろうと思っていた。高学年の女子には、ありがちなことだ。でも、だからと言ってだまって学校を飛び出すような子ではない。もし、外に出たとしたら別の理由があるにちがいない。

学校にもどると、すでに何人かの教師《きょうし》はもどってきていた。しかし、だれも手がかりすら見つけていなかった。

「まさか、誘拐《ゆうかい》ということはないですよね」

「四人もいっぺんに連れ去るなんて、考えられないでしょう」

教師間《きょうしかん》では、「それぞれ、何か思うことがあって学校を飛び出したけれど、家には帰りにくくて、どこかに隠《かく》れている」という見方がされていた。しかし、高学年の女子二人や四年の亮太《りょうた》はまだしも、一年生のみはるが、そんなに長く隠《かく》れていられるはずもない。昼食も食べていないのだ。

五時間目が終わると、担任《たんにん》たちは職員室にもどってきたが、だれもこれという情報《じょうほう》をつかめないままだった。どうしたものかと考えあぐねていると、職員室の電話が鳴った。電話に出た事務《じむ》職員が、緊張《きんちょう》した面持《おもも》ちで取りついだ。

「校長先生、警察《けいさつ》からです。ダシルバ・バネッサの母親から捜索《そうさく》の要請《ようせい》が出たようです」

校長は、一瞬苦《いっしゅんにが》い表情になったが、「電話、校長室に切り替《か》えて」と、校長室に入って行った。

早苗の横では、バネッサの担任《たんにん》の岡本《おかもと》が泣きそうな顔になっている。

「外国人の保護者《ほごしゃ》は、迷《まよ》わず警察《けいさつ》に連絡《れんらく》するのよね。日本人は、体面《たいめん》とか考えるけどね。警察《けいさつ》に探《さが》してもらった方が、早いわよ」

早苗《さなえ》は、岡本《おかもと》の肩《かた》をポンとたたいた。

「そうですね」

そう返事はしたものの、岡本の顔は晴れなかった。

「やっぱり、私が保健室に連れて行けばよかった」

「今、考えてもしかたないから」

早苗は言った。

「それより、加奈《かな》さんのお母さんが気になることを言ってたわよ。最近、ごはんを食べないとか。給食はどうだった?」

岡本は、数秒間をあけてから、考え考え答えた。

「すみません。よく覚えていないんですけど、あの子、このごろお腹《なか》の調子がよくないみたいだったから、残していたかもしれません」

「その、腹痛《ふくつう》のことだけど、心当たりはない?」

「心当たり?」

岡本は、首をかしげた。

「夏風邪《なつかぜ》だと思ってました。本人もそう言ったから」

早苗は、まじまじと岡本の顔を見直した。

「腹痛《ふくつう》って、精神的《せいしんてき》なことが原因《げんいん》ってことも多いのよ」

岡本は、「あ」と小さく声をあげた。そういうことを知らないわけではないのだろうが、気づかなかったのだろう。

「加奈さんは、だれと仲がいいの？」

「あの子は、鈴木沙也加《すずきさやか》や宮部舞《みやべまい》といっしょにいます」

意外だった。鈴木沙也加は、五年生の中ではかなり目立つ存在なのだ。服装も髪型《かみがた》も派手《はで》で、よく言えば社交的、悪く言えばチャラチャラしている。

「性格がちがうのが、かえっていいみたいで、引っこみ思案《じあん》な加奈さんを、いつも引っぱってくれてて」

「そうかあ。そういうこともあるかもね」一応《いちおう》うなずきながら、「一度沙也加さんから話を聞いてみた方がいいわね。今回のこととは関係ないかもしれないのだけど」と、言葉をそえた。

「はい」

岡本は神妙《しんみょう》な顔で返事をした。

話しているうちに、校長は警察《けいさつ》との電話を終えて、職員室にもどってきた。

「警察《けいさつ》には、校外を捜索《そうさく》してもらうことにしました。ただし、学校の中は、職員でもう一度探《さが》します」

その後、学校の全職員で子どもたちの捜索《そうさく》が行われた。校内は、特別教室のたなの中、倉庫の中、果ては屋上のタンクの中まで調べたが、子どもたちを見つけることはできないまま、夜を迎《むか》えることとなった。

6 ……………………………… バチがあたった？

「なんでテープカッターがあるって思ったの？」

聖哉《せいや》の教室にテープカッターがあるのを予想した加奈《かな》に、みんなはつめよった。

加奈は説明に困《こま》った。自分の考えに自信がないのだ。

「ちがうかもしれないけど」と前置きしてから、「もともと学校の中にあるもので、あることがわかっているものだけ出てくる？」と答えた。

だれも「そうだね」とも「ちがう」とも言わなかった。加奈はあわてて、言葉をつけ足した。

「だって、給食は聖哉くんが思い出したでしょ。靴《くつ》はみはるちゃんが思い出して。ひまわり学級のものもみはるちゃんが言い出すまでなかったじゃない。だれかが『あるはず』って言い出すと出てくるんじゃないかなあ……。なんでかは……わからない……けど……」

話しているうちにも、声が小さくなってくる。あまりに現実ばなれしていて、加奈自身、半信半疑《はんしんはんぎ》だった。

そのとき、

「じゃあ、みいちゃんの水筒《すいとう》もある?」

みはるが、目を輝《かがや》かせた。

「みいちゃん、教室に水筒《すいとう》があるの。ピンクのコップの水筒《すいとう》。麦茶が入ってるんだ」

みはるは、「見てくる!」と一年の教室に向かって走り出した。みんなもあとを追った。一番に教室に入ったみはるは、歓声《かんせい》をあげた。

「あった!」

水筒《すいとう》は、机《つくえ》の横に引っかかっていた。

「よかった。みいちゃんの水筒《すいとう》、なくしたらしかられちゃうとこだったぁ」

みはるは、水筒《すいとう》のふたを開けて、麦茶を飲んだ。そのあと、みはるは、思い出せるだけのものを口にした。お道具箱の中のはさみ、のり、色鉛筆《いろえんぴつ》、定規《じょうぎ》。教科書。落とし物箱にあったマスコット人形。どれも、口にした次の瞬間《しゅんかん》には、前からそこにあったように入っていた。

「じゃあ、アイスがあるって、言ってみろよ」

聖哉に言われるままに、みはるは「アイスクリームがある」と言った。でも、アイスクリームは現《あらわ》れない。

「じゃあ、おれがやる。机《つくえ》の上にステーキがあるはず」

しかし、ステーキも出てこなかった。加奈は、おずおずと言った。

「学校にあるものじゃないと……」

「うるさい！」

聖哉《せいや》は、机《つくえ》をドン！　とたたいた。

「出てくるかもしんねえだろ」

聖哉は、思いつく限りの食べ物を並べ上げた。

「カレーライス、ギョウザ、すきやき、おでん、ハンバーグ、肉まん、からあげ。机の上に出てこい！」

それから、パンパンと手を合わせた。

「お願いします！」

しかし、何一つ出てはこなかった。

「くそー！」

聖哉は、教室の床《ゆか》にごろんと寝転《ねころ》がった。

「おれ、明日《あした》の給食まで寝《ね》る。動くと腹《はら》がへるからな」

まるで、その声が合図のように、だれも話さなくなった。加奈《かな》は、壁《かべ》にもたれかかって、ぼんやりと天《てん》井《じょう》を見上げた。教室の黄色い電気は、校舎《こうしゃ》の周りが暗いせいか、いつもより明るく感じた。

（夜に学校にいたことなんてないものね）

みはるが、体をすり寄《よ》せてきた。

（みぃちゃんも心細いんだね）

加奈は、みはるの頭に顔を寄《よ》せた。みはるの髪《かみ》は、汗《あせ》で湿《しめ》っぽかった。

学校にあるものを思い出せたら出てくるとしても、それがどうだというのだろう。それで助かるわけではない。現に今だってお腹《なか》をすかせているのだ。

（どこかに行っちゃいたいって思ってたから、バチが当たったのかな）

仲間はずれになっていることだけではなく、加奈は、本当は全部が面倒《めんどう》になっていたのだ。元気なふりをすることも。お母さんの顔色を気づかうことも。全部捨《す》てて、自由になりたいと思っていた。

母方の祖母が、よく、悪いことをすると、バチが当たるよ、と口にするのを思い出していた。

「バチなら、私一人でいいのに」

けれど、そう思う反面、一人じゃなくてよかったとも思っていた。

月も星もないのに、窓《まど》の向こうはほんのり明るかった。

7……子どもたちのいない朝

夜になって、ようやくみはるの母親のあかりと電話がつながった。と言っても電話に出たのはあかりではなく、男の人だった。

「あの、大村《おおむら》あかりさんの携帯《けいたい》電話ではないですか?」と担任《たんにん》がたずねると、「そうだけど、あんただれ」とたずねられた。男性は、みはるの父親だと名乗った。事情を話すと、「後でそっちに行きます」と電話を切られた。

あかりが、学校に来たのはそれから一時間以上たってからだった。小柄《こがら》で幼《おさな》い顔立ちのあかりは、まだ少女のように見えた。みはるの姉と言っても通用するくらいだ。家庭連絡《れんらく》票で見る限り、みはるを産《う》んだのは中学卒業の年だ。いっしょに来た男の方も、まだ二十代前半だろう。金色の髪《かみ》の毛が、マネキン人形のようにぱさぱさして見えた。男は、あかりよりも先に、「子どもがいないって、どういうことだ。担任《たんにん》は何をしてたんだ」と口を開いた。

「誠《まこと》に申《もう》し訳《わけ》ありません」

担任《たんにん》の安藤《あんどう》は身を小さくして、今日のいきさつを説明した。身体計測《けいそく》のときに、いつの間にか保健室からいなくなっていたことを話すと、男は「ちっ」と舌打《したう》ちをし、「おまえのしつけが悪いから、勝手に出て行ったりするんだ」とあかりをしかりつけた。あかりは、言われるままにうなずいている。

「ご再婚《さいこん》されていたんですね」

安藤は、おそるおそる確認《かくにん》をした。

「入学のときの書類には、確《たし》かお母さんだけだったと」

「まだ、正式じゃないですけどね」

男は、説明した。

「母親がガキでみはるのこと、まともに育てられないから、おれが親子共どもしつけてやってるんです。みはるは自分の娘《むすめ》だと思ってますよ。家では厳《きび》しくしつけてるのに、この騒《さわ》ぎだ」

「すみません」

安藤は、また頭を下げた。

「みはるにもしものことがあったら、責任《せきにん》をとってもらえるんでしょうね」

安藤は耳をうたがった。安藤の気持ちを察《さっ》したように、校長が、「今は、みはるちゃんの無事を信じて、最善《さいぜん》をつくさせていただきます」と答えた。

他にも何人もの保護者《ほごしゃ》から、電話がかかってきていた。警察《けいさつ》の捜索《そうさく》が始まる前に、全校の保護者《ほごしゃ》を対象とする「緊急一斉《きんきゅういっせい》メール」を流したのだ。情報収集《じょうほうしゅうしゅう》が目的のメールだったが、このことで四人が行方不明《ゆくえふめい》であることが、ほぼすべての児童、保護者《ほごしゃ》の知るところとなった。

ただ、それだけの人数に呼《よ》びかけても、何の情報《じょうほう》もつかめなかった。あんな時間に校外を歩いていれば、どこかでだれかに見られていてもいいはずなのに、だれ一人として見かけたものがいないのだ。

夜がふけるにつれ、緊迫感《きんぱくかん》が増《ま》していった。次第《しだい》に、捜査《そうさ》が本格化していく。警察《けいさつ》の捜索《そうさく》の人数は、時間を追うごとに多くなっていった。

担任《たんにん》たちと校長、教頭は、そのまま学校に残り、まんじりともしないまま朝を迎《むか》えた。早苗《さなえ》は帰っていいと言われたのだが、帰る気になれなかった。養護教諭《ようごきょうゆ》は、学級担任《たんにん》のように決まったクラスをもたないかわり、全児童が受け持ちのようなものなのだ。

「みなさん、何か食べませんか?」

早苗は、職員室で夜を明かした先生たちに提案《ていあん》した。よく考えれば、夕食も食べていなかった。

早苗は、保健室の机《つくえ》からパンを出してきた。五個入りのクロワッサン。職員室にいるのは六人なので、一個足りない。

「コンビニで何か買ってきます」

職員室を出たときだ。だれかが階段《かいだん》から降りてくる足音がした。見上げると、特別支援学級《とくべつしえんがっきゅう》の担任《たんにん》、川島《かわしま》だった。

「先生、昨夜《ゆうべ》から残っていたんですか?」

学校に残っているのは、職員室にいる先生たちだけだと思っていた。

「いえいえ。さっき来たんです」

「さっき?」

まだ午前六時を過《す》ぎたばかりだ。

「子どもたちがもどって来ているんじゃないかと思いましてね。教室を見に行ってみたんです」

「なんで、教室に……」

「なんとなくです」

川島は、おだやかに微笑《ほほえ》んだ。

「でもいませんでした」

「そうですか」早苗はうなずきながら、「今からコンビニに朝食を買いに行くんですけど、先生もいかがですか?」

「いえ。ぼくはすませてきましたから」

川島は、首を振《ふ》った。早苗は、「じゃあ、行ってきます」と頭を下げて、校舎《こうしゃ》を出た。

(ずいぶん早起きなんだな、川島先生)

来年定年《ていねん》を迎《むか》える川島は、ひょうひょうとしていて、とらえどころがない。大声を出したり、あわてたりするところを、早苗は一度も見たことがない。

早苗が行ったのは、学校に一番近いコンビニだ。いつもここに寄《よ》るので、店員とも顔なじみだ。ここ数年、朝は、コンビニに寄《よ》ってパンとコーヒーを買うのが習慣《しゅうかん》になっている。コーヒーは車の中で飲み、パンは保健室に持っていく。

職員室の先生用におにぎり、サンドイッチなどを適当《てきとう》にかごに入れ、保健室用にと六個入りのロールパンを一袋《ふくろ》買った。学校にもどり、職員室の先生たちに朝食を配った後、早苗《さなえ》は保健室にもどった。

（あの子たちも、何か食べているといいんだけど）

そう思いながら、ロールパンを机《つくえ》の引き出しにしまった。


四人の子どもたちがいなくなっても、ふだん通りに一日は始まった。

行方不明《ゆくえふめい》の子どもたちの捜索《そうさく》は、警察《けいさつ》が引き続き行ってくれている。教師《きょうし》にできることは、情報《じょうほう》を集めることと、他の子どもたちを必要以上に不安にさせないこと。そのためにふだん通りの学校生活をおくらせなくてはならない。朝の職員の打ち合わせでは、これまでの経過《けいか》が全職員に報告《ほうこく》された。

「もし、子どもたちの中で何か知っている子がいたら、すぐに連絡《れんらく》してください」

担任《たんにん》たちが教室に行ってしまうと、早苗は保健室に向かった。朝の会では、各クラスで「健康チェック」をする。そのあとチェックカードを保健係が保健室に持ってくるのだ。今日の一番は六年二組だった。

「健康チェックカード持ってきました」

「ごくろうさま」

差し出されたバインダーを受けとる。「健康チェックカード」には、それぞれの体調や欠席の理由が書きこまれている。一目見て、あれっと思った。六年二組の菅野聖哉《かんのせいや》が、昨日欠席していたことがわかったからだ。

聖哉は遅刻《ちこく》が多く、朝の会には間に合わないことが多い。欠席か遅刻《ちこく》かわからない時は、とりあえず「?」を書き、翌日《よくじつ》あらためて欠席だったか遅刻《ちこく》だったかを記入することになっている。

聖哉の欄《らん》は、昨日の「?」を二重線で消され、「欠」と書かれていた。昨日は来なかったということだ。今日のところには新たに「?」が書かれている。どちらにも理由は書かれていない。

心配になった。聖哉は、遅刻《ちこく》はするが欠席することはほとんどないのだ。

インターホンで、六年二組の教室に連絡《れんらく》を入れた。六年二組の担任《たんにん》は、三浦《みうら》という若い男の先生だ。

「はい。六年二組です」

「保健室の小島《こじま》です。菅野聖哉くん、昨日はお休みで、今日もまだ来てないですけど、理由を教えてください」

三浦の背後から、子どもたちのざわめきが聞こえる。「先生、プリント配っておく?」と言う声に、「たのむ」と返事をしてから、

「理由は、ちょっとわからないんです。昨日お母さんのケータイに電話をかけたんですが、つながらなくて」

「授業後、家庭訪問はしなかったんですか?」

「まだ、一日休んだだけですし。それに、金曜日、ちょっと具合が悪そうではあったんです。せきをしていたし、熱っぽい顔だったし。だから、たぶん風邪《かぜ》じゃないかなあと。今日も連絡がつかなかったら、夕方、家庭訪問《ほうもん》してみます」

「わかりました。お願いします」インターホンを切った。

菅野聖哉《かんのせいや》は、この学校に赴任《ふにん》した五年前から気にかけている児童だ。はじめは、とにかく遅刻《ちこく》が多いので気になった。

「起きられないの?」

まだ、一年生のころだ。たまたま保健室に来たときにたずねたら、かわいい顔でこっくりうなずいた。

「そうかあ。毎日何時に寝《ね》てるの?」

聖哉は、あいまいに首をかしげた。

「お母さん、起こしてくれないの?」

「寝《ね》てる」

聖哉は、にこにこしている。夜の仕事なんだとすぐにわかった。夜遅《おそ》く帰ってくると、小学生を送り出す時間には起きられないのかもしれない。でも、そうなると、食事はどうしているのだろう。

「朝ご飯、食べた?」と聞くと、首を横に振《ふ》る。

「昨日、ばんご飯は何時ごろ食べたの?」

質問を変えても首を横に振《ふ》る。会話が通じていないのかと思った。でも、聞いていくうちに、どうやらそれは事実らしいとわかってきた。

母親は、聖哉が家に帰るころはもう仕事に行っている。夕ご飯は、たいてい出かける前に作っておいてくれるけれど、何もないこともある。そういうときは、おかしを食べたり、冷蔵庫《れいぞうこ》の中のものを食べたりすると言った。その日は、おかしもパンも見つからなかったらしい。

母親の帰宅は夜中で、朝、聖哉が目を覚ますと、たいてい眠《ねむ》っている。聖哉は、自分で起きて学校に来るのだ。だから、ちゃんと起きられれば遅刻《ちこく》せずに来るし、目が覚めなければ遅刻《ちこく》になる。

「学校が好き」

聖哉は、うれしそうに言った。

「一番好きなのは、給食」

よく見ると、服も何日もかえていないようだった。えり元やそで口がよごれている。胸《むね》の所にも食べこぼしのあとがいくつもあった。

(ネグレクトかあ……)

親が子どもの世話をするのをやめてしまう状態《じょうたい》だ。子どもをたたいたり、けったりするというのではない。あくまで何もしないのだ。食事も気が向けば与《あた》えるが、そうでなければ与《あた》えない。入浴も着替《きが》えもさせたくなければほったらかしだ。ネグレクトは、今、どこの学校でも問題になっている。めずらしい話ではない。

虐待《ぎゃくたい》されるよりはましかもしれない。しかし低学年の児童は、まだまだ親に面倒《めんどう》をみてもらわなければならないことが多い。命に関わることもある。事実聖哉《せいや》は、とてもやせていた。様子を見て、ひどくなったら児童相談所に連絡《れんらく》した方がいいなと考えながら、聖哉に、「朝、お腹《なか》がへってたら、保健室に来なさい。先生、パン持ってるから」と耳打ちした。

「みんなにはないしょだよ」

翌日《よくじつ》から、朝、登校途中《とちゅう》にパンを買うことにした。聖哉だけでなく、朝ご飯を食べていないことが原因《げんいん》で体調をくずす子もいたので、結構《けっこう》役に立った。食べなかったパンは持ち帰り、早苗《さなえ》の朝食になった。もちろん、学校にはないしょだ。聖哉は、週に一回くらいの割合《わりあい》で、パンを食べに来た。聖哉が来たときは、ベッドに座らせ、カーテンを閉《し》め、他の子どもに見られないようにした。

聖哉は、食べ終わるといつも、

「ごちそうさまでした」

小さな手を合わせた。その仕草《しぐさ》が、とてもかわいらしかった。そして、この小さな子が、小さな体に不釣《ふつ》り合いな苦労を強《し》いられていることに憤《いきどお》りを覚えた。ほうっておけば、一日の食事が給食だけということもあるのだ。でも、聖哉自身はそれが、ひどいとは感じていない。生まれてからずっとそういう環境《かんきょう》で育てば、それがふつうだと思ってしまうのだ。

ただ、高学年になってからは、パンを食べに来ることはなくなった。

保健室に来たとき、それとなくたずねたら、「朝は、卵《たまご》かけて食ってる」と言っていた。自分でご飯をたき、食べることができるようになったのだ。

あいかわらず遅刻《ちこく》は多いが、欠席することはめったにない。家で満足な食事ができない児童にとって、給食は最後の砦《とりで》だ。たとえ給食費を滞納《たいのう》していても、子どもに給食を食べさせないということはない。だから、遅刻《ちこく》しても欠席はしない。

その聖哉が休んでいるのは気になる。病気だとしたら、おそらくひとりで寝《ね》ているにちがいない。薬は飲んでいるのだろうか。食事はしているのだろうか。

(三浦《みうら》先生が様子を見に行ったら、私にも連絡《れんらく》してもらおう)

と早苗は思った。

8 …………………………… 食べもの探し

(暑《あつ》う)

ねっとりとまとわりつくような暑《あつ》さに、加奈《かな》は目を覚ました。体中、汗《あせ》で湿《しめ》っぽい。ぼんやりとした頭のまま体を動かすと、背中《せなか》がかたいものにふれた。あれ？　布団《ふとん》じゃないと思ったとたん、一気に記憶《きおく》のとびらが開いた。加奈は、がばっと身を起こした。

（夢《ゆめ》じゃなかったんだ）

目が覚めたら、みんな夢《ゆめ》だったということになるのかなと思っていた。

横では、みはるが体を丸めて眠《ねむ》っていた。その向こうにバネッサも見えた。亮太《りょうた》と聖哉《せいや》は、少しはなれた所で寝《ね》そべっている。

（そうだ。ゆうべ、なんとなくみんな話さなくなって、いつの間にか寝《ね》ちゃったんだ）

こんな状況《じょうきょう》でよく眠《ねむ》れたものだと、自分でもあきれた。窓《まど》の外は、すっかり明るくなっていた。亮太と聖哉も、目を覚ました。

「お腹《なか》すいたあ」

目を覚ますと同時に亮太が言った。昨日の給食を最後に、何も食べていない。空腹なのは、だれもいっしょだった。

「なぁんか、食い物ねえのかなぁ」

聖哉が、あくびをしながら周りを見まわした。

「みんな、思い出せよ。学校にある食い物。思い出さないと出てこねえらしいからな」

ゆうべの加奈の仮説《かせつ》を、聖哉は、とりあえず信じることにしたらしい。

「ミニトマト。畑にあるよ。二年生のだけど」

みはるが、ぼそぼそと言った。

「トマトかあ」

亮太がしぶい顔をした。加奈は、少し不安になった。

「それって夏休み前のことじゃない？」

ミニトマトは、夏の野菜だ。

「ないかもしれないけど、見に行ってみようよ」

バネッサは、明るい声でみんなに呼《よ》びかけた。

トマトならいらないと言う亮太をなだめつつ、みんなで校舎《こうしゃ》の裏《うら》にある畑まで行ってみた。ここでは、理科や生活科で使う野菜や植物を育てているのだ。

「一年生は、何を育ててるの？」

加奈がたずねると、

「おいも」

みはるは、ちらっと聖哉を見た。

「六年生のお兄さんお姉さんといっしょに、植えたの」

聖哉は、「いもはまだできてねえっつうの」と、そっけない。

「五年生は？」

亮太にたずねられて、

「へちま」

加奈《かな》とバネッサが同時に答えた。

「へちま～？」

「へちまって食える？」

聖哉《せいや》が聞いた。

「食べられないと思うよ。たわしとか、化粧水《けしょうすい》とか作るんだって」

先生の言っていたことを思い出しながら、加奈が答えた。

「たわしぃ？　役に立たねー！」

聖哉が大げさに倒《たお》れこみ、加奈は吹《ふ》き出した。

「だよねえ。こんなときにたわしなんてねえ」

バネッサも笑っている。

亮太《りょうた》は、「あーあ」と伸《の》びをした。

「目がさめたら、全部夢《ゆめ》だったってなるのかと思った」

「あたしも」「私も」

バネッサと加奈の声が重なった。

（みんなも夢《ゆめ》だと思っていたのかあ）

なんだかおかしくなった。

みはるの言うとおり、二年の畑のすみに、ミニトマトは残っていた。夏休み中は世話をしていなかったのか、おばけのように伸《の》びきった茎《くき》に、けっこうな数のミニトマトがついていた。しおれているものをのぞいて、一つずつていねいにとっていった。

「勝手に食べてしかられない？」

みはるは心配そうに、たずねた。

「平気よ。このトマト、もう忘《わす》れられてるみたいだもん。このまま置いておいても、野ねずみが食べるくらいだよ」

バネッサが言うと、みはるは目を丸くした。

「野ねずみ、いるの？」

「え？」バネッサは、加奈の顔を見た。「いるよね。野ねずみ」

「どうかなあ。学校の畑で見たことないけど」

加奈は首をかしげた。

「げげっ、おれら、ねずみのえさ、横どりしてるの？」

聖哉が、両手を上に上げ、驚《おどろ》いて見せたあと、「チューチュー」ねずみのまねをして、小さなトマトを両手で持ってかじりだした。

「こんな大きなねずみいるか！」

亮太《りょうた》が、バカにすると、

「チュー！　チューチュー！」聖哉《せいや》は、ねずみのまま亮太に文句《もんく》を言った。

「へんなのぉ」

みはるが、声をあげて笑った。

（あ、みいちゃん笑った）

加奈《かな》は、ほっとした。みはるがずっとこわばった顔をしていたのが、気になっていたのだ。

畑のすみの水道であらってトマトを食べた。いやいや二、三個を飲みこんだ亮太は、畑の土を手で掘《ほ》り始めた。

「いもってさ、絶対《ぜったい》むりなの？　小さくても食えるんじゃない？」

今にも、サツマイモを掘《ほ》り起こしそうな勢《いきお》いだ。

「どっちにしても、生じゃ食べられないよ」

気《き》の毒《どく》に思いながら、加奈が告《つ》げると、

「くそー」

亮太は畑の上に寝転《ねころ》がって、手足をバタバタさせた。

「腹へった、腹へった、腹へった！」

「ガキ」バネッサが、顔をしかめた。

「そんなことすると、よけいお腹《なか》すくよ」

みはるが、「トマト、まだあるよ」亮太の顔の上に、ミニトマトを差し出した。

「いらねえってば」

亮太は、手で払いのけた。地面にばらばらとトマトが散《ち》らばった。そのとたん、

「ごめんなさい」

みはるは、頭を抱《かか》えてしゃがみこんだ。

「何すんのよ。バカ!」

バネッサが、亮太をしかりつけた。

「だってさあ」亮太が言い訳《わけ》をしようとしたとき、

「あっ!」

聖哉が、突然《とつぜん》、大声をあげた。

「もしかしたら、保健室にあるかもしんねえ!」

「保健室?」

亮太は、起き上がった。

「おれ、前にパン食わせてもらったことがあるんだ。早苗《さなえ》先生に」

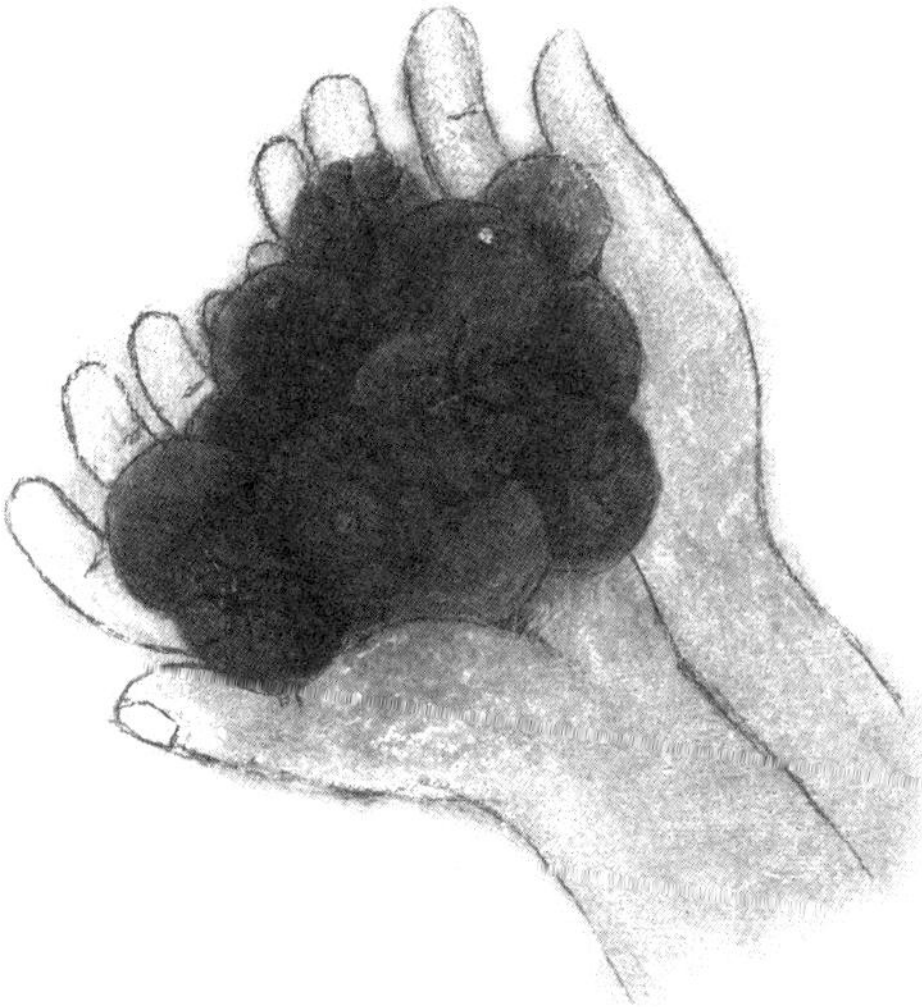

最後まで言い終わらないうちに、聖哉《せいや》は校舎《こうしゃ》の昇降口《しょうこうぐち》に向かって走り出していた。四人は聖哉を追いかけた。保健室に入ると、聖哉がほこらしげに、パンの袋《ふくろ》をかかげていた。

「理由はわからないけど、早苗《さなえ》先生は毎朝保健室用にパンを買ってくるんだ」と聖哉は言った。

「おれ、チビのころ、朝飯食ってないときにもらったことがあるんだ。『みんなにはないしょだよ』って」

「それって、不公平《ふこうへい》」

亮太《りょうた》は口をとがらせた。聖哉は、不機嫌《ふきげん》な顔になった。

「いいじゃねえか。じゃ、おまえももらいに行けばよかったんだよ、バーカ」

「学校でパンがもらえるなんて、だれも思わないじゃないか。そう言うのってひいきって言うんだ」

「うるせえ、いっぺん死ねよ、おまえ」

「もう！　やめなさいよ」

バネッサが、二人を止めた。

「おまえには、パン、やらねえ」

聖哉が言うと、バネッサが頭をはたいた。

「こんな所で仲間割《わ》れなんてサイテー」

「仲間じゃねえし」

聖哉はぶつぶつ言いながらも、袋《ふくろ》の中のロールパンをみんなに一個ずつ配った。パンは、六個入りだった。「おれが見つけたんだから、おれ、二個な」聖哉は、当然のようにパンを二個とった。

「おいしいね」

みはるは、パンを両手で持って、ちょびちょび食べた。

加奈《かな》が、「みいちゃん、ハムスターみたいだね」と言うと、みはるは、はずかしそうに笑った。笑うと上の前歯が二本ともない。

「このパンって、向こうの世界ではどうなるんだろ。なくなっちゃうのかな」

加奈は、ふと疑問《ぎもん》を感じた。

「そりゃあ、なくなるんじゃない?」

亮太が当たり前のように言った。バネッサは、唇《くちびる》をとがらせた。

「うーん。だけどさ、なくなったら、早苗先生、びっくりすると思わない? ね、聖哉」

聖哉は、パンを持ったまままぼんやりしている。

「何、かたまってんの?」

聖哉は、はっとした。

「別に」

急いでパンを口にくわえ、から袋《ぶくろ》をくしゃくしゃにしてほうり投げた。

「ああ、食い足りねえ。もっと食いてえ!」聖哉は、両手を広げ、天を仰《あお》ぎ見た。

「神様、もっと食い物を」

みはるは、その様子を見て笑っている。

「一晩《ひとばん》たっちゃったね」

バネッサがつぶやいた。

「五人もいなくなって、今ごろ、大騒《おおさわ》ぎだよね。向こうの世界」

「ママ、おこられるかな」

みはるが、不安そうな声を出した。

「おこられるかなじゃなくて、おこってるかな、でしょ」加奈《かな》は、みはるの言いまちがいを正しながら、

「おこってないと思うよ。心配してるよ。すごくすごく心配してるよ」

と優《やさ》しく言った。みはるの目が、みるみる涙《なみだ》でいっぱいになった。それを見たら、加奈も涙がこみ上げてきた。聖哉《せいや》がめざとく見つけ、からかった。

「心配してねえかもよ。あ~、せいせいしたとか」

聖哉の言葉をさえぎるように、

「そんなわけない！」

バネッサが、鋭《するど》い声をあげた。

「どうだろなぁ。わかんねえぞぉ」

聖哉は、不安をあおって楽しんでいる。今度は、わざと声をひそめた。

「あ、やっぱり泣いてるかもな。みはるは、死んじゃってかわいそうって」

「みいちゃん、死んでないよ」

みはるは、必死な面《おも》もちで言い返した。

「自分で気づいてねえだけで、本当は死んでんだよ」

「死んでないもん」

「死んでますぅ」

「いいかげんにしてよ！」

バネッサが、バンッと机《つくえ》をたたいた。聖哉は、おかまいなしに言い続ける。

「死んでないってどうして言えるんだよ。証拠《しょうこ》あんのかよ、証拠《しょうこ》」

「証拠《しょうこ》なんて、今ここにいるのが証拠《しょうこ》じゃないの！」

「そんなの、生きてるって証拠《しょうこ》じゃないね！」

みはるは火がついたように泣き出した。加奈は、あわててみはるを抱《だ》き寄《よ》せた。

「二人ともやめて。みいちゃん、泣いちゃったじゃないの」

「あたしは、なんにも……」バネッサは、そう言いながらも、「ごめん、みいちゃん」とみはるの頭をなでた。

みはるを抱《だ》きしめながら、

（ちがう。悪いのはバネッサと聖哉《せいや》くんじゃない）

加奈《かな》は思った。

（悪いのは私だ。私がみんなを巻きこんだんだから）

9 …………………………… ここはどこ？

何か仕掛《しか》けがあるはずだと亮太《りょうた》は思っていた。

（よくわかんないけど、だれかが、だまそうとしているんだ）

そうでも考えなければ、全然説明がつかない。

（初めは何がなんだかわからなくて、バネッサの言う通り「パラレルワールド」に入りこんだのかなとか思ったけど、そんなこと、あるはずない）

たとえば、亮太たちに気づかれないように、他の子どもたちをいっせいに家に帰すとか、そっくりな校舎《こうしゃ》を作って五人を送りこむとか。

（盗聴《とうちょう》されてるのかもしれない）

だから、こちらが「ある」と言うと、あわてて準備《じゅんび》するのではないか。今朝のパンも、聖哉の言葉を聞いて、急いで引き出しに入れたのではないか。

(ひまわり学級の机《つくえ》は、ちょっと驚《おどろ》いたけどさ)

みはるがあると言った次の瞬間《しゅんかん》に、机《つくえ》やトランポリンが現《あらわ》れたのは驚《おどろ》いた。あの仕掛《しか》けは、わからない。

だけど、何とかなりそうな気もしないではない。

(もしかしたら、すみっこの方に置いてあって、急いで引っぱったとか。その辺にテレビカメラがあって、ぼくたちがびっくりするのを見て、笑っているのかもしれない)

きょろきょろ見まわしてみるが、それらしいものはない。

(いや、テレビじゃないかもな。もしかしたら実験されているのかもしれない。数人の子どもを選んで、こういう状況《じょうきょう》になったとき、どう反応《はんのう》するのか。だとしたら、かっこよくこの状況《じょうきょう》を乗り切って、トリックをあばいてやりたい。泣いて救いを求めたりしたら、最悪だ。一生笑いものにされる。そうはいくか)

まず何から始めようと考えていると、「やっぱりさ、学校中のとびらを開けていくしかないんじゃないの」とバネッサが言い出した。

「あたしたちが、こっちの世界に来たのは、保健室のとびらを開けたときだと思うの。みいちゃんや亮太だって、どこかのとびら、開けたときにこっちの世界に来たんじゃないのかな」

「とびらを開けたとき」という言葉に、亮太は引っかかった。そんな短い時間に別の校舎《こうしゃ》に連れて来たり、いっせいに学校中の人間が隠《かく》れられるはずはない。

「とびらなんて関係ないよ。もっと根本的《こんぽんてき》なことを考えた方が、おいっ」

亮太《りょうた》がまだ話しているのに、四人はさっさと歩き出した。聖哉《せいや》は、

「そんなことで帰れるのかよ～」

間延《まの》びした声で訴《うった》えながら、バネッサについて行く。

（ま、いいか。つきあってやるか。そうしているうちにトリックが見えてくるかもしれないしな）

教室の前のとびら。次は後ろのとびら。まずは、外から開けて中に入る。次に中から外へ出る。そのたびに何か変化はないかチェックする。向こうにつながったときのために、必ず五人でとびらの前に立つ。

一年が終わったら、二年。特別教室も、倉庫も。

「トイレってこともあるんじゃねえの」

聖哉の言い方は、あきらかに本気ではない。でも、

「それもあるかもしれないね」

バネッサは、真顔で答えた。

「じゃあ、トイレも見ていこうか」

「うそ、マジ？　ひえー」

聖哉は、大げさに驚《おどろ》いて見せた。トイレの入り口まで来ると、さらに、

「おれ、女のトイレなんて、マジ無理」

大げさに騒《さわ》ぎ立てた。

「おまえら、男のトイレ入るの？　ひえー、やらしー。ちかん」

（ガキ！　こいつ）

亮太は、あきれて聖哉を見た。バネッサも完全にあきれているのか、何も言わない。加奈《かな》が代わりに、

「じゃ、男子と女子に分かれればいいよ」

と妥協案《だきょうあん》を出した。加奈は、バネッサとみはるの手を引っぱって、トイレの中に入っていった。

「じゃ、おれら、こっち？」

聖哉は、亮太の顔を見た。

（しかたないな）

亮太は、上ばきのままトイレのスリッパをひっかけて、中に入った。

「じゃ、行くぞ。せーの」

一番手前の個室のとびらを開ける。中には、便器《べんき》があるだけだ。

「これってさ、向こうの世界の便器だったとしても見分けつかねえんじゃね？」

何がおかしいのか、聖哉はへらへら笑った。

「んじゃ、次」

亮太もいっしょにドアのノブに手をかける。

「せーの」次のトイレも別段《べつだん》変わったところはない。

「じゃあ、最後」一番奥《おく》の個室に手をかける。

「せーの」ばっととびらを開ける。

「ここも、ちが」

亮太《りょうた》が言いかけたときだ。背中《せなか》をどんと押《お》された。不意打《ふいう》ちを食らって体勢《たいせい》を崩《くず》した。ガン！　あごがタンクに当たり、亮太は便器《べんき》と壁《かべ》のわずかなすき間に倒《たお》れこんだ。背後《はいご》でとびらが閉《し》まる音がした。ずれたメガネをあわててもどし、四つんばいになって体の向きを変えた。

「やめて。開けて」

とびらをたたいた。口の中に血の味がした。ドアの向こうからは、何の返事もない。頭がかあっと熱《あつ》くなる。耳の奥《おく》から声が聞こえた。

――バーカ。

――死ぬまでそこに入ってろ。

――二度と出てくるな。

……笑い声とゴトンゴトンと何かを動かす音……上からまき散《ち》らされた水……冷たい水！

「うぎゃー！」

亮太は、さけんでいた。そのとたん、ドアがばっと開いた。亮太は、ドアの外に飛び出した。足がもつれてトイレの床《ゆか》に転がった。

「うわーっ!」

亮太は、そのまま床《ゆか》につっぷして大声をあげ続けた。

「どうしたのよ!」

声を聞きつけて、バネッサや加奈《かな》が走ってきた。

「何やったの!」

バネッサが、聖哉《せいや》につめよる。

「なんもしてねえって。ちょっとふざけて、トイレの中に閉《と》じこめただけだ。それも、すぐに出したし」

聖哉は、もごもご言っている。

「亮太くん、だいじょうぶ?」

加奈は、亮太の背中《せなか》をさすった。亮太は、少し静かになり、「ひぃっひぃっ」と泣きじゃくっている。

「そこは、きたないから廊下《ろうか》に出よう」

加奈は、亮太を抱《かか》えて起こした。床《ゆか》に、よだれと涙《なみだ》の水たまりができていた。水たまりには、血のすじがあった。

「けがしたの? 顔上げて」

口の中が切れているらしい。バネッサが、険《けわ》しい顔で聖哉をにらみつけた。

「ごめん。ごめん。どこかにぶつけたのかな」

聖哉《せいや》は、へこへこして、

「ごめん。ごめんな。ちょっとふざけただけだって」

亮太《りょうた》の頭を何度もなでた。

（ばかやろう。何がふざけただけだ。死ね！）

亮太は心の中で思いきり毒《どく》づいた。

「ごめんなぁ」

聖哉は、心のこもっていない「ごめん」を何度もくり返していたが、

「お！　そろそろ給食の時間だ！　給食、とりに行こうぜ」

ふいにはしゃいだ声をあげ、さっさと歩き出した。


給食は、今日もそれぞれの教室にあった。ばらばらになるのは、なんとなく不安だったので、一年一組の教室に持ってきて、みんなで集まって食べた。

「うめ〜。やっぱ、給食はうめえよ」

聖哉は、すごい勢《いきお》いで食べている。「だれか、もういらねえってヤツがいたら、おれにくれよ」と、みんなを見まわしたが、だれも残すとは言わなかった。

（しみるかな）

亮太は、おそるおそるスープを口に運んだ。思ったほどしみなかったのでほっとした。

「これ、やる」

突然《とつぜん》、聖哉が亮太の皿《さら》に、ししゃものフライを乗せた。亮太が見上げると、聖哉はにっと笑った。

「いらない」亮太は、ししゃもをつき返した。「口が痛《いた》くて食えない」

こんなことで許《ゆる》してもらおうなんて甘《あま》いと言いたいところだ。

でも、聖哉はそんな思いを感じた様子はなかった。返されたししゃもを、「あ～よかった。損《そん》しないですんだ」と、頭から一気に食べている。食べながら、「給食食ったら、サッカーやろうぜ」と言い出した。聖哉は、亮太の顔をのぞきこんだ。

「体育倉庫にサッカーボールがある。あれ、使ってサッカーやろうぜ」

亮太は、だまって聖哉を見返した。

「きらいか？　サッカー」

「きらい」そっけない答えを返すと、

「じゃあ、なんなら好きなんだ」

聖哉は、しつこくたずねた。

「ゲーム」

「ゲームかあ」

聖哉《せいや》は、くちびるをとがらせた。

「ゲーム、学校にねえし」

「みいちゃんもゲーム好きだよ」

みはるが、うれしそうに言った。

「でも、やっちゃだめなの。頭が悪くなるんだって」

「ゲームやると、頭が悪くなるんだってよ」

聖哉は「げへへ」と品のない笑い方をした。亮太《りょうた》は、すぐに言い返した。

「ぼくは、頭は悪くない。塾《じゅく》でやったテストだって、一番だったんだ」

「すごいね」

加奈《かな》が素直《すなお》な口調でほめると、亮太の口はなめらかになった。

「この前受けた模試《もし》だって、県内で十位だったんだ。ベストテンに入るってすごいことなんだ」

どうせこいつらには言ってもわかんないだろうけど、と思いながら力説《りきせつ》した。でも、バネッサも加奈も、大げさなくらい感心した。

「頭いいんだね、亮太くん」

「天才なのかもね」

亮太は、うれしくなってきた。もっと自分のすごいところを教えてやりたい。自然と口が開いた。

「パソコンも得意なんだ。キーを見ないでも打てるんだよ。お父さんもわからないことがあると、ぼくに聞くんだ」

「へえ、すごいね」

「お父さん、今、中国《ちゅうごく》に単身赴任《たんしんふにん》してるけどさ」

頭の中に父親の顔が浮《う》かんだ。二年前に中国《ちゅうごく》に単身赴任《たんしんふにん》した父親は、今年の正月も帰って来なかった。もうずっと会っていないから、本当は亮太がパソコンが得意なことは知らない。メールを送っても返事が返ってきたことはない。

「海外に仕事で行ってるなんて、亮太くんのお父さんも、優秀《ゆうしゅう》なんだね」

「まあね」

亮太は、メガネの縁《ふち》を持ち上げた。聖哉も、「へ～。おまえんち、すげえなぁ」と、感心した声をあげた。しかしすぐに、「それより、サッカー、サッカー」話をもどした。

「あ～、もううるさいな」

バネッサがうっとうしそうに言った。すると加奈が、「ちょっとだけやってみてもいいかな」と言い出した。

「なんで?」

バネッサも亮太《りょうた》も、驚《おどろ》いた。加奈《かな》がサッカーの話に乗るなんて思わなかったからだ。

「だって、ずっととびら開けてるばっかりで、飽《あ》きてきちゃったし。ちょっと気分転換《てんかん》してもいいかなって」

そう言われて、バネッサも気が変わったようだった。

「そうだね。気持ちを変えると、いい案《あん》が思い浮《う》かぶかも」

でも、亮太はそんな気にはなれなかった。

「なんだよ、サッカーって。こんなときにさ。もっとやらなきゃいけないことがあるんじゃないのか」

「もっとやらなきゃいけないことって、何?」

バネッサが試《ため》すように聞いた。亮太はもごもご口を動かした。

「そりゃ……えと……とびらを開ける続きとか」

「あんた、とびらなんて関係ないって言ってたじゃない」

(ちぇっ、聞いてたのか)

亮太は、舌打《したう》ちをした。

「まあ、いいじゃん。行こうぜ、行こうぜ」

聖哉は、亮太の肩《かた》に腕《うで》をまわした。亮太はその腕《うで》をはらいのけた。

結局、食後全員で運動場に出ることになった。加奈は、聖哉の足下《あしもと》を見た。

「聖哉くん、靴《くつ》はいてきたら」

聖哉は、昨日からずっとはだしだった。加奈に言われて聖哉は、自分の足の裏《うら》を見た。

「うげ、真っ黒」

バネッサが、「きったないなあ」と顔をしかめた。

「ほんじゃ、とってくる」と昇降口《しょうこうぐち》に向かった聖哉は、なぜか上ばきでもどってきた。

「外に行くんだから、運動靴《ぐつ》を持ってくればいいのに」

バネッサが言うと、聖哉は、「なんでかしんねえけどさあ」と口をとがらせた。

「おれの運動靴《ぐつ》、ねえんだよなあ。げた箱の中に上ばきしかなかった」

「隠《かく》されたの？」

亮太が、即座《そくざ》に言った。

「いやあ。どうなんだろ」聖哉は、首をかしげている。「はいてこなかったのかなあ」

「はあ？」

聖哉以外の四人は、ぽかんと口を開けた。

「はだしで学校に来たってこと？」

「信じられない」

「ま、いいじゃん。上ばきあるし」

聖哉《せいや》は、気にする様子もなく運動場に飛び出した。体育倉庫の中にかけこむと、サッカーボールを抱《かか》えて出てきた。

「みいちゃんもやっていいの？」

みはるが、おそるおそる聖哉に聞くと、

「あったりめえだ。人数少ないんだから」

みはるの顔が一気にほころんだ。

聖哉は、みはるを自分のチームに、亮太《りょうた》のチームに加奈《かな》とバネッサを入れた。

「いくぞー！」

聖哉が、思いきりボールをけり上げる。

「亮太！　とって！」

バネッサの声。

（っとに、なんでこんなことしなくちゃいけないんだよ）

亮太は、足下《あしもと》に転がってきたボールを思いきりけった。ボールは大きく弧《こ》を描《えが》いて飛び、ゴールに飛びこんだ。

「ナイスシュート！」

加奈とバネッサが歓声《かんせい》を上げた。一番驚《おどろ》いたのは亮太自身だった。

「おめえ、サッカーもできんじゃん」

聖哉が、大きな口を開けて笑った。

一年生から六年生まで、しかもたった五人。ルールも何もあったものではない。ボールが足下《あしもと》に来たら思いきりける。空振《からぶ》りしても、まちがえて自分のゴールにシュートしても、みんな、笑っている。

（へんなの）

亮太は、不思議《ふしぎ》だった。

（なんで、こんなとこで笑ってボールなんてけってるんだろ）

「亮太ー！　ボール、いったよ！」

バネッサの声でわれに返り、足下《あしもと》のボールを思いきりけった。

「わ！　しまった！」

ボールは、ゴールとは全然ちがう方向に飛んでいった。ボールは校門の方へ転がっていく。まずい！　と思ったときだ。門の外に出たボールが、はね返ってきた。

ポーン。ポン、ポン……。足下《あしもと》に転がってきたボールを、聖哉が手にとった。そして、大きく振《ふ》りかぶって門の外に投げた。ボールは、強くはね返ってもどってきた。もう一度投げる。やっぱりもどってくる。もう一度、もう一度。何度投げてもボールははね返ってきた。

「外に壁《かべ》があるんだ」

五人は門の外を見つめた。

(壁《かべ》?)

亮太《りょうた》の頭の中に疑問《ぎもん》が浮《う》かんだ。

(壁《かべ》なんて、作れるんだろうか)

そっくりな校舎《こうしゃ》に連れてきたり、みんなでいっせいに隠《かく》れることはできても、学校の周りを壁《かべ》でおおうことなんてできるのだろうか。「だまされているだけ」「トリックがある」という気持ちが、ゆらいでくる。

「スノードームみたいだね」

となりでバネッサがつぶやいた。

「なあに?」みはるがたずねた。

「知らない? スノードーム。半円のガラスの中に小さな町があったり、森があったり」

「中に水か何か入ってて、逆さまにすると金色の粉《こな》がぱあっと舞《ま》うようなヤツだろ」

亮太の家の玄関《げんかん》には、そんな置物があった。バネッサはうなずいた。

「ここって、学校の敷地《しきち》をぐるりと切りとったスノードームみたい。見えない壁《かべ》に囲《かこ》まれているのよ。中に入っているのは、本物そっくりの学校」

五人は、この学校の周りをすっぽりおおっている見えない壁《かべ》を頭に描《えが》いた。

亮太の心の中に、不安が広がっていく。

（そんな大きなモノを作るなんて、不可能なんじゃないのか）

サッカーをやっていたのは、三十分にも満たないのに、五人は汗《あせ》びっしょりになっていた。

「なんでこんなに暑いんだろ」

太陽も雲もないただ真っ白な空間からは、明るい日差しが降《ふ》り注いでくる。

「よし、プールに入ろう！」突然《とつぜん》、聖哉《せいや》が言い出した。

「プールのかぎは、職員室のかぎ保管庫《ほかんこ》の中！」

「よく知ってるね」

加奈《かな》は、驚《おどろ》いて聖哉を見た。

「体育委員だからな」

聖哉はいばって答えた。亮太は、聖哉の提案《ていあん》に即座《そくざ》にだめ出しをした。

「だめだよ。プールって、先週で終わったじゃん。もうプールの機械、動いてないって、先生言ってたよ。機械止めたら、プールの水なんて、あっという間にばい菌《きん》だらけなんだから」

ちぇっと、聖哉は舌打《したう》ちをした。

「じゃ、シャワーにしよう」

「でも、水だろ」

「水でもいいじゃん。汗《あせ》は流れるんだから。待ってろ。かぎとってくるから」

聖哉《せいや》は、元気よくかけだした。

「あいつ、元気だね」

バネッサは、思い出したように加奈《かな》にたずねた。

「ねえ、なんでサッカーやろうって言ったの？」

加奈は、少しだけほほ笑《え》んだ。

「聖哉くん、亮太《りょうた》くんに謝《あやま》りたいんじゃないかって気がして。トイレで泣かせちゃったこと、悪かったと思って、ちょっとでも亮太くんにおわびしたかったんだと思うの」

「で、サッカー？　ぼく、サッカー好きじゃないのに」

亮太は、あきれた。

「だよね。聖哉、アホだね」

バネッサも笑っている。

「でも、聖哉くんは、亮太くんも喜ぶんじゃないかって思ったんじゃないかなあ」

話をしているうちに、聖哉がかぎをにぎりしめて走ってきた。

「あった、あった！」

聖哉は、なれた手つきでプールのかぎを開けた。そろってプールサイドに入っていくと、聖哉が、「水着ないから、おれら、はだかでシャワー浴びるけど、いい？」と言いだした。

「ええ！　そんなのやだ」

女子三人は、あわててプールサイドから飛び出した。聖哉は、なんのためらいもなく、シャワーの横で服を脱《ぬ》いだ。

「どうせ、だれにも見られねえんだから、へーきへーき」

はだかになると、ぴょんぴょんはねるようにしてシャワーのコックをひねった。

「うへー。つめてー！」

亮太は恥《は》ずかしく、なかなかはだかになることができなかった。

（こんなとこにはカメラとか、ないよな）

周りを確認《かくにん》し、ようやく服を脱《ぬ》ぎはじめた。聖哉は、冷たい水を頭から浴びて、「うきゃきゃきゃ」と奇《き》声《せい》をあげている。亮太は、聖哉の体を見て、ぎょっとした。

ぱっと見ただけで、あばら骨の数が数えられるほど、聖哉はやせていた。聖哉は、亮太が見ていることに気づくと、

「ほれ、見て。おれ、骨《ほね》で音楽ができるんだぜ」

自分のあばら骨《ぼね》を、指先でたたきながら、「コン、コン、ココン」と、歌った。亮太は吹《ふ》き出した。

「口で言ってんじゃん」

「あ、ばれた?」

シャワーを浴び終えた聖哉《せいや》は、犬のように体をぶるぶると震《ふる》わせた。

「管理室に忘《わす》れ物のタオルがあるからとってくる」

聖哉は、かぎの束《たば》の中から「管理室」と書かれたかぎを探《さが》し、タオルをとってきて、亮太《りょうた》の足下《あしもと》にポンと投げた。

「あんまりきれいじゃないけど、いいよな」

「……ありがとう」

亮太が体をふいて出ていくと、バネッサと加奈《かな》は顔を見合わせた。

「あたしたち、どうする? 浴びる?」

「うーん」

加奈は、迷《まよ》っている。

「水着ないし、はだかだよねえ」

「別にのぞかねえよ」

聖哉が言わなくてもいいことを言った。そのとたん、

「みいちゃん、や。はだかんぼ、はずかしい」

みはるが甲高《かんだか》い声を出した。

「のぞかねえって言ってんじゃん」

「のぞくもん」

みはるの決めつけた言い方に、みんな吹《ふ》き出した。

「ほ~ら。信用ないんだよ」

バネッサがおかしそうに言った。

「のぞくかよ、バーカ」

聖哉は、みはるをたたくまねをした。そのとたん、みはるは、ぎゅっと目を閉《と》じて体をかたくした。驚《おどろ》いたのは聖哉だった。

「ぶつはずねえだろ」

みはるは、探《さぐ》るような目で聖哉を見上げた。気まずくなった空気をはらうように、

「じゃあ、中の水道で、顔だけ洗《あら》おうか」

加奈がみはるの顔をのぞきこんだ。みはるは、こっくりうなずいた。

「みいちゃん、そのままだとぬれちゃうから、そでまくってあげる」

加奈は、みはるの腕《うで》に手を伸《の》ばした。そのとたん、みはるの顔つきが変わった。みはるは、勢《いきお》いよく手をはらった。

「やだ！　みいちゃん、長そでがいいの！」

みけんにしわを寄《よ》せ、くちびるをきゅっと結んでいる。

「ご、ごめんね」

何が何だかわからぬまま、加奈《かな》は、あわてて謝《あやま》った。

「顔、洗《あら》わない。もういい！」

みはるは、両腕《りょううで》をおなかの前で抱《かか》えるようにして、体をゆすった。その後、何度誘《さそ》ってもみはるは顔を洗《あら》わなかった。


プールからもどって、またとびらを一つ一つ開けていった。

「さ、どんどんやっていこうぜ」

聖哉《せいや》は先頭に立って歩き出した。校舎《こうしゃ》中のとびらを全部開け閉《し》めして、最後に来たのは、六年二組の教室だった。廊下側《ろうかがわ》から入り、中から出て、といろいろやってみたが、結局ここもだめだった。

聖哉は、床《ゆか》にごろんと倒《たお》れた。

「あ〜あ。サイテー」

亮太《りょうた》も、教室の前の方に寝転《ねころ》がった。頭の上に黒板がある。黒板のさんの裏側《うらがわ》が見えた。

「あれ、なんだ。これ」

何か書いてある。

「バイバ～イ？」

「え？　何？」

バネッサがすぐにやってきて、さんの裏側《うらがわ》をのぞいた。

「ほんとだ。バイバ～イって。いたずら書きだ」

それは、サインペンで書いてあった。聖哉も、亮太の横に寝転《ねころ》がった。

「ほら、ここにも」

よく見れば、落書きはいくつもあった。

「こっち日付が入ってる。昭和五十五年？　て、何年前だ？」

亮太は、立ち上がって黒板に数字を書き始めた。

「ええと、昭和は六十四年までで……」

「三十年以上前？　大昔じゃん」

亮太が計算する前に、聖哉が大声をあげた。

「この校舎《こうしゃ》、古いものね」

「ぼくのお母さんも、この校舎《こうしゃ》だったたって言ってたな」

みんなが、えっという顔になった。

「うちのお母さん、この学校の卒業生なんだ。そのころからこの校舎《こうしゃ》だったんだって」

「それって、何年前？」

亮太《りょうた》は、指をおって計算した。

「二十年くらい前かな」

「二十年前！」

「でも、そのころから、この校舎《こうしゃ》は古かったって言ってたよ」

「この校舎《こうしゃ》って、何年くらい前に建てられたんだろ」

亮太は、黒板に20と書いた。

「二十年前にもう古かったってことは、その二十年くらい前には建ってたってことだよね」

下に20をつけ足す。

「もっと前だろ。その二十年くらい前」

聖哉《せいや》が、20を書き足した。

「六十年前！」

ほうっとため息がもれる。加奈《かな》が、ぼんやりとした口調で言った。

「六十年で、何人くらいの子がここを使ったんだろうね」

亮太は、素早《すばや》く計算した。

「一クラス三十五人と考えて、十年で三百五十人、二十年で七百人、三十年で千五十人、六十年ならその倍だから、二千百人」

「いろんな子がいたんだろうなあ」

加奈は、一人一人の顔を想像《そうぞう》するように目を閉《と》じた。

黒板のさんの裏《うら》には、まだまだたくさんの言葉が書かれていた。『楽しかったよ』『みんな、ずっと友だちだよ』といういかにも卒業記念らしいものもあったし、『バカ』『アホ』などの言葉もあった。

「ね、これ」

バネッサが指差した落書きに、亮太は目をとめた。

『死にたい』

それは、先のとがったモノで彫《ほ》られていた。

「こんなことを書く子もいるんだね。かわいそう」

その言葉を聞いたとたん、亮太は、急に頭がかっと熱《あつ》くなった。

「そんなこと書くやつは、弱いやつだ。ぼくなら『死ね』って書くな。みんな、死ねばいいんだ」

言ってしまってから、まずったと思った。みんなが、いっせいに息をのんだのに気がついたからだ。体が縮《ちぢ》んでいくような気がしたとき、

「いいねえ。かっこいいじゃん」

聖哉が、亮太の肩《かた》をたたいた。

「おれも、そうしよっと。書くなら『皆殺《みなごろ》し』とか。かっこいいよな」

「全然、かっこよくない」

バネッサは、顔をゆがめた。

「そんなこと書くの、絶対《ぜったい》イヤ」

「じゃ、おまえならなんて書くの？」

聖哉《せいや》はたずねた。

「書かない。そんなとこに」

バネッサは、相手にしなかった。

「あ～、腹へったな」

突然《とつぜん》、聖哉が大声をあげた。バネッサがまゆをひそめた。「また、それ」

「だって、しょうがねえじゃん。腹《はら》へったんだから」

聖哉は開き直っている。加奈《かな》が、なだめるように言った。

「明日《あした》の朝になれば、早苗《さなえ》先生がパンを持ってきてくれるよ」

「朝かあ。まだまだ先じゃねえか」

聖哉はため息をついたあと、宣言《せんげん》した。

「もう動けねえ。今日はここで寝《ね》る」

すっかり日が落ちていることに気がついて、加奈が、電気をつけた。明かりをつけると、外が暗くなっていたことがよくわかった。

「しっかしよぉ、創意工夫《そういくふう》ってものがないよな」

寝転《ねころ》んだまま聖哉が言い出した。

「ホントにあるものしか出せねえんだもん。しかも、おれたちが思い出すと『ああ、それ、それ』ってあわてて出してくるだけで。もっと、いろんなもの出してくれればいいのにさ。ステーキとか、カレーとか、ラーメンとか」

「あ~、やめて~！　よけいにお腹《なか》すいちゃう」

バネッサが、耳をふさいで大声をあげた。

「水、飲んでくる」

亮太《りょうた》は、教室を出て手洗《てあら》い場に行った。蛇口《じゃぐち》を上に向け、あふれる水をごくごく飲んだ。そんなことで空《くう》腹《ふく》はおさまらなかったが、何もないよりはましだった。

（腹《はら》へったなあ……）

ついでに顔をばしゃばしゃ洗《あら》った。

（いつまで続くんだろう。もういいかげんタネ明かしをして終了にしてくれればいいのに）

亮太は、周りを見まわした。

（カメラがあるとしたら……。天井《てんじょう》の電灯の辺りかなあ）

亮太《りょうた》は天井《てんじょう》に向かって顔を突《つ》き出した。

「わかってんだぞ。ネタはばれてるんだ。だから、これで終了《しゅうりょう》！」

どこかから、「なんだ、ばれてたのか」と、仕掛《しか》け人が現《あらわ》れるんじゃないかと身構《みがま》えた。でも、しばらく待ったけれど、だれも出てこなかった。

教室では、女子三人が、歌を歌っているようだった。楽しそうな歌声が廊下《ろうか》までもれてきた。

「次、何がいい？」

「まいごのこねこちゃん！」

みはるははしゃいでいる。

「それ、ホントは『犬のおまわりさん』だよ」

加奈《かな》が言うと、聖哉《せいや》が、「ワオーン、ワオーン」と犬の遠吠《とおぼ》えをし出した。

亮太は、入り口近くの床《ゆか》に寝転《ねころ》がった。

（もうやめたいなあ）

これでは、学校ぐるみのいじめじゃないか。

（どうしたら、終わりにしてくれるんだろ。やっぱ、泣いて頼《たの》まないとだめなのかな）

亮太は深く息を吐《は》いた。

10 テレビの向こう

加奈は、真夜中にふと目が覚めた。部屋の中は暗くなっていた。横では、みはるが丸まって眠《ねむ》っている。

体をこちらに向け、頭をぴったりと加奈のお腹《なか》につけている。

(みいちゃん、猫《ねこ》みたい)

ふと廊下《ろうか》の方に目をやると、だれかが立っているのが見えた。

(聖哉くん?)

暗くてよく見えないが、背《せ》の高さからいって、聖哉にまちがいないだろう。

(何してるんだろ。眠《ねむ》れないのかな)

起き上がって声をかけようかと思った次の瞬間《しゅんかん》、聖哉の姿《すがた》がなくなっていた。闇《やみ》に溶《と》けてしまったようだった。夢《ゆめ》か。

加奈は、また眠《ねむ》りに落ちた。

次に目が覚めたとき、聖哉は出入り口の近くで寝《ね》ていた。

「ねえ、そろそろパンが届《とど》いているはずだよね」

空腹《くうふく》が耐《た》えきれないらしく、亮太がみんなをせかした。時計は、七時半を指している。

「早く行こうよ」

「待って、顔だけ洗《あら》う」

加奈《かな》は、出入り口に向かった。聖哉《せいや》は、床《ゆか》に座りこんだままぼうっとしている。

「聖哉くん、行こうよ」

亮太《りょうた》がもう一度せかした。

「なあんだ」

聖哉は、突然《とつぜん》笑った。何事かと、他の四人の目が聖哉に集まった。聖哉は、勢《いきお》いよく立ち上がって、

「おめえら、夢《ゆめ》の人じゃん」と、四人を指差した。「おまえら、おれの夢《ゆめ》の中の登場人物ってことか」

「はあ？」バネッサが、腰《こし》に手を当てた。「何言ってんの？　あんた。なんで、あたしがあんたの夢《ゆめ》の登場人物になんなきゃいけないのよ」

「そうだよ」

亮太も頬《ほお》をふくらませた。

「だって」

聖哉は、何か言おうとしたが、「あれ？」と首をかしげた。

「夢《ゆめ》じゃないの？　これ」

「聖哉くん、夢《ゆめ》を見たんじゃないの？　元の世界にもどった夢《ゆめ》」

加奈が言うと、「あっれー」聖哉は、頭を抱《かか》えてしゃがみこんだ。「あっちが夢《ゆめ》?」

亮太が、吹《ふ》き出した。

「それ、昨日、ぼくたちが言ってたやつじゃん。目が覚めたら夢《ゆめ》だったたってなるのかと思ったたってやつ」

聖哉は、納得《なっとく》できない顔をしている。

「もういいじゃん。早くパン食べに行こう」

亮太が先頭に立って、保健室へと向かった。

早苗《さなえ》先生の机《つくえ》の引き出しを開けると、ちゃんとパンが入っていた。聖哉は、パンの袋《ふくろ》を持ち上げ、顔をくもらせた。

「ちっ、四つしかねえ」

今日のパンは、小さなクリームパンが四つだった。聖哉の不満そうな顔を見たとたん、加奈は、

「私、いいよ。そんなにお腹《なか》すいてないし」

反射的《はんしゃてき》に言っていた。

「ふうん。じゃ、みんなでわけよう」

聖哉は、あっさり受け入れ、加奈以外にパンを配った。

「いいの?」

バネッサは、加奈の顔を見た。

「うん。私、朝はいつも食べないの」

「うそばっかり。はい、半分」

バネッサは、パンを半分にちぎった。加奈《かな》は驚《おどろ》いて、手を振《ふ》った。

「いい、いい。ホント、気にしないで」

バネッサは、大きな目をぎょろっと動かした。

「そういうの、やめて。おどおどされると、かえって気ぃつかっちゃうんだよ」

突《つ》きつけられた言葉が、胸《むね》にささった。

「ご、ご……」

ごめんなさいと言おうとしたが、涙《なみだ》がこみあげてきて言葉にならない。バネッサが、「しまった」という顔になった。

「ごめん、言い過ぎた。ホントは、友だちなんだから、遠慮《えんりょ》しないでって言いたかったんだ」

バネッサは、加奈の手に半分のパンをにぎらせた。友だちなんだから、遠慮《えんりょ》しないで。思いがけない言葉に、加奈は、バネッサの顔を見た。バネッサは、照《て》れたように目をそらした。

「みいちゃんのも、あげる」

みはるが、あわてて自分のパンをちぎった。

「いいよ、いいよ。みいちゃん、食べて」

加奈がことわると、

「みいちゃんも、加奈ちゃんの友だちだもん」

小さなみはるの手ににぎられたパンを見たとき、加奈の目にじわっと涙《なみだ》があふれてきた。そのとたん、

「ごめんなさい！　ごめんなさい！」みはるは、頭を抱《かか》えてしゃがみこんだ。

「ごめんなさい。ごめんなさい」

「何？　どうしたの？　みいちゃん」

（まただ）加奈は、思った。（なんで、みいちゃん、こんなふうになるんだろう）

パニックになっているみはるを、加奈はぎゅっと抱《だ》きしめた。

「みいちゃん、私、おこってるんじゃないよ」

「おこってない？」

みはるは、おずおずと加奈の顔を見上げた。

「おこるはずないよ」

加奈は、みはるの頭にあごを乗せた。

「うれしくて泣いちゃったの。みいちゃんとバネッサが優《やさ》しくしてくれたから」

「うれしかったの？」

「うん」

「よかったあ」

みはるの体から、力が抜《ぬ》けていくのがわかった。

バネッサからもらった半分のパンと、みはるからもらったかけらを、加奈《かな》は大事に口に運んだ。食べながら、さっきのバネッサの言葉を思い出していた。

（バネッサの言うとおりだ。私、人の顔色ばかりうかがってた。仲間はずれになる前からずっと、サーヤやケイトにきらわれないように、きらわれないように、気をつけて……）

教室を出てきたとき沙也加《さやか》と恵斗《けいと》が笑ったように感じた。今、沙也加や恵斗が自分を心配していてくれるとは思えなかった。

（いっしょにいたけれど、だからといって「友だち」だったわけじゃなかったのかもしれない）


「さあ、今日は、どうする？」

バネッサは、みんなをぐるりと見まわした。

「まずさ、職員室に行ってみようよ」

言い出したのは、亮太《りょうた》だった。

「何か見つかるかもしれない」

「何にも見つかんねえよ。あんなとこ。食い物もなさそうだし」

聖哉は、食べ物があるかどうかを考えていたらしい。

「かもしれないけど」

亮太は、不安そうに口ごもった。

「いいじゃない。やることないんだし」

バネッサは、さっさと歩き出した。

「今日って、水曜日？　そしたら一時間目は、道徳《どうとく》だよ。テレビ見るんだよ」

みはるが一番後ろを歩いている。時間は、八時半をまわっていた。教室では「朝の会」の時間だ。

職員室の前まで行くと、中から話し声が聞こえてきた。大人の声だ。五人は顔を見あわせ、職員室のとびらを勢《いきお》いよく開けた。はっきりとした女性の声が、響《ひび》いていた。

「子どもたちは、それぞれ一昨日《おととい》の三時間目に教室を出たことが確認《かくにん》されています」

職員室にはだれもいなかった。五人は、声の主を目で探《さが》した。声は、職員室のすみのテレビから流れてきていた。マイクを持った女性が画面に映《うつ》っている。

「その後そろって消息《しょうそく》がわからなくなったということです。四人の子どもたちのうち、みはるちゃんと亮太くんの靴《くつ》は、なくなっているものの、バネッサさんと加奈さんは靴《くつ》はそのまま、またカバンもそのまま残されていることから、校内にいるのではないかと推測《すいそく》されます。しかし、敷地内《しきちない》の施設《しせつ》もくまなく捜索《そうさく》しましたが、現在、一人も見つけることができていません」

女の人の背後《はいご》には、見覚えのある建物。

「……うちの学校？」

加奈《かな》は自分の目を疑《うたが》った。テレビには、この学校の校舎《こうしゃ》が大きく映《うつ》し出されていた。

「今の消息不明《しょうそくふめい》がどうのこうのって、あたしたちのこと？」

バネッサが目を丸くした。

「懸命《けんめい》な捜索《そうさく》が続けられていますが、今のところこれといった手がかりはつかめていない状況《じょうきょう》です」

画面に映《うつ》った正門の前は、テレビカメラやマイクを持った人であふれている。写真をとっている人もいる。画面がスタジオに切り替《か》わる。横長の机《つくえ》に、数人の男女が並んでいる。

「どういうことなんでしょうね。子どもたちが示《しめ》し合わせて学校を出るなんてことが、あるんでしょうかね」

司会者らしい男性が、右横の女性に問いかける。

「この四人に共通したものはないんですか？　家が近所であるとか、習い事がいっしょだとか」

「そういったことは、ないようですね。ただ、一学年二クラスの比較的《ひかくてき》小さな学校ですので、おたがい面識《めんしき》はあったかもしれません」

女性アナウンサーが、トン、とフリップを立てた。そこには、四人の名前が書かれていた。

「ここまでのことを整理しますと、まず五年生の小笠原《おがさわら》加奈さんとダシルバ・バネッサさんは、腹痛《ふくつう》を訴《うった》えた加奈さんをバネッサさんが保健室に連れて行くため教室を出て、そのまま行方不明《ゆくえふめい》になっています。四年生の村崎亮太《むらさきりょうた》くんは、図工室に絵の具をとりに行って、所在《しょざい》がわからなくなりました。一年生の大村《おおむら》みはるさんは、保健室で身体計測《けいそく》をしている最中《さいちゅう》、トイレに行くと言って出て行ったまま行方《ゆくえ》がわからなくなっています。時間は、全員三時間目の授業中ということです」

テレビでは、一昨日《おととい》から学校関係者だけでなく警察《けいさつ》も加わり学校中をくまなく探《さが》したこと、学校周辺も捜索《そうさく》していること、町の中の防犯《ぼうはん》カメラにも子どもたちの姿《すがた》は映《うつ》っていないことを説明した。また、いっぺんに四人がいなくなっていることから誘拐《ゆうかい》というのは考えにくいとも話した。

「なんで四人なの?」

にらみつけるようにテレビを見ていたバネッサが、つぶやいた。

「聖哉《せいや》の名前言わなかったよね、さっき」

聖哉は、口を結んだままだまっている。かわりに、加奈が答えた。

「聖哉くんは、学校に来たばかりだったたからじゃない? だれも聖哉くんが来たことに気づいてないのよ」

「そうか。姿《すがた》が見えなくても、まさか、こんな所にいるなんて思ってないのかもね」

聖哉は、だまってテレビを見つめている。

「ママ!」

バネッサが、さけんだ。テレビには、赤ちゃんを抱《だ》いた栗色《くりいろ》の髪《かみ》の女の人が映《うつ》っていた。マイクを向けられ、日本語ではない言葉でしきりに何か訴《うった》えている。流れる涙《なみだ》をぬぐいもしない。

「お母さん、なんて言っているの？」

加奈《かな》は、たずねた。

「私の娘《むすめ》を返してください。私の宝物《たからもの》なんですって」

バネッサの目もうるんでいた。

次にカメラの前に現《あらわ》れたのは、加奈の母親だった。マイクを向けられても、無言で顔をそむけた。たった二日でげっそりやせたように見える。それを見ただけで、胸《むね》がしめつけられた。その次にテレビカメラが映《うつ》し出したのは、まるで十代のような女性だった。みはるが、ぽかんとした顔でつぶやいた。

「みいちゃんのママだ」

みはるの母親は、男の人に抱《だ》きかかえられるようにしている。

「学校はもっと責任《せきにん》をもって、子どもを預《あず》からなきゃいけないんじゃないの？」

マイクに向かって答えているのは、母親ではなく男の人の方だ。

「あの男の人、みはるのお父さん？」

亮太《りょうた》が聞くと、みはるは口をぎゅっとむすんだまま首を横に振《ふ》った。

「だれ？」

亮太は続けて聞いたが、みはるの耳には入っていないようだった。

その後に出てきたのは、亮太の母親だった。かたい表情で、「一刻《いっこく》も早く見つけてほしいです」とだけ言った。亮太は、その映像《えいぞう》を食い入るように見て、「本物だ。うちのお母さんだ」とつぶやいた。

「今、学校の門の前から映《うつ》してたよね」

バネッサは、窓《まど》から顔を出して外を見た。門の外はあいかわらず白い霧《きり》がかかったままだ。

「ここじゃないってことだよね」

画面に映《うつ》っていた校舎《こうしゃ》も、今、自分たちがいるこの校舎ではないのかもしれない。

「不思議《ふしぎ》な事件ですね。教室を出た子どもが、突然《とつぜん》いなくなるというのは」

テレビの画面では、もの知り顔のコメンテイターが語っている。アナウンサーが、「かき消すように姿《すがた》がなくなったことから、『神隠《かみかく》し』といううわさも流れているようですよ」と言うと、

「神隠《かみかく》し、ですか？」

どう反応《はんのう》したらいいものかという顔をした。

「まあ、そう言いたくなる気持ちもわからないではないですが」

「一刻《いっこく》も早く子どもたちが見つかってくれることを祈《いの》るばかりです」

司会者は重々しくうなずいたあと、表情を一転させた。

「では、次は、動物園でかわいい赤ちゃんライオンが誕生《たんじょう》したというニュースです」

「何が、かわいい赤ちゃんライオンだよ」

聖哉《せいや》は、つかつか歩いていくと、プチンとテレビを消した。

「本当のことなの?」

亮太《りょうた》がつぶやいた。

「『本当のことなの』って?」

バネッサが聞くと、亮太は少し考えてから、「ドッキリ番組じゃないの?」と言った。

「はあ?」

聖哉とバネッサが同時に声をあげた。

「だからさ、みんなで隠《かく》れてて、ぼくたちがどうするか見て笑ってるんじゃないの? その辺にテレビカメラとかあって、実験ていうか、引っかけっていうかさ」

「なんじゃそりゃ」

聖哉にバカにされて、亮太はだまりこんだ。バネッサは、「引っかけじゃないよ」とまじめな顔で答えた。「そんな大がかりなこと、だれがやるのよ」

加奈《かな》は、母親のやつれた姿《すがた》が頭からはなれなかった。

(お母さん、倒《たお》れちゃったらどうしよう)

加奈の父親が死んだとき、母は葬儀《そうぎ》の会場で倒《たお》れてしまった。葬儀《そうぎ》が終わったあとも、食事も満足にとらず、どんどんやせていった。この上、母親まで病気になってしまったらどうしようと、加奈は不安で不安で眠《ねむ》れなかった。夕ご飯の支度《したく》も、弟の面倒《めんどう》も、自分ができることはなんでもやった。心配かけないように、仲間はずれになっていることを必死で隠《かく》してきたのに、もっと心配をかけることになってしまった。

「おこられるかな。みいちゃん、だまってここに来ちゃって、おこられるかな」

みはるはみはるで、母親にしかられることを心配していた。

「おこられないよ。みいちゃんがわざとここに来たんじゃないことくらい、わかってるよ」

バネッサが言い聞かせても、みはるは気が気ではないらしく、「どうしたら、わかる？　みいちゃんが、ここにいるの、どうしたらわかる？」と今にも泣き出しそうだ。

どうしたらここにいると告《つ》げられるのか。そんなことは、だれも答えようがなかった。

すると、聖哉が窓《まど》を開けて、大声をあげた。

「おーい！　ここだぞぉ！　ここだぞぉ！　おーい！」

「そんなことしても」

むだだ……と加奈は思った。学校の敷地《しきち》の向こうはあいかわらず真っ白な空間で、声を出したところでだれかに聞こえるとは思えなかった。でも、加奈もさけばずにはいられなかった。

「おーい！　ここにいるよぉ！」

バネッサもみはるも亮太も、窓《まど》の向こうに向かってさけびだした。

「ここにいるよぉ！」

「ママァ、みいちゃん、ここだよぉ」

五人の声は、白い闇《やみ》の中に溶《と》けこんでいくだけだった。

11 ……………………………… 欠席者

子どもたちがいなくなって、三日目を迎《むか》えた。電話がひっきりなしに鳴っている職員室は、いくらでも手がほしい状態《じょうたい》だが、保健室をいつまでも空にしておくわけにもいかない。早苗《さなえ》が保健室に来て、一分もしないうちに、女の子が入ってきた。五年生の鈴木沙也加《すずきさやか》だ。

「どうしたの？」

「頭が痛《いた》くて」

生気のない顔つきだった。

「ここに座って」

机《つくえ》の横のいすに腰《こし》かけさせた。

「まず、熱《ねつ》を測《はか》りましょう」

体温計をわたす。

「あなたは鈴木沙也加さんだったわよね、五年……」

「一組です」

沙也加は、答えた。

「五年一組ね」

その日、保健室を訪《おとず》れた児童について記録する「保健カード」に、クラスと名前を書きこみながら、

（この子、加奈《かな》さんと仲良しだって言ってたわよね）

岡本《おかもと》の話を思い出した。

ピピッ。沙也加の手から体温計を受け取る。「三十五度七分。低いくらいね」カードに、熱を書きこむ。

「いつから痛《いた》いの？」

「朝、学校に来てから」

「ずっと？」

「ずっとっていうか、どんどん痛《いた》くなってきたっていうか」

早苗は、沙也加の顔を見た。確《たし》かに青ざめている。

「何か心配なこととかある？」

「え？」

一瞬《いっしゅん》間があいた後、沙也加は首を横に振《ふ》った。

「じゃあ、風邪《かぜ》の引きはじめかもしれないわね。がまんできなかったら、少しだけベッドで休む？　今、二時間目が始まったところだから、三時間目くらいまで」

沙也加《さやか》は、こっくりうなずいた。いすから立ち上がって、ベッドに行くとき、「先生」と、早苗《さなえ》を見た。

「うん？　なあに」

「あ、あの」

沙也加は、聞きにくそうにたずねた。

「一昨日《おととい》、加奈《かな》ちゃん、本当に保健室には来なかったんですか？」

突然《とつぜん》、沙也加の口から加奈の名前が出た。

「ええ。来なかったのよ」

早苗は正直に答えた。

「じゃあ、どこに行っちゃったんですか？」

「どこに行ってしまったかわからないのよ。だから、大騒《おおさわ》ぎになってるの」

ちょっと迷《まよ》ったが、「あなたは何か知らない？」と、聞いてみた。沙也加の顔が、みるみるこわばった。

「知らない。岡本《おかもと》先生にもしつこく聞かれたけど、知るはずないじゃない。私、教室にいたのに」

すでにいろいろ聞かれたらしい。これ以上はやめておいた方がいい。

「きっともうすぐ見つかるわ。心配しないで、少し眠《ねむ》ったら？」

早苗は、沙也加の背中《せなか》を押《お》してベッドに連れて行った。沙也加は、背中《せなか》を向けたまま言った。

「先生、加奈ちゃん、自殺しちゃったりしないよね?」

自殺という言葉に、ぎくりとした。

沙也加の背中は、返事を待っている。否定《ひてい》してほしいのだ。

「加奈さんは一人じゃなくて、バネッサさんもいっしょだから、自殺なんてするはずがないわよ」

背中《せなか》を向けたまま、沙也加は質問を変えた。

「置き手紙とか、なかったんだよね?」

「そんなものはないけど」

「じゃ、本当にわかんないんですね。なんでいなくなっちゃったのか」

沙也加の声が、少しだけ明るくなった。

「心配で。ほら、書き置きとかあったら、いいのになって思ったんです」

「そうね。そういうのがあったらよかったのにね」

早苗の答えに満足したのか、沙也加は自分からベッドに横になった。

カーテンを閉《し》めると、沙也加が慎重《しんちょう》に息を吐《は》くのがわかった。安堵《あんど》のため息をついたことを気づかれまいとするように。本当は、「加奈さんに何をしたの」と問い詰《つ》めたいところだが、ぐっとこらえた。

(書き置きがなくてよかった……か)

心が奥《おく》の方から徐々《じょじょ》に冷えていくような気がした。

五年生から中学を卒業するまでの五年間が、女の子にとっては人生で一番辛《つら》く苦しいころだと思う。人間関係も、自分自身の心の内も。沙也加《さやか》も、いろんな思いを胸《むね》に秘《ひ》めているのだとは思う。

(いなくなった子どもたちのクラスの子は、それぞれに動揺《どうよう》しているかもしれない。亮太《りょうた》くんやみはるちゃんやバネッサさんと関《かか》わりの深《ふか》い子たちも、心中《しんちゅう》おだやかではないだろう)

早苗《さなえ》には、一昨日《おととい》はじめて知ったことがあった。村崎亮太の母親のことだ。一昨日《おととい》の夜、亮太の母親が学校に来た。校長室に入る姿《すがた》をちらっと見ただけだったが、そのとたん、血の気が引いた。結婚《けっこん》して姓《せい》が変わっているので気づかなかったが、早苗の小学校時代の同級生だった。体が震《ふる》えた。呼吸が荒《あら》くなるのが自分でわかった。

(村崎亮太の母親だったんだ)

向こうは気づいているかどうかはわからない。早苗は結婚《けっこん》していないので、苗字《みょうじ》は変わっていない。親は養護教諭《ようごきょうゆ》の名前なんて、チェックしていないかもしれない。でも、早苗の方は気づいてしまった。体の震《ふる》えは、なかなかおさまらなかった。

(もう、二十年以上も前のことなのに……)

窓《まど》の外に目をやった。校門の外にはあいかわらずテレビカメラが陣取《じんど》っている。

(どうにかならないかなあ、あの騒《さわ》ぎ)

心配しているというより、はしゃいでいるように見える。テレビ局に情報《じょうほう》を流したのは、どうやらみはるの母親の恋人らしい。テレビカメラが自分を映《うつ》すたび、にやにやしていた。

テレビ局から市の教育委員会に問い合わせがあったのは昨日の朝だった。最初は誘拐《ゆうかい》やテロなどを懸念《けねん》して、報道《ほうどう》はさしひかえていたが、警察《けいさつ》から誘拐《ゆうかい》とは考えにくいという見解《けんかい》が出たとたん、こんな騒《さわ》ぎになってしまった。子どもがいっぺんに四人もいなくなった。しかも授業中に。それは、かっこうのワイドショーネタにちがいない。

ただ、報道《ほうどう》されたことで、見つかる確率《かくりつ》は高くなった。子どもたちがどこかでふらふらしていたら、すぐにわかるはずだ。

しかし、他の児童への影響《えいきょう》も大きかった。昨日まで子どもも保護者《ほごしゃ》も、冷静に事実を受け止めていた。だが、テレビで取り上げられているうちに、だんだん不安になってきたらしい。

職員の中からも「子どもたちを帰した方がいいのでは」という意見も出ていたが、帰したら帰したで「突《とつ》然《ぜん》帰されても困《こま》る」というクレームが来ることは目に見えている。実際《じっさい》、帰ったところで家にだれもいない児童がほとんどなのだ。台風でもないのに家に帰したら、その後、子どもたちの多くは外に遊びに出てしまうだろう。かえって別の事件を招《まね》きかねない。

校長、教頭は、朝から保護者《ほごしゃ》、マスコミ、教育委員会の対応《たいおう》に追われている。いなくなった子どもたちについては、引き続き捜索《そうさく》はしているものの、なんの進展《しんてん》も見られない。

早苗《さなえ》の胸《むね》には、ずっと引っかかっていることがあった。それは、遠い昔のできごとだ。でも、それが現実のものだったのかどうかも、今では自信がない。ましてや、いなくなった子どもたちと関係があるのかどうかも、わからない。

ただ、子どもたちの姿《すがた》が見えなくなったとき、真っ先に思い出したのだ。それは、だれかに話してもまともに受けとってもらえるとは思えない話だった。

朝からバタバタしていたため、まだ「健康チェックカード」に目を通していなかった。一年生から順にめくっていくと、やはり欠席者が多い。「危険《きけん》な学校には子どもを送り出せない」と考えた親は、少なくないのだ。

(そういえば、聖哉《せいや》くんは、来てるのかしら)

早苗は、一番下にあった六年二組の健康チェックカードを引っぱり出した。聖哉の昨日《きのう》の「?」は二重線で消され、「欠」の文字が入っている。今日もまだ来ていない。

担任《たんにん》の三浦《みうら》に様子を聞こうと六年二組のインターホンを鳴らしたが、だれも出なかった。

ベッドの方に行って、カーテンからそっと沙也加《さやか》の様子を見た。沙也加は目を閉《と》じて、布団《ふとん》に入っている。まだ幼《おさな》さが残っている顔を見ると、頭をなでてやりたいような気持ちになる。だけど、この子の胸《むね》の中には、大人よりもずっと残酷《ざんこく》なものが潜《ひそ》んでいるのかもしれないとも思う。

(心配しているのは、加奈《かな》さんなのかしら。それとも、自分がしたことが明るみに出ることなのかしら)

おそらく後者だろうと推測する。

（そういえば……）

机《つくえ》の一番下の引き出しをカラカラと開けて、早苗の心臓は、どくんと大きく波打った。朝入れたばかりのパンが、ないのだ。昨日もなくなっていた。帰りに持ち帰ろうと引き出しを開くと、パンがなかったのだ。

ここにパンがあることを知ってる児童は、何人かいる。でも、だまって持っていかれたことは一度もなかった。

（ぬすむようなマネをしなくても、言えばちゃんとあげたのに）

早苗の頭に聖哉の顔が浮《う》かんだ。

（まさかね。あの子は、ずっと来てないんだから）

早苗は、自分の思いを打ち消した。

12 ……………………………………… 神隠し

「カミカクシンって何？」

みはるが、そうたずねたのは、給食を食べているときだ。今日の給食は、パンとクリームシチューとハムフライだ。

「カミカクシン？」

「テレビで言ってたでしょ。カミカクシンて」

加奈《かな》は、一瞬《いっしゅん》考えた後、「ああ、神隠《かみかく》しのことね。カミカクシンじゃなくて、カ・ミ・カ・ク・シだよ」

と、説明した。

「カミカクシンて何？」

みはるは、まだ「カミカクシン」のままだ。

「神隠《かみかく》しって、神様に隠《かく》されちゃったみたいに人がいなくなっちゃうことだよ」

「みいちゃんたち、いなくなってないよ。ここにいるよ」

みはるはパンパンと自分の胸《むね》をたたいた。その仕草《しぐさ》がかわいくて、加奈はちょっと笑った。

「神隠《かみかく》しかぁ」

バネッサは、パンをくわえたままつぶやいた。

「神隠《かみかく》しって、どんなのなんだろう。もしかしたら、今みたいな状態《じょうたい》のこと？」

「そうかも」

加奈も、同じように考えていた。

「もしかしたら、こんなふうに、そっくりな場所に来ちゃうのかもしれないね。そしたら、自分が神隠《かみかく》しにあっていても気づかないかも」

「え？　おれら今神隠《かみかく》しにあってるの？　神隠《かみかく》し、なう？」

聖哉《せいや》がふざけた口調で、騒《さわ》ぎたてた。

「それってもう帰れねえってこと？」

すると、クリームシチューをすすっていた亮太《りょうた》が、さらりと答えた。

「帰ってきたって言ってた」

みんなの目が亮太に集まる。

「帰ってきたんだって。神隠《かみかく》しの子」

くちびるの上にシチューの白いひげがついている。

「前、お母さんが言ってたんだ。六年のとき、お母さんのクラスの子が急にいなくなって、大騒《おおさわ》ぎになったんだって。けど、夜になって、もどってきたって」

「何、それ？　ただ隠《かく》れてただけじゃね？」

聖哉が笑いながら言った。

「うーん。わかんない。でも、急にいなくなったんだって。教室の中のどこにもいなかったって」

「じゃ、この学校では、前にも神隠《かみかく》しがあったってこと？」

バネッサが聞くと、

「かなあ」

亮太《りょうた》は、あいまいに首をかしげた。バネッサが、興奮気味《こうふんぎみ》に言った。

「それって、すごいことじゃない。なんで、そんなことだまってたのよ」

「だって、ぼくたちが神隠《かみかく》しにあってるなんて思ってなかったし」

「ドッキリテレビだと思ってたんだよなあ」

聖哉《せいや》がちゃかした。亮太は、聞こえないふりをしている。

「だけど、この学校でそんなことがあったなんて……」

加奈《かな》は、そんな話は一度も聞いたことはなかった。

「『よそのクラスには言わないこと』って言われてたんだって。『へんなうわさが立つとよくない』って。でも、お母さんは、絶対『神隠《かみかく》し』だって。廊下《ろうか》にいっしょにいて、その子だけ教室に入っていったんだって。だけど、いつまでたっても出てこなくて、ドア開けたら、だれもいなかったんだって」

亮太は、早口で説明した。

「教室は三階で、窓《まど》から飛び降《お》りたとは考えにくい。とびらの前には、クラスの子たちがいて、だれも外に出たところは見ていなかった。でも、先生は絶対《ぜったい》みんなの目をぬすんで外に出たんだって言ったんだって。ぼくも実際《じっさい》はそうだと思うよ。お母さん、おもしろがって『神隠《かみかく》し』って言ったんじゃないかな」

「ウソなの？」

「さあ」

「さあって、そこが肝心《かんじん》なとこじゃないの！」

バネッサは、もうがまんできないという勢《いきお》いで立ち上がった。

「もしその話が本当だったら、この学校には、前にも神隠《かみかく》しにあって、帰ってきた子がいたってことだよね。そしたら、あたしたちももどれるかもしれないってことじゃない？　ねえ、そうでしょ？　そう思うよね？」

加奈は、「かもしれないね」と、相づちを打った。

「かもじゃないよ、絶対《ぜったい》だよ」

「ちょ、ちょ、ちょっ」

聖哉が、スプーンを小刻《こきざ》みに動かした。

「じゃ、何？　おれたち、今神隠《かみかく》しにあってること決定なわけ？」

「だから、さっきからそう言ってるでしょ。それしか考えられないじゃないの。これが神隠《かみかく》しじゃなかったら、どんなのが神隠《かみかく》しなのよ。どうしてあたしたち、こんなとこにいるのよ。説明してよ。こういうの、日本語でなんて言うの？」

バネッサは、早口でまくし立てた。

「きゃんきゃん、うるせえっつうの！」

聖哉が負けずに言いかえした。

「だれだったのかなぁ、神隠《かみかく》しにあった子って」

亮太《りょうた》は、だれに言うともなくつぶやいた。

「名前なんてわかっても、何にもならないよ」

バネッサは、愛想《あいそ》のない返事をした。

加奈《かな》は、ちょっと考えてから、「名前はいいから、そのときの様子が知りたいな。どんなふうに消えたのかとか。もしかしたら、帰れるヒントがつかめるかもしれないじゃない」と言った。ヒントになるかもと聞いて、バネッサは、「そうか」とうなずいた。

「何か残ってないのかな」

バネッサは、加奈を見た。

「何かって何？」

「作文とか」

「作文なんて、残ってないでしょ、ふつう」

すると、聖哉《せいや》が、

「あれ、待てよ」

何かを思い出したように声をあげた。

「作文は知らねえけど、卒業文集なら校長室にあるぜ」

「卒業文集?」

聖哉は「おお」と返事をした。

「一学期、校長室の掃除《そうじ》の係だったからさ。校長先生の机《つくえ》の後ろのたなに、ずらっと並べてあるのを見たことある。卒業アルバムとセットで置いてあった」

四人の目が輝《かがや》いた。

「それ、いいかもしれない」

「聖哉くん、すごい」

加奈にほめられて、聖哉の顔がちょっと赤くなった。

「じゃ、見に行ってみるか?」

「行く!」

五人は校長室へと向かった。


聖哉が言っていたとおり、校長室には卒業アルバムがそろっていた。背《せ》に、「○○年度卒業」と書かれている。バネッサは、亮太にたずねた。

「ママって、何年前に卒業したの?」

亮太はちょっと考えた。

「今三十五歳だから……ええと、二十三年前だ」

「そんな古いのあるのかなあ」

アルバムは、卒業年度順に置かれていた。去年のアルバムからさかのぼって数えていった。

「あった。これだ」

バネッサが、中の一冊を引き抜《ぬ》く。堅《かた》いケースの中に、アルバムと文集がセットになって収《おさ》まっている。

まず最初にアルバムの方を開いた。

「この中に、亮太《りょうた》のママいる？」

亮太は、首を伸《の》ばしてアルバムをのぞきこんだ。一組から順に、女の子の顔写真を指でたどっていく。

「この組じゃないなあ」

二組のページを開いて、

「あ、これだ！」

髪《かみ》の毛を頭の高い所でひとつにしばった女の子だった。あまり亮太と似《に》ていない。

「じゃあ、神隠《かみかく》しにあったのは、このクラスの子ってことね」

一人一人の顔を見ていくと、意外な人物を発見した。

「これって……早苗《さなえ》先生？」

加奈《かな》は、写真の中の少女を指さした。

「ほら、名前が『小島早苗《こじま》』って」

いっせいに視線《しせん》が集まる。ショートカットのおとなしそうな女の子。でも、保健室の早苗先生の面影《おもかげ》がある。

「ホントだ」

「早苗先生、この学校の出身だったんだ」

「こんな偶然《ぐうぜん》ってあるんだ」

「びっくりだね」

亮太は、聖哉《せいや》の顔をのぞきこんだ。聖哉は、目を大きく開いてかたまっている。

「驚《おどろ》きすぎだよ、聖哉くん」

亮太に肩《かた》をたたかれて、聖哉はハッとした。

「あ〜、びっくりした。だって、早苗先生、小学校の時と同じ顔してるじゃん」

「そう言われてみれば、そうだね」

バネッサが笑った。すると、亮太が驚《おどろ》くようなことを言い出した。

「ひょっとして、神隠《かみかく》しにあったの、早苗先生だったりして」

「まさか」

六年二組の女子は、全部で十八名だった。亮太の母親をのぞいても、まだ十七人もいるのだ。

アルバムと同じケースの中に「卒業文集」も入っていた。六年二組のページをめくる。一言でも神隠《かみかく》しについて書いている子がいるかもしれない。全部目を通してみたが、そんなことを書いている子はいなかった。たいていの子は「将来《しょうらい》の夢《ゆめ》」か「六年間の思い出」を書いている。

「やっぱり、だれもそんなこと書いてないね」

早苗《さなえ》先生の作文にも、神隠《かみかく》しの話はなかった。「小学校の思い出」という題名で、四年生のときの遠足の話が書いてあった。

「なんだ、たいしたこと書いてねえの」

作文は、遠足のとき行ったおかし工場が、まるで夢《ゆめ》の国のように思えたというたあいのない話だった。でも、加奈《かな》は、その作文におかしな印象を持った。

(なんだろう)

少し考えてわかった。

「これ、卒業文集なんだよ。なのに、どうして、四年生の遠足なのかな」

聖哉《せいや》が、「次々とおかしが出てくる様子がおもしろくて、ずっとわすれられないって書いてあるじゃん」と答えた。確《たし》かに作文には、そう書いてあった。

(でも、卒業文集に、四年の遠足の話を書くだろうか?)

加奈は納得《なっとく》できなかった。でも、聖哉は、「しかたねえじゃん。おかし工場が、すっげえ心に残ったならさ」と、ゆずらない。そんなものなのだろうかと思いかけたとき、亮太《りょうた》がぽつりと言った。

「きっと、五、六年には、書くことがなかったんだよ」

加奈は、亮太の顔を見た。亮太は、一点を見つめたまま、もう一度言った。

「いじめられてたのかもしれない。五、六年ってクラス替《が》えしないし。だから、そのクラスになる前の四年の話なのかも」

亮太の足下《あしもと》に、丸いしみができた。見ている間に、もうひとつ。亮太は、あわてて手の甲《こう》で目をこすっている。ただ単《たん》に早苗先生がかわいそうと同情した涙《なみだ》ではない気がした。

(何か思い出しちゃったのかな)

早苗先生は、きりっとした印象の先生だ。具合が悪くて保健室に行ったときは、もちろん優《やさ》しく対応《たいおう》してくれるが、けがで行ったときは、原因《げんいん》によってはきびしい口調でしかられることもある。どっちにしても、仲間はずれにされるようなイメージはない。

でも、だれが仲間はずれにされたりいじめられたりしても不思議《ふしぎ》じゃないことは、加奈もよく知っている。そんなのは、トランプでババを引くのと同じようなものなのだ。

「あ、ねえ、見てここ」

バネッサが指さしたのは、クラスの自由ページだった。一人一人の作文とは別に、学級ごとに自由に書きこめるページがあったのだ。『クラスで一番、運動のできる人』『将来《しょうらい》大物になりそうな人』『一番おもしろい人』それぞれベスト3までが選ばれて、イラスト入りで楽しげに書いてある。そんな中に、おかしな項目《こうもく》があった。

『一番神隠《かみかく》しにあいそうな人』

そして、その第一位には『小島早苗《こじまさなえ》』と書かれていた。五人は顔を見あわせた。卒業文集にこんな質問は不自然だ。バネッサが、口を開いた。

「やっぱり、神隠《かみかく》しにあったのって、早苗先生なのかも。さっき亮太《りょうた》が言ってたでしょ。口止めされてたって。でも、みんな、やっぱり『あれは神隠《かみかく》しだ』って思ってて、どこかにそのことを書きたかったんだよ」

五人は、あらためてアルバムの早苗先生の顔を見た。まじめそうなふつうの女の子。何もなければ、『神《かみ》隠《かく》しにあいそうな人』に名前があがるとは考えにくい。

「この学校は、昔からそういうことが起こる場所なんじゃないの？」

バネッサは、四人の顔を見まわした。

「神隠《かみかく》しの起こる場所って……そんなのあるの？」

亮太が聞くと、

「それは、わかんないけど……。でもさ、学校って変な話多いじゃん。学校の怪談《かいだん》とか七不思議《ふしぎ》とか」

加奈《かな》は、背中《せなか》がぞくぞくしてきた。自分たちの学校が、そんな学校だなんて、考えたこともなかった。

「だけど、もし、ここが神隠《かみかく》しの起こる学校だとしたら、今までだってそういうことが何回も起こってるんじゃないの？　早苗先生からぼくたちまで、二十年以上たってるよ。その間にも神隠《かみかく》しがあったとしたら、もっと大騒《おおさわ》ぎになってないかな」

亮太は、冷静な声で言った。

「もしかしたら、早苗先生以外は、そんな子はいなかったのかもしれないでしょ」

加奈の言葉に、バネッサがうなずいた。

「神隠《かみかく》しが起こるには、条件《じょうけん》があるのかもしれないね」

「条件《じょうけん》？」

「学校の特定の場所とか、時間とか」

「場所はちがうな。だって、ぼくたちみんなちがう場所にいたじゃないか。保健室でしょ。トイレでしょ。六年二組の教室でしょ。ぼくは、図工室」

亮太は、一人一人を指差した。加奈はちょっと考えた。

「じゃ、場所じゃなくて、時間……とか。私たちが保健室に来たの、何時だったんだろう」

「三時間目が始まってすぐだったから、十一時ごろかなあ」

バネッサが、答えた。

「十一時何分かは覚えてない？」

「見てないわよ。そこまで」

「でもさ、そこが大切かもしれないよ」亮太《りょうた》は、言った。「何時何分何秒ってさ。秘密《ひみつ》のとびらが開く時間があってさ。そのときとびらを開けた人が神隠《かみかく》しにあう」

「じゃあ、もしかしたら、帰るときもその十一時何分何秒ってそこまで正確《せいかく》じゃないとだめなのかな」

「でも……待って」

加奈《かな》は、二人の会話を止めた。

「亮太くんのお母さん、神隠《かみかく》しの子は、その日の夜帰ってきたって言ったんでしょ？　だったら、帰る時間は別なのかも」

「あ、そうか」

亮太は、ふんふんと首をふった。

「でも、もし、何時何分何秒にとびらを開けた人は神隠《かみかく》しにあうんだったら、もっと頻繁《ひんぱん》に起こってるんじゃないかな。だって、たまたまその時間にとびらを開けちゃうことって、もっとありそうな気がするの。少なくとも二十年に一回なんてことない気がしない？」

「じゃ、時間じゃないのかな」

亮太は、腕組《うでぐ》みをした。

「早苗《さなえ》先生に聞ければいいのになあ」

「無理」バネッサはあっさり言った。「どうやって聞くのよ」

亮太は、目を閉じて考え始めた。「う～ん」となった後、パッと目を開いた。

「電話ってつながらないのかな？　職員室に電話があるだろ。こっちの電話から学校に電話をかけたら、向こうにつながるんじゃないかな？」

「バカか。おまえは。つながるわけねえだろ。バーカ」

聖哉《せいや》は、何度も「バカか」とくり返した。「バカ」と言われるたびに、亮太の顔が険《けわ》しくなる。

「とりあえずさ、試《ため》してみたっていいんじゃないの？」

加奈が、割《わ》って入った。

職員室は、相変わらずだれもいない。電話は、とびらを入ってすぐの机《つくえ》の上にあった。

「学校にかけて、早苗先生、呼《よ》べばいいよね？」

亮太は、みんなにたずねた。

「かかるなら、だれでもいいんじゃない？」

とバネッサ。亮太は、受話器を耳に当てて、一瞬《いっしゅん》止まった。

「学校の電話番号、知ってる？」

四人は、顔を見あわせ、同時に首をふった。

「じゃあ、だめじゃん」亮太は、受話器を置いた。「どこかに書いてない？」

加奈は、あちこち見まわした。

「どこかじゃだめなんだって。ここに書いてあるってわからないと出てこないんだから」

「もうっ！　不便《ふべん》だなあ」

それでも、みんなで電話の周辺を探《さが》してみた。

「電話、かけないの？」

みはるが聞いた。

「電話番号がね、わかんないの」

加奈《かな》が答えると、

「みいちゃん、ママのケータイの番号、言えるよ」

「みいちゃんのママにかかっても……」と言いかけて、「あ、そうか。どこにかかってもいいんだ」

加奈は、ようやく気づいた。

「とにかく、向こうの世界にかかるか、試《ため》してみればいいんだよ」

「じゃ、ぼく、家にかけてみる」

まっ先に、亮太《りょうた》が受話器をとった。なれた動きでボタンを押《お》す。でも、「だめだ。なんにも音がしない」

がっかりした顔で受話器を置いた。

「みいちゃんも、かけたい」

みはるも試《ため》したが、だめだった。加奈も、バネッサも同じだった。

「聖哉《せいや》くんも試《ため》してみる？」

加奈がたずねると、

「やらねー」

聖哉は、受話器を受けとらなかった。

「それより、夕飯のこと考えようぜ」

「あんたって、いっつも食べること考えてるのね」

バネッサは、心底あきれたという表情だ。

「食うってことが、一番大事なんだ」

聖哉は、つばを飛ばして言い返した。すると、めずらしく、「ぼくも、それは正しいと思う」亮太が、賛《さん》成《せい》した。

「マンガとかアニメだと別の世界に行ったら、おなかなんてへらないのにさ。ここってちゃんと腹《はら》へるんだもん。てことはさ、食べないと飢《う》え死《じ》にしちゃうってことじゃん。かっこつけて、食べ物なんてなくてもだいじょうぶなんて言ってる場合じゃないよ」

「だよなあ、だよなあ。おまえ、わかってんじゃん」

聖哉は、急に機嫌《きげん》が良くなった。すると、

「運動場のすみっこに、ヤマモモがあるよ」とみはるが言い出した。「生活の勉強で学校探検《たんけん》したとき、見つけた」

「よっしゃ！」

聖哉《せいや》は、ガッツポーズをしたが、加奈《かな》が、「ヤマモモ、今は季節じゃないからないと思うよ」と指摘《してき》すると、へなへなとへたりこんだ。

「食い物、食い物、食い物」

まるでだだっ子のように言い続けるので、「じゃ、見に行ってみようか」と、全員で外に出ることにした。運動場の木を一本一本確認《かくにん》して歩く。加奈は、木を指さしながら先頭で歩く。

「これはサクラ。こっちは、イチョウ。ギンナンはまだまだよね」

みはるの言ったヤマモモは、もちろんなっていない。

「柿《かき》は？　柿《かき》って秋だろ？」

バックネットの裏《うら》の柿《かき》の木を、聖哉が指差した。

「確《たし》かに柿《かき》の木だけど、実が食べられるのは、冬に近いころだよ」

加奈が言いにくそうに答えると、

「なんだよ、くそ」

聖哉は、腹立《はらだ》たしげに足下《あしもと》の土をけった。

「じゃ、加奈ちゃん、おいもはいつ食べられるの？」

みはるは、自分たちの畑のサツマイモのことを思い出しているようだった。

「十月くらいかな」

「じゃあ、まだだね」

みはるは、がっかりした声を出した。

「加奈ってさ、そういうことは、よく知ってるね」

年下の亮太《りょうた》に呼《よ》び捨《す》てにされても、加奈はちっとも気にならなかった。それより、「よく知ってる」と言われたことがうれしかった。

「お母さんの方のおばあちゃんに教えてもらったの。おばあちゃん、畑で野菜も育ててるし、庭に果物のなる木もあるの。遠いから夏休みしか行かないんだけど、行くといろんなこと、教えてくれるの」

祖母の家で過ごした数日間が、加奈にとっては夏休みでの一番楽しい出来事だった。

「へえ。すごいねえ」

バネッサもみはるも、感心している。

(前にサーヤに、「おばあちゃんと畑に行くのが好き」って言ったら、「ダサ」って笑われたっけ)

沙也加《さやか》たちは、おしゃれやアイドルの話は好きだけど、植物の話や本の話には関心がなかった。

(私、サーヤたちとは何を話してたんだろう)

思い出そうとしても思い出せなかった。何も話していなかったような気もした。

校庭を一まわりしたが、実のなっている木はなかった。

「あ~あ。もう大ピンチだぁ」

聖哉《せいや》は、運動場にしゃがみこんだ。みはるも亮太《りょうた》もしゃがみこんだ。亮太や聖哉の言うとおり、食べ物がないというのは深刻《しんこく》な問題だった。

(何かないのかなあ)

運動場を、ぐるりと見まわしたそのときだ。プールの横のコンテナに書かれた文字に目がとまった。「防《ぼう》災用備蓄倉庫《さいようびちく》」。バネッサも、ほぼ同時に気づいたようだった。二人は顔を見あわせた。

つい一週間ほど前のことだ。地震《じしん》の避難《ひなん》訓練のあと、『防災用備蓄倉庫《ぼうさいようびちく》』の中を見学したのだ。

五人は、備蓄《びちく》倉庫にかけよった。聖哉ががたがたととびらをゆする。

「くそっ。かぎがかかってる」

「かぎなら、職員室でしょ」

亮太が、すました顔で言った。

「聖哉くんがプールのかぎ持ってきた、職員室のかぎ保管庫《ほかんこ》。備蓄《びちく》倉庫のかぎもあるんじゃないの?」

13……………助けられるのはだれ？


亮太の予想通り、かぎは職員室にあった。ちゃんとキーホルダーに「防災用備蓄倉庫《ぼうさいようびちく》」と大きく書かれていた。コンテナの中には、毛布《もうふ》や食料がぎっしりつまっていた。聖哉は中に入って、食べ物を抱《かか》えてきた。

「何これ」

「乾《かん》パン」

聖哉は、缶《かん》をみんなに一個ずつわたした。

「カンパン？」

みはるは、不思議《ふしぎ》そうに缶《かん》をくるくるまわした。

「かちかちのパンらしいぜ」聖哉は言った。

「食べられるの？」

「食えるから置いてあるんだろ」

聖哉は、にこにこしている。

「他にも水を入れて作るぞうすいとか、赤飯《せきはん》とかあった。これで腹《はら》へって死ぬことはないぞ」

「死ぬ、死ぬって、大げさだねえ」

バネッサが笑った。すると、聖哉《せいや》は急にまじめな顔になった。

「おまえ、腹《はら》へって死にかけたことないだろ」

「何、それ。あんた、死にかけたことがあるの？」

「あるよ」聖哉は短く言うと、「水も持ってくる」と、もう一度コンテナの中に入っていった。聖哉がペットボトルを抱《かか》えて持ってくると、亮太《りょうた》が、「ぼくも持つ」と手を伸《の》ばした。

乾《かん》パンの缶詰《かんづめ》と水を手に、倉庫の近くの木かげに、腰《こし》を下ろした。ためしに乾《かん》パンを食べてみることにした。

「遠足みたい」

みはるは、うれしそうだった。

乾《かん》パンは、思ったよりおいしかった。でも、食べると、口の中の水分がどんどんなくなっていく。

「聖哉くん、水持ってきたの、正解《せいかい》だったね」

亮太が言うと、

「だろ」

聖哉は、自慢気《じまんげ》な顔をした。

「ねえ」バネッサが、聖哉にたずねた。

「ほんと？　さっきのこと。お腹《なか》すいて死にかけたことあるって」

聖哉は、まるで聞こえてないように乾パンを食べ続けている。

「だから、あんた、食べ物のことばっかり気にするの？」

聖哉は、ペットボトルに口をつけて、音がするほど勢《いきお》いよく水を飲んだ。口からあふれた水が、聖哉のあごを伝ってしたたり落ちる。

「はー」

ペットボトルから口をはなした聖哉は、大きく息をついた。

「死にそうだったことなら、何回もあるぜ。チビのころだけどな。食い物がマヨネーズだけってときとかさ。マジ、死ぬかと思った」

加奈《かな》は、耳を疑《うたが》った。聖哉は、自慢《じまん》するように話し続けた。

「おまえら、知ってる？　ガスとか水道って、金払わないと止められるんだぜ」

「ウソ」

亮太が、目を丸くした。

「水はさ、最後の最後。初めはガス。それから電気。この夏は、悲惨《ひさん》だったなあ。電気止められてさ、気がついたら、冷蔵庫《れいぞうこ》のものみんなくさっててさ。笑えるよな。冷蔵庫《れいぞうこ》開けたらあったか～いの。野菜が、どろどろになってんの」

聖哉は、笑った。

「電気ないと、エアコンもつけられないよね」

亮太《りょうた》が気《き》の毒《どく》そうに言うと、

「エアコンなんて、もともとねえよ。扇風機《せんぷうき》。まあどっちにしても動かないんだけどさ。でも、そんなのは、まだマシ。夜になって、部屋が暗くなってくると、すげー、いや。怖《こわ》いとかじゃなくて、なんて言うんだろ。世界中から見放されたみたいな気分」

明るい口調と裏腹《うらはら》に、聖哉《せいや》の顔は暗かった。

「ガスがつかなくなって、電気が消えて、ああ、もうすぐ水も止まるのかなあ、そしたら、死ぬのかなあってさ」

亮太が、「またまた」と、ひじでつっつくと、聖哉はとたんに表情を変えた。

「なあんちゃって」

「聖哉のママってさ、あんまり顔見ないけど、どこかに行ってるの?」

同じ団地《だんち》に住んでいるバネッサは、聖哉の母親があまり姿《すがた》を見せないことに、前から疑問《ぎもん》を感じていたらしい。

「行ってるっていうか。時々いなくなる」

(いなくなる?)

加奈《かな》には、意味がわからなかった。バネッサも同様だったらしく、「時々いなくなるって何よ」と、おこったように聞き直した。

「どこ行ってるか知らねえけど、二、三日いなくなるとか、そんなのしょっちゅうだ。今もいねえし」

「今も？」

「ああ、今度は長いな。夏休みからずっといねえ。まあ、そのうち帰ってくるだろ」

「お父さんは？」

「いねぇ。最初から」

最初からいないはずはないと思ったが、だれもそれにはふれなかった。

「お母さんがいない間、ご飯とかどうしてるの？」

亮太がたずねた。

「いなくなるときは、たいてい金がおいてあるんだ。それでパンとか買う。二、三日なら千円。二千円おいてあると、四、五日は帰ってこないな。今回は五千円あったんだ」

「でも、お母さん、もう何週間もいないんでしょ？　お金、たりるの？」

話を聞いているだけで、加奈は胸《むね》が苦しくなってきた。聖哉はにやっと笑った。

「おれさまには生きる知恵《ちえ》がある」

「生きる知恵《ちえ》って？」

亮太が身を乗り出した。

「近所のコンビニに親切《しんせつ》な店員の兄ちゃんがいて、期限切れで捨《す》てる弁当、こっそりくれるんだ」

聖哉《せいや》は、重大な秘密《ひみつ》を打ち明けるように声をひそめた。

「ただささ、先週から、その兄ちゃんがいなくてさ。他の店員に聞いたら、実家にもどってるって。大学生だから、時々家にもどるんだ」

「他の店員さんはくれないの？」

「他のやつらはだめ」

聖哉は、くちびるをとがらせた。

「ホントは、いけねえんだ。そういうことしちゃ」

「でも、どうせ捨《す》てちゃうんでしょ。くれればいいのに」

思いがけず加奈《かな》の口調に力が入った。聖哉は、少し驚《おどろ》いた顔をして、「だよなあ。捨《す》てるくらいなら、くれっちゅうの。こっちは生きるか死ぬかなんだから」と笑った。

「学校に来れば給食があるから、平気なんだけどさ。土、日、マジこまるんだよな」

「他のコンビニ回ってみるとかした？」

亮太《りょうた》が言った。聖哉は、

「それも手なんだけどさ。なんか、もうメンドくさくなってさ」

のんびりした口調で答えた。

「ええ？　じゃあ、どうしてたの？」

加奈は、たずねずにはいられなかった。

聖哉は、あれっという顔になった。

「たぶん……ずっと寝《ね》てた」

「たぶんって何なんだよ、たぶんって」

亮太がじれったそうに体をゆらした。

「あんまし、覚えてねえんだよねえ」

聖哉は首をかしげている。

「もしかして、月曜に私たちに会うまで食べてなかったの？」

「ピンポーン、大正解《だいせいかい》」

聖哉以外はだれも笑わなかった。バネッサが、「だから、あんなに給食、給食ってうるさかったんだ」と言うと、聖哉の顔からすうっと笑いが消えた。

「食い物がないと、どうしよう、どうしようって思うんだ。腹《はら》がへるのが、本当に怖《こわ》くてさ」

その言葉を聞いたとたん、加奈の目からぽろぽろ涙《なみだ》が落ちた。

「バカ、なんでおまえが泣くんだよ」

「だって、だって」

言葉にならなかった。

（昔の戦争のころの話では聞いたことがあるけど、今、こんな平和な日本で、食べるものがないとか、電気が止められるとか、そんなことがあるなんて想像《そうぞう》したこともなかった）

亮太《りょうた》が、だまって乾《かん》パンを聖哉《せいや》に差し出した。

「いらねえよ。おれのあるし」

聖哉は、笑いながら亮太の手をもどした。

「でも……」

亮太は、何か言いたげだったが言葉にはせず、乾《かん》パンを差し出している。聖哉は、亮太の差し出した乾《かん》パンを口に放りこんだ。

「みいちゃんのも食べて。これ、甘《あま》いよ」

みはるが、聖哉の前に透明《とうめい》なかたまりを差し出した。乾《かん》パンの缶《かん》の中に入っていた氷砂糖《こおりざとう》だ。

「これ、甘《あま》くておいしいよ。聖哉くんにあげる」

「それ、おれの缶《かん》の中にも入ってる」

「でも、あげるの」

みはるは、ゆずらない。氷砂糖《こおりざとう》を指でつまんで、

「はい、あーんして」

聖哉は、観念して口を開けた。その中にみはるは、小さなかたまりを入れた。

「甘《あま》いの食べると、元気になるよ」

「そうだよ。遭難《そうなん》したときも、甘《あま》いもの食べるといいんだから」

亮太も、氷砂糖《こおりざとう》を差し出した。

「今、遭難《そうなん》してるわけじゃねえじゃん。だいたい、おれ、元気だし。アホか、おまえら」

そう言いながらも、聖哉は、もらった氷砂糖《こおりざとう》を口に入れ、ガリガリ音をたててかんだ。

「うめっ！　ホントだ！　もっと元気出た！」

聖哉は、力こぶを作って、ゴリラのようにのしのし歩いて見せた。みはるは、おもしろがってまねをした。

加奈《かな》は、氷砂糖《こおりざとう》を一個自分の口に入れた。ころころと口の中で転がすうちに、甘《あま》さが広がってくる。その甘《あま》さを味わいながら、空を見上げた。空は相変わらず真っ白だ。白い天井《てんじょう》のような空の下に校舎《こうしゃ》が見える。その横には工事中のフェンスに囲《かこ》まれた仮校舎《かりこうしゃ》。体育館もある。何もかもが、同じだ。

「どう見ても同じなのに、別の場所なんだよね、ここって」

その言葉で、他の四人もあらためて校舎《こうしゃ》に目を移《うつ》した。亮太が、

「これって、本当に別のものなのかな？　もしかしたら、同じものなんじゃないの？」

と言った。バネッサが、即座《そくざ》に首を振《ふ》った。

「そんなのおかしいわよ。だれもいないんだもの」

「ホントはいるけど、見えないだけ、とか」

聖哉《せいや》が皮肉《ひにく》たっぷりに、「あれ？　おれら神隠《かみかく》しなんだろ」と言った。亮太《りょうた》は、それをとがめるでもなく、素直《すなお》な顔で、

「だけど、神隠《かみかく》しってだいたい、なんなんだろ」

四人に問いかけた。

「この校舎《こうしゃ》が不思議《ふしぎ》なことが起こる校舎《こうしゃ》だっていうのは、まあ、信じるとしてもさ。結局、ここどこなんだろう」

「そんなこと、知るかよ」

聖哉は、だんだん面倒《めんどう》くさくなってきたようだった。

「おまえ、頭いいんだろ。ここがどこか思いつかないのかよ」

亮太はちょっと考えてから、

「ぼくはさ、鏡《かがみ》の国みたいな感じかなって考えてる。鏡《かがみ》みたいに逆になってるわけじゃないけどさ。なんていうのかな、向こうを映《うつ》してるような」と言った。

加奈《かな》は、亮太の言うことを頭の中で整理してみた。学校という建物をそっくりそのまま映《うつ》してみる。だから、机《つくえ》もあって、校庭もあって……。

「でも、全部が映ってるわけじゃないんだよね。思い出さないと出てこないんだもの」

「もとは空っぽなのかもね」バネッサが言った。「もともとこの学校の建物以外にはなんにもなくて、で、あたしたちの記憶《きおく》にあるものだけが浮《う》かび上がってくるの」

「そうか。教室の中って、意識《いしき》しなくても頭の中にあるもんね。でも、細かいものは考えないと思い出せない」

亮太は、うなずいた。加奈の頭の中に、新たな疑問《ぎもん》が浮《う》かんだ。

「じゃあ、こっちの世界の机を動かしたら、向こうの机《つくえ》はどうなるんだろ」

亮太は、「う〜ん」とうなった。

「こっちは映《うつ》された世界だから、向こうには影響《えいきょう》ないんじゃないかなあ。と言っても、鏡《かがみ》の中のものが動いたことないからわかんないけど」

「動いたら怖《こわ》いよね。オカルトだよ」

バネッサが笑った。不意《ふい》に聖哉が真顔でたずねた。

「鏡《かがみ》みたいに映《うつ》ってるとか、思い出すと浮《う》かび上がるとかさ、それはいいけど、結局だれがやってるんだよ」

「だれって……」

亮太はしばらく考えて、言いにくそうに口にした。

「……神様？」

「でた！　神様」

聖哉《せいや》は大げさにあきれて見せた。

「神隠《かみかく》しなんだから、神様だろ」

亮太《りょうた》は、開き直った。

「神様なんて、いると思うか？」

「私は、いても変じゃないと思う」

加奈《かな》は、亮太に賛成《さんせい》した。

「学校の神様……っていうのかな。学校の子どもを見ている神様がいてもおかしくない気がする」

加奈は、祖母が以前言っていたことを思い出した。

「木には木の神、川には川の神、雨には雨の神がいるんだって」

「あ、それ知ってる。トイレにはトイレの神様がいるんだよね」

亮太は、数年前にはやった「トイレの神様」の出てくる歌をくちずさんだ。

「トイレのかみ？　それってシャレ？」

聖哉は、全然信じていないようだった。バネッサは、「神様かあ」と何度もつぶやいた。

「学校に神様がいるとしたら、なんで、あたしたちなんだろう。何かのバツ？」

バツと聞いて、加奈はどきんとした。でも、だれも「バツ」については答えなかった。

「神隠《かみかく》しでもなんでもいいけど、問題は、どうやって帰るかだよ」

亮太が言った。

「帰るためには、何したらいいと思う?」

加奈は、考えていたことを、口に出してみた。

「あ、あのね、手紙を書いてみない? もしかしたら、鏡《かがみ》の世界で書いた手紙は、反対に向こうに映《うつ》るってことはない?」

「そうか。電話がダメなら手紙だね。じゃあ、黒板に書くっていうのはどう? SOSって」

亮太は急にはりきり出した。

「思いつくことをいろいろやってみてもいいかもね。どうせヒマなんだし」

バネッサが立ち上がった。

「みいちゃんも書いていい?」

「いいよ。どんどん書いて」

四人がもりあがってる中、聖哉だけが冷ややかな目をしていた。

「書いて何になんだよ」

「もしかしたら、向こうの世界に知らせることができるかもしれないじゃないの」

「知らせたら、助けてもらえるのかよ」

加奈《かな》、亮太《りょうた》、バネッサの顔が一瞬《いっしゅん》こわばった。亮太が、挑《いど》むように断言した。

「大人なら、なんとかできる」

「大人なら？」聖哉《せいや》は、片ほおで笑った。

「おまえ、そんなことマジで思ってんの？　大人なら助けてくれるって。こんな所から助けるなんて、だれもできねえって。だいたい、大人なんてあてにする方が」

「あ、あの」

加奈は、聖哉の言葉をさえぎった。

「もともと、早苗《さなえ》先生に連絡《れんらく》しようって言ってたじゃない。早苗先生は、ここから帰った子かもしれないって」

「そうだよ、早苗先生だよ」

亮太は、大きくうなずいた。

「肝心《かんじん》なこと忘《わす》れてた。だれでもいいんじゃなくて、早苗先生に連絡《れんらく》をとらなくちゃいけないんだ」

のぞいてみると、沙也加《さやか》は布団《ふとん》を胸《むね》までかけて目を閉《と》じていた。早苗は、音をたてないようにカーテンをもどした。

それから机《つくえ》の上のパソコンを立ち上げ、「保健室」のブログを開く。

これは学校のホームページの中に作ったブログだ。保健室だけでなく、それぞれの学年が専用《せんよう》のページを持っている。保健室のブログは、「本日は、インフルエンザによる欠席が十名です。みなさん、手洗《てあら》い・うがいをしましょう」とか「運動会の練習に熱が入り、けがをする子が多く気になります」などの保健の連絡《れんらく》や養護教諭《ようごきょうゆ》としての感想を書く。中に「コメント」のページがあり、ここはだれでも書きこみをすることができる。管理者の早苗しか見えないので、「悩《なや》みのある人はこちらにどうぞ」とめい打ってあるが、今までだれ一人として書きこんできたことはない。形だけの「悩《なや》み相談所」だ。

今日も、書きこみはない。

(さて、今日はなんて書こう)

行方不明《ゆくえふめい》になっている子どもたちについて書きたいところだが、養護教諭《ようごきょうゆ》の立場で書けることは少ない。

また、聖哉のことを思い出した。

（一人で寝《ね》ているのかしら。薬、あるのかなあ。何か食べただろうか）

いっそ今から家庭訪問《ほうもん》できればいいのにと思う。ただ、担任《たんにん》がすると言っている以上、養護教諭《ようごきょうゆ》の出番ではない。三時間目の始まる前に沙也加《さやか》を起こしたが、顔色の悪さは変わらなかった。

「どうしようか。もう一時間休む？」とたずねると、だまって首を横に振《ふ》った。

「じゃ、どうしてもがまんできなくなったら、もう一度来て」

沙也加は、小さく返事をして教室にもどっていった。

（自分がいじめていた子がいなくなったら、後味が悪いだろうな。もし、自殺でもされたら一生いやな気分が残る。書き置きでも残されて、自分のやったことが暴露《ばくろ》されたら最悪だ）

沙也加の背中《せなか》を見ながら思った。

そこまで考えて、頭《かぶり》を振《ふ》った。

（あの子が本当にいじめていたかもわからないのに、そんなふうに考えちゃいけない）

決めつけるのは危険《きけん》だ。

（それにしても、子どもたちはどこに行ったのだろう）

早苗《さなえ》の頭に、また、あの事が浮《う》かんできた。何度消しても、また浮《う》かび上がってくる思い出。ずっと忘《わす》れていたのに、事件が起きてからは、気がつくとそのことばかり考えている。本当のことだったのか、自信がない。夢《ゆめ》だったのかもしれないとも思う。

当時、母親には話した。でも、「そう」と、悲しそうな顔でうなずいただけだった。「なんでもいい。帰ってきてくれただけで十分」と。その後、母親が担任《たんにん》の先生に、「いろいろ辛《つら》いことがあって、混乱《こんらん》しているんだと思います」と話すのを聞いて、やっぱ信じてもらえなかったのだなあと思った。

時が経《た》つにつれ、自分でもやっぱりあれは夢《ゆめ》だったのかもしれないという気持ちが強くなった。母親の言うとおり、混乱《こんらん》していたのだと。だから、その後、そのことをだれかに話したりはしなかった。

（でも……、そう言えば一度だけ、話したことがある）

聖哉《せいや》が一年生のころだ。夕方、ひざをすりむいたと言って保健室に来た聖哉は、ばんそうこうをはっても、なかなか帰りたがらなかった。遊び相手がほしかったのだろう。

「こわいお話しして」

聖哉は、甘《あま》えた声で言った。子どもは、怪談《かいだん》話が好きだ。でも、家に帰って親が家にいるかどうかもあやしい聖哉に、怪談《かいだん》話などできない。

「じゃ、ちょっと不思議《ふしぎ》なお話してあげる」

今、思えば、なぜあんな話をしたのだろう。早苗は、聖哉に話していたのだ。

「先生が六年のときのことなんだけどね。友だちと廊下《ろうか》にいるときにけんかをして、『もう、やめて』って教室の中に入って、バーンととびらを閉《し》めたの。連れもどされないように、手でぎゅうってとびらを閉《し》めてたんだけどね、だれも入ってくる気配がないの。それどころか、声も聞こえないの。おかしいなぁって、とびらを開けて廊下《ろうか》を見たんだけど、空っぽ。だれもいないのよ。みんな、どこに行っちゃったんだろうって、校舎《こうしゃ》の中をどれだけ探《さが》しても、だれもいないの。別の学校にいるみたいなの」

「それで、どうしたの？」

小さな聖哉《せいや》は、目をまん丸にした。早苗《さなえ》は、たずねられるままに、帰ってくるまでの話を語って聞かせた。

すると、聖哉は、かわいい声で言った。

「ぼくも行きたいなあ。そこ」

「え？」

早苗は驚《おどろ》いた。今の話のどこに行きたくなるような要素《ようそ》があったのだろう。

「行かない方がいいよ。だって、だれもいないのよ。すっごくさみしかったんだから」

でも、聖哉は夢見《ゆめみ》るような口調で言ったのだ。

「いいなあ。行ってみたいなあ」

（あのとき、聖哉くんは、なんであんなに行きたがったんだろう。それに、なんで自分は、あんな話を聖哉くんにしたんだろう）

自分でも夢《ゆめ》だったか現実だったか、確信《かくしん》が持てない話。それに、もし、本当にあったことだったとしたら。

もし、いなくなった四人があのときの自分のようにもうひとつの学校に行っているとしたら……。

早苗は、カラカラと一番下の引き出しを開いた。

（パンを食べたのは、あの子たちかもしれない）


一仕事を終えると、もう夕暮《ゆうぐ》れだった。

あれから加奈《かな》は、手紙を書いた。教室からノートを取ってきて、破《やぶ》って便せんにした。ここに今五人がいることや、先生のパンを食べていること、どうしたら帰れるのか教えてほしいということ。ていねいに書いて、二つ折りにして、保健室の机《つくえ》の上に置いておいた。

バネッサと亮太《りょうた》は、保健室の黒板にメッセージを書いた。内容《ないよう》は、加奈とほぼ同じだ。

みはるは、黒板のすみに小さなパンダの絵を描《か》いていた。

「おまえ、パンダ好きだな」

聖哉は、それを見て笑っている。みはるは、なぜか聖哉になついている。

「がおーっ、おれはパンダだ。食っちまうぞ」

聖哉は、両手を広げてみはるに飛びかかるまねをした。

「パンダは、そんなことしなーい！」

みはるが、ケタケタと笑った。

「じゃ、くすぐっちまうぞー」

聖哉《せいや》は、みはるの脇腹《わきばら》に手をよせた。ふれてもいないのに、みはるは笑い声を上げて転がった。

「まだ、くすぐってねえっつうの」

それでもみはるは、転がって笑っている。転がりすぎて、服がめくれ上がっている。

「おまえ、へそ見えるぞ」聖哉が、からかう。

「おへそ、見ちゃダメ」とみはる。

「おまえなあ……」

聖哉は、まだからかおうとしている。黒板にメッセージを書き終えたバネッサは、

「もう、聖哉もみいちゃんもどんだけ騒《さわ》げば気がすむのよ。みいちゃん、汗《あせ》かいてるじゃん」

あきれたように声をかけた。

「みいちゃん、元気になったね」

加奈《かな》は、バネッサに話しかけた。

「はじめの日、ずっと暗い顔してたのに。どんどん元気になってる気がする」

「聖哉が小さい子のあつかい方がうまいのって、意外だった」

バネッサが言った。

「あたし、苦手なんだ。小さい子って」

「そう？」

「うん。加奈は、上手だよね」

「私、弟がいるから。まだ、保育園なの」

弟の健《けん》の顔が頭に浮《う》かんだ。

「全然言うことききかなくて、みいちゃんより百倍大変」

すると、バネッサが、「あたしも、妹がいる」と言った。

「生まれたばかり。まだ一ヶ月」

「うわあ。赤ちゃんなんだ」

加奈は、目を輝《かがや》かせた。

「かわいい？」

バネッサは大げさに顔をしかめた。

「エイリアンみたい。言葉は通じないし」

「当たり前だよ。言葉が通じたらおかしいよ」

加奈は笑った。

夕ご飯に乾《かん》パンを食べ、氷砂糖《こおりざとう》をなめた。聖哉は、乾《かん》パンがよほど気にいったのか、何缶《なんかん》も食べ続けていた。

「あんた、食べ過ぎじゃない？」

見かねてバネッサが声をかける。聖哉《せいや》は、「うるせえ」と、悪態《あくたい》をつきながらも、機嫌《きげん》がいい。

「食っても食っても、まだ食える」

「あの倉庫の中、お米もあったよ」

亮太《りょうた》は、中に何があるのかチェックしてきていた。バネッサがあきれた顔をした。

「お米があっても、そのままじゃ食べられないじゃん」

加奈《かな》は、「あっ」と思った。

「電気がつくなら、ガスも使えるかも。ほら、家庭科室の。そしたら、野菜を炒《いた》めたり焼いたりすることもできるよね」

「やったー！」

聖哉が、ガッツポーズをした。

「ラーメンも作れる」

「ラーメンなんて、ないじゃん」

亮太がからかっても、聖哉は笑顔《えがお》のままだ。

「電気もガスもって、家よりずっといい」

早速《さっそく》家庭科室に行ってみた。ガスの元栓《もとせん》の場所を探《さが》すのにてまどったが、コンロのスイッチをひねると、火はあっけなくついた。何も料理するものはなかったけれど、お湯を沸《わ》かして、みんなで飲んだ。温かいお湯は、不思議《ふしぎ》なくらいおいしかった。

「これで、ご飯を炊《た》くこともできるよ」加奈は言った。

「おいもができたら、ふかして食べることもできる」

「すげえなあ」

聖哉は、「すげえ」を連発した。

暗くなってくると、今日はどこで寝《ね》ようかという話になった。

「今日は、保健室にしない？　ベッドがあるし」

バネッサが言った。

「そうだな。そうしよう」

聖哉も賛成《さんせい》した。備蓄《びちく》倉庫に食料がふんだんにあるとわかってから、聖哉はあまりおこらなく、なった。

「ねえ、聖哉くん、お話しして」

保健室にもどると、みはるは聖哉のひざにすわった。聖哉も、いやがるわけでもない。

「おじいさんが、竹をおので切ると、中からももが出てきましたぁ」

「えー。ももじゃないよぉ」

「じゃあ、ウンチが出てきましたぁ」

「きたなーい」

「じゃあ、ゴリラが出てきましたあ」

「えー、ゴリラァ?」

みはるは、はじけるように笑った。みはるの笑い顔を見ている聖哉《せいや》も笑っている。それを見ている加奈《かな》も笑顔《えがお》になっていた。

「なんかさあ、ぼくたち、家族みたい」亮太《りょうた》が言った。

「いやだけど、聖哉くんがお父さんでさ、加奈がお母さんでさ、バネッサとぼくとみはるが子ども?」

自分で言ったくせに、「へんなの!」と笑った。

「なんで、あたしは、子どもなの!」

バネッサが耳を引っぱろうとするのを、

「言っただけだって。本気じゃないよ」

亮太は、必死で抵抗《ていこう》している。加奈はそれを見て大笑いした。

「加奈さ、みいちゃんが元気になったって言ってたけど、それって加奈も同じだよ」

バネッサが言った。

「加奈って、教室ではいつも暗い顔してたのに、ここに来てからよく笑ってる」

加奈は、自分の顔を両手で押《お》さえた。

九時になると、みはるがあくびをし出した。

「ベッドは二つしかないけど、どうしよう」

加奈が言うと、

「女がベッドを使えばいい」聖哉が、あっさり布団《ふとん》をゆずった。

「おれら床《ゆか》でいい」

「ええ～。ぼく、やだなあ」

不満そうな亮太に、

「じゃあ、かけ布団《ぶとん》を床《ゆか》にしいたらどうかな。どうせこんなの暑くて使わないからさ」

バネッサは、ベッドの上にのっている分厚いかけ布団《ぶとん》を持ち上げた。

「おお、それで十分、十分」

かけ布団《ぶとん》を床《ゆか》に並べてしくと、聖哉はうれしそうにダイビングした。それを見て、亮太も並んでバタバタ手足を動かした。

「速い！　速い！　聖哉選手、金メダルです！」

「亮太選手が追い上げました！」

「何を！　なまいきな」

亮太も聖哉もあんなにとげとげしていたのに、いつのまにか打ち解《と》けている。

みはると加奈《かな》が同じベッドで寝《ね》て、その横のベッドにバネッサが寝《ね》ることになった。

「寝《ね》る前に、トイレに行こう」

加奈とバネッサとみはるは、そろってトイレに行った。

廊下《ろうか》に出ると、みはるが、真ん中に入り二人の手をにぎる。みはるの小さな手でにぎられると、胸《むね》の奥《おく》がほんわり温かくなる。

「みいちゃん、全然おねしょしてない」

突然《とつぜん》みはるが言った。

「おねしょ？　みいちゃん、ふだんは、おねしょするの？」

加奈がたずねると、みはるはあわてて首を横に振《ふ》った。

トイレからもどると、部屋では亮太《りょうた》と聖哉《せいや》が、くすぐりあって騒《さわ》いでいた。

「もう、寝《ね》るよ」

バネッサが声をかける。

「へーい」

二人は、笑った顔のままで返事をした。

「あんたたちは、トイレは行かなくていいの？」

「ぼく、行く」

亮太がかけ出す前に、聖哉に声をかけた。

「聖哉くんは？」

「いい。行きたくねえ」

聖哉は、短く答えた。

「行かないとおねしょするよ」

みはるが、聖哉の顔をのぞきこんだ。

「するか。あほ」

みはるは、キャハハハと大げさに笑った。

亮太が帰ってくるのを待って、電気を消した。みはるは疲《つか》れているのか、すぐに寝息《ねいき》を立て始めた。加奈も目を閉《と》じたが、なかなか眠《ねむ》ることができなかった。何度も何度も寝返《ねがえ》りを打った。（みんなは寝《ね》ちゃったのかな）と思ったとき、

「あっつぅ」

バネッサが、ベッドから下りて窓《まど》を開けに行った。開けっ放しでも何の問題もないと思いながらも、閉《し》めてあったのだ。バネッサは、そのまま外をながめている。加奈は、みはるを起こさないようにそっとベッドを抜《ぬ》け出した。

「何か見えるの？」

横に立って、同じように外を見た。夜の運動場は、真っ暗だ。

「起こしちゃった?」

バネッサは、加奈《かな》の顔を見た。

「ううん、寝《ね》てなかったから」

加奈とバネッサは、並んで窓《まど》の縁《ふち》にひじを下ろした。

「帰れるのかな、あたしたち」

外に目をやったまま、バネッサがつぶやいた。「帰れる」とも「帰れない」とも、加奈には言えなかった。窓《まど》からは、涼《すず》しい空気が入りこんでくる。

(この風ってどこから来てるんだろう。向こうの学校にも、今、風は吹《ふ》いているのかなあ)

とぼんやり思った。

「ねえ、なんであたしたち、こんなとこに来ちゃったと思う?」

バネッサが言った。

「たまたまなのかな」

加奈は、息をのんだ。

(気づいている?)

「どこかに行っちゃいたい」と、加奈が思っていたこと。もしかしたら、そのせいで別の世界に行くとびらが開いてしまったのかもしれないということ。そして、たまたま同じように教室を出ていたみんなが、巻きぞえを食ってしまったのかもしれないということ。

(気づいてるんだ)

背中《せなか》がすうっと冷えていくのがわかった。服の上からわかりそうなほど、心臓《しんぞう》が大きく動き出した。加奈は震《ふる》える声で、「ご、ごめんなさい」と、頭を下げた。

謝《あやま》ったからって、ゆるされるわけないじゃない……てっきりそう言われると思った。でもちがった。バネッサは、

「なんで謝《あやま》るのよ。加奈のせいじゃないのに」

加奈の頭を上げさせようとした。加奈は、意外な思いで、バネッサを見た。

「気づいてたんじゃないの?」

「何が?」バネッサは、不思議《ふしぎ》そうに加奈を見ている。

(気づいてたんじゃなかったんだ)

一瞬《いっしゅん》ほっとしたものの、ここまで言ってしまったら、もう話すしかないと決心した。

「あのね、ここに来ちゃったの、私のせいかもしれないの。ううん、絶対《ぜったい》に私のせいなの。私ね、サーヤたちから仲間はずれにされてたの。それで、……辛《つら》くて、『どこかに行ってしまいたい』ってずっと思ってたの。バネッサと保健室に行くときも、『どこかに行ってしまいたい。もうこんな所にいたくない!』って。

私たちがここに来ちゃったのは、きっとそのせいだと思うの。だから……ごめんなさい！」

どう責《せ》められてもしかたないと、覚悟《かくご》を決めていた。

バネッサはだまって、数秒間、加奈《かな》の顔をながめたあと、「なんだぁ」と急に笑い出した。

「あたしのせいかと思ってたのに」

「え？」

「ここに来たの、あたしのせいだと思ってたんだ、あたしも」

「え？　ええ？」

加奈は、ぽかんと口を開けた。

「あたしも『どこかに行っちゃいたい』って思ってたんだ」

バネッサは、まだ笑いのおさまらない顔で言った。

「ど、どうして？」

「あたしね、もうすぐ学校やめなきゃいけないんだ」

「やめる？　転校するってこと？」

「ううん。どこにも行かない。もう学校には行かないの」

加奈には、バネッサの言っていることの意味がわからなかった。

「夏に赤ちゃんが生まれたこと、話したでしょ。でも、ママ、仕事に行かなくちゃいけないの。ブラジルのおばあちゃんにもお金を送らないといけないし。だから、あたしが学校をやめて家で赤ちゃんの面倒をみるの」

「バカか。おまえは」

寝《ね》ていると思っていた聖哉《せいや》が、むくっと起き上がった。

「小学校と中学校は、義務教育《ぎむきょういく》なんだ。行かなきゃいけないんだよ。そんなことも知らねえのか」

「バカはあんたよ。義務教育《ぎむきょういく》っていうのは、日本人だけよ。あたしは外国人だから、その中にはふくまれないのよ」

「ウソ」

加奈と聖哉が、同時に声をあげた。

「ウソじゃないよ。だって、ママの友だちの子どもだって、学校には行ってないし、あたしだって、一年生まで学校に来てなかったもん」

小学校と中学校は、だれでも絶対《ぜったい》通わないといけないのだと加奈も思っていた。外国人の子は、それにはふくまれないなんて考えたこともなかった。

「あたしだって来たいよ。でも、赤ちゃんを預《あず》ける所が見つからないから、しょうがないって。預《あず》ける所が見つかったら、また学校に入ればいいって。でも、そんなのどうなるかわかんない。一年生のときも『もう少しだけ待っててね』って、ずっと行かせてもらえなかったんだもの」

バネッサは、くやしそうにうつむいた。

「だから、ずっと思ってた。どこかに行っちゃいたいって。こんな家にいるのはいやだった。ずっとずっとずっと……だから、神様がそれを知ってて、こっちの世界に連れてきてくれたのかもしれないって思ってた」

「ぼくだってだよ」

いつの間にか、亮太《りょうた》が目を開けていた。

「ぼくも、どこかに行っちゃいたいって思ってた。あのときも絵の具隠《かく》されて、図工室に借りに行ってたんだ。すごく頭に来てた。こんなレベルの低いやつらに、なんでいじめられなきゃいけないんだって」

「じゃあ、あたしたち、三人とも、どこか行きたいって思ってたってこと?」

バネッサが言うと、

「おれも、まあ、そうかな」

聖哉《せいや》もぼそりと言った。

「なあんだ。心配してそんした。ずっとあたしのせいかって思ってた」

「私も」

加奈《かな》の顔は自然と笑顔《えがお》になっていた。

「もしかして、みんな、それぞれそう思ってたから、こっちに来れたってこと、ない?」

四人は顔を見合わせた。

「わかっ――」

大声を出した亮太の口を、バネッサがふさいだ。「しっ」バネッサは、ベッドに向かって目配せをした。ベッドでは、みはるが眠《ねむ》っている。亮太は声のボリュームを下げて言い直した。

「わかった。みんな、助けられたんだよ。ほら、早苗《さなえ》先生もいじめられてたみたいだし。ここって、そういう子を助けてくれる学校なんだよ」

みはる以外の全員が、「逃《に》げ出したい」と思っていたことが判明《はんめい》して、聖哉はがぜん元気になった。

「じゃ、おれら、ラッキーじゃん。希望通り、別の場所に来られてさ」

鼻歌が出そうなほど、機嫌《きげん》がいい。

「ここ、いいよな。食べ物もあるし、布団《ふとん》もあるし。おれら、ここに来て元気になったんじゃね？」

「そう言われればそうかも」

亮太も聖哉の意見に賛成《さんせい》した。

「ここにいたら、バカなクラスのやつらからも逃《に》げられるし、テレビだって見放題だし、勉強もしなくていいし、自由だもんね」

「だろ？」

聖哉は、うれしそうに笑った。

「やっぱ、さすが神様だよなあ。こんないいとこに逃《に》がしてくれてさ」

ベッドの上でみはるが寝返《ねがえ》りを打った。バネッサは、そちらに目をやって、「みいちゃんは？」と聞いた。「みいちゃんも、そうなのかな。逃《に》げ出したかったのかな」

みはるは、大の字になって眠《ねむ》っている。亮太《りょうた》が、吹《ふ》き出した。

「あいつは、ぜってぇそんなこと、考えてなさそう」

聖哉《せいや》も、くくっと笑った。加奈《かな》がつぶやいた。

「じゃあ、みいちゃんは巻きこまれたってことかな。私たち四人がこっちに来るときに、たまたま教室から出てたから。だとしたら、かわいそうだよね」

「テレビ見たとき、泣きそうだったもんね」

バネッサは、自分も思い出したのか、目をうるませた。

「ここはいいとこだけど、やっぱり、ママに会いたいもん」

「へっ、ママかよ」

聖哉がからかうように言った。バネッサは、聖哉をにらみつけた。

「あんただって、ママに会いたいでしょ？」

「おれはさ」

聖哉は、言いかけて口を閉《と》じた。視線《しせん》を上に向けている。

「どうしたの？」

亮太が聞いていても、何も答えず辺りを見まわしている。

「どうしたのよ？」

バネッサが、じれったそうにもう一度聞いた。

「なんか、音、しなかったか？」

聖哉は、振《ふ》り返ってたずねた。

「音？」

みんな顔を見あわせた。

「何も、聞こえなかったけど」

「気のせいかな」

聖哉は、今度は窓《まど》の外に首を伸《の》ばした。

「外かなあ」

「なんにも聞こえないよ」

亮太も同じように首を伸《の》ばした。

「あ、ほら。今聞こえた」

聖哉は、耳の横に手を当てた。みんな、耳をそばだてたが、なんにも聞こえなかった。

「耳も悪くなったんじゃないのか？」

亮太《りょうた》が言うと、

「耳もってなんだよ、耳もって」

聖哉《せいや》は、亮太の頭をぐりぐりとげんこつで押《お》さえた。

「いてて。やめてよ」

そう言いながら、亮太は笑った。

みはるが、また寝返《ねがえ》りを打った。四人は、いっせいに口をおさえた。


どれだけ眠《ねむ》ったのだろう。あのあと、話はたち消えになって、みんな、静かになった。加奈《かな》は、いすに腰《こし》かけたまま眠《ねむ》っていた。気がつくと朝になっていた。バネッサは、ベッドにもどっていた。亮太は、すぐそばの床《ゆか》に倒《たお》れるようにして寝《ね》ている。

（あれ？）

加奈は、保健室の中を見まわした。聖哉の姿《すがた》がない。立ち上がって、とびらを開け、廊下《ろうか》をのぞいた。でも、そこにも聖哉の姿《すがた》はない。

「聖哉くん？」

加奈の声で目が覚めたらしい。バネッサも起き上がった。

「どうしたの？」

「聖哉くんがいないの」

「聖哉が？」

バネッサは、廊下《ろうか》に出て階段《かいだん》や保健室の周囲《しゅうい》を見まわした。でも、聖哉の姿《すがた》はない。亮太とみはるを起こして、四人で探《さが》しに行った。三階まで上がって、教室をのぞきながら下りてきたが聖哉の姿《すがた》はない。

「もしかしたら、食べ物とりに行ったんじゃない？」

備蓄《びちく》倉庫まで行ってみたが、いない。プールにも姿《すがた》は見当たらなかった。

「どこに行っちゃったんだろう」

保健室にも、帰ってきていなかった。

「そのうちもどってくるわよ」

口ではそう言いながらも、バネッサは不安そうだった。時計は、七時半をまわっていた。

「そろそろパン、あるかな」

バネッサが、カラカラと引き出しを開けた。今日のパンは、豪華《ごうか》だった。カレーパン、サンドイッチ、ウインナーやチーズがのった調理パン、あんドーナツもあった。

「すごい。聖哉くんが見たら喜ぶね」

亮太が言った。

「みいちゃん、あんドーナツが好き」

みはるもうれしそうだ。

「あれ？」

それだけではなかった。引き出しには、パックのリンゴジュースが四個入っていた。

「わあい。ジュースだ」

みはるは歓声《かんせい》をあげた。バネッサが、目を輝《かがや》かせた。

「このジュースって、あたしたち用なんじゃない？　先生、昨日加奈《かな》が書いた手紙を読んで、パンを食べてるのがあたしたちだって気づいたのよ。加奈、やったね」

加奈は、素直《すなお》に喜べなかった。

「手紙には、五人って書いたんだよ」

手紙を読んだのなら、五個あっていいはずだ。亮太《りょうた》が、自信たっぷりに言った。

「手紙が届《とど》くのには、時間がかかるのかもしれないよ」

「郵便屋《ゆうびんや》さんが届《とど》けるわけじゃないのに？」

バネッサが、ちゃかした。

「でも、まあ、とりあえず、食おう」

亮太は、最初にウインナーのパンに手を伸《の》ばした。すると、

「待ってよ。聖哉《せいや》もそれ、好きそうじゃない」

バネッサが、その手を押《お》さえた。

「なんだよ。聖哉くんの味方して」

「味方したわけじゃないわよ。でも、聖哉、食べ物にうるさいし」

亮太《りょうた》は、パンを手に持って、廊下《ろうか》に出た。

「聖哉くーん！　パン、食うぞー！　おーい！」

校舎《こうしゃ》の中はしんと静まりかえっていて、返事はない。

「じゃあ、聖哉くんにはカレーパン、残しておこうよ」

加奈《かな》は、カレーパンを引き出しにもう一度しまった。ジュースは飲んでしまうことにした。

加奈とバネッサは、一袋《ふくろ》に二つ入っていたサンドイッチをひとつずつ分けた。

「ジュース四個って、意味があるのかな」

加奈は、サンドイッチを口に運びながら、みんなにたずねた。

「だからさ、この四人分なんじゃないの？」

バネッサが言った。

「早苗《さなえ》先生はパンを食べているのが、あたしたちだって気づいてるんだよ」

「なんで？　手紙、届《とど》いてないのに」

亮太は、ジュースのパックに乱暴にストローを刺した。

「早苗先生が、ぼくたちがもうひとつの学校に行ってるかもしれないって考える可能性は高いと思うよ。自分のことがあるからさ。でも、引き出しの中のパンを食べてるっていうのは気づかないと思うんだよね。だって、引き出しの中にパンがあるなんて、ほとんどの子は知らないんだしさ」

「だって、聖哉は知ってるじゃないの」

バネッサが言い返した。亮太は、「わかってないな」とあきれ顔をした。

「聖哉くんが、こちらに来てることは、まだ、気づかれていないんだよ。もし、聖哉くんがこっちにいることがわかってたら、パンを食べてるのがぼくたちだって気づくとは思うけど、そしたらジュースは五個のはずだよ」

「そっか。じゃ四個は偶然《ぐうぜん》か」

バネッサは、うなずいた。

「待って」

加奈の頭に、一つの可能性がひらめいた。

「ひょっとしたら、聖哉くん、向こうに帰ったんじゃない？　で、早苗先生に私たち四人が残ってるって伝えたのかもしれないよ。だから、私たちがここのパンを食べているってわかった。それでジュースは四個」

自分でもいい推理《すいり》だと思った。

「う～ん」

亮太《りょうた》は、ジュースのストローをくわえたまま考えている。バネッサも、首をかしげた。

「それは、ないんじゃないかなあ」

「そうかなあ」

絶対《ぜったい》そうだと言いはるほど確信《かくしん》を持っていたわけではないけれど、加奈《かな》は、なんとなく聖哉はもうこちらにはいないような気がしてならなかった。

16 早苗の過去

（やっぱりパンがなくなってる）

朝の打ち合わせを終えて、保健室にもどってくると、パンはなくなっていた。一個だけ、カレーパンが残っていたけれど、ジュースは四つともなくなっていた。

今日は、パンもジュースも四人分用意した。

ばかげていると思いながら、どうしてもパンを食べているのが、いなくなった四人じゃないかという思いが消せなかったからだ。もしかして、この部屋の中に隠《かく》れているのだろうかと、ベッドの下や戸棚《とだな》の中を見てみたが、もちろん、だれもいなかった。人が入りこんだ気配もない。

子どもたちがいなくなって、四日目。いぜんとして手がかりはつかめていない。警察《けいさつ》は町の中の捜索《そうさく》を続ける一方で、職員たちへの聞き取り調査も始まった。学校内で妙《みょう》な動きはなかったか、担任《たんにん》を中心に話を聞かれている。

打ち合わせの最後に校長は、

「子どもたちの心が不安定になっていると思います。先生方、子どもたちの心のケアをお願いします」

行方不明《ゆくえふめい》の児童のいるクラスは特に、と念《ねん》を押《お》した。五年一組の担任《たんにん》の岡本《おかもと》は、打ち合わせの後、不安気

な面《おも》もちで席を立った。ドアを出たところで、

「岡本《おかもと》先生、だいじょうぶ?」

気になって声をかけた。ここ数日で一まわり小さくなったような気さえする。

「心のケアって言われても、自信がないんです」

話しぶりさえ弱々しい。

「二人もいなくなったんだもの。先生の所が一番大変よね。子どもたち、不安そうなの?」

「そうじゃないんです」

岡本は首を振《ふ》った。

「クラスの子たちが何を考えているのか、わからないんです」

どういうことなのだろう。早苗《さなえ》は、聞き入った。

「給食がなくなるんです」

「給食?」

早苗が聞き直すと、岡本はうなずいた。

「二人がいつ帰ってきてもいいように、二人の給食は残しておきましょうって言ってるのに、気がつくとなくなってるんです。それだけじゃなくて、食器もなくなってるんです。給食のパートさんに『先生のクラス、毎日食器が二人分ずつなくなってるんですけど、どうなっているんですか』って言われたんです」

「それって、だれかが二人の食器をクラスの食器かごから抜き出しているってこと？」

「それしか考えられませんよね？」

早苗は、返答に迷《まよ》った。

（わざわざ食器を二人分抜《ぬ》く。そんなことができるのだろうか？　他の児童の目もあるというのに）

「なんとなく、あの二人はもうこのクラスにいない存在にされてるような気がして」

岡本の表情は暗かった。

「給食のパートさんもあきれてました。『この学校の子はどうなってるんだ』って。他のクラスもそうらしいんです。亮太《りょうた》くんのクラスもみはるちゃんのクラスも、食器が毎日抜《ぬ》きとられてるらしいんです」

おかしな話だった。

「こういうことをするのも、心が不安定だからなんでしょうか」

早苗は答えにつまった。そんな例は聞いたこともない。

「よくわからないけれど、食器のことと子どもたちの心の問題は、別かもしれないわよ」

そう言うのがせいいっぱいだった。

一人保健室に行ってからも、早苗は考え続けていた。

（給食の食器。引き出しのパン。これって、関係があるのだろうか。あの子たちが自分たちの給食を持って行って食べているとしたら、食器ごとなくなっていても不思議《ふしぎ》じゃない。でも、透明人間《とうめいにんげん》にでもならないか

ぎり、だれにも見られずそれをするのは不可能だ）

その時だ。コンコン、と遠慮《えんりょ》がちなノックが聞こえた。

「はい。どうぞ」

早苗《さなえ》は座ったまま、頭だけを後ろに向けた。

「あ、あの」

とびらの向こうにいたのは、亮太《りょうた》の母親だった。岡村多恵《おかむらたえ》。いや、今は村崎《むらさき》多恵だ。多恵は、深々と頭を下げた。早苗は、下げられた頭をじっと見つめた。体が冷たくなっていくのがわかった。

「村崎亮太の母です」

「存《ぞん》じ上げています。どうぞ」

机《つくえ》の横のいすをすすめた。

「失礼します」

多恵は、静かに腰《こし》を下ろした。早苗は、多恵の顔を見た。小学校のころの面影《おもかげ》を色濃《いろこ》く残している。はれぼったいまぶたも、下ぶくれの顔立ちも昔のままだ。

「覚えていますか？」

切り出したのは、多恵だった。早苗は、だまってうなずいた。

「うらんでいますよね、私のこと」

今度は、すぐにはうなずけなかった。自分の心の中を、早苗は探《さぐ》っていた。うらんでいる？　いない？　そんなことは、もうずいぶん長いこと考えていなかった。いや、考えないようにしていた。忘《わす》れるように努力してきた。

この学校への赴任《ふにん》が決まったとき、昔のことが頭をよぎったけれど、でも、シャッターを下ろしたのだ。もう、あのころのことは考えないと。

「申《もう》し訳《わけ》ありませんでした」

多恵は、突然《とつぜん》いすから下り、土下座《どげざ》をした。

「申《もう》し訳《わけ》ありませんでした。本当に、本当にひどいことをしたと思っています」

早苗は息をのんだ。

「やめてください」

自分の声が震《ふる》えているのに、驚《おどろ》いた。

「自分が親になって、初めて気づいたの。自分が小学校のころやったことが、どんなにひどいことだったか」

多恵は、床《ゆか》に座ったまま早苗を見上げた。

「あの事件のあと、早苗、学校には来なかったし、中学も別の所に行ってしまったから、長いこと忘《わす》れていたのだけど、この学校の職員名簿《めいぼ》で早苗の名前を見つけて……」

「……それで、思い出したんですか？」

早苗《さなえ》は、ため息をもらした。自分を死ぬほど悩《なや》ませた相手は、そんなことは忘《わす》れていたのだ。

「もう昔のことなので、今さら謝《あやま》ってほしいとか考えてはいません」

早苗は、静かに言った。

「でも、許《ゆる》してもいません。たぶん、一生許《ゆる》せません」

うらんでいるかどうか聞かれたとき、すぐには返事ができなかった。でも、早苗は、自分がかけらほども許《ゆる》していないことに気づいた。多恵《たえ》は顔をゆがませ、早苗のひざにすがりついた。

「あなたなんでしょ？」

しぼり出すような声だった。

「早苗が、亮太《りょうた》を隠《かく》してるんでしょ？　昔のことをうらんで」

あっけにとられて声も出なかった。多恵はじりじりと起き上がり、早苗の肩《かた》に手を置いた。

「返してよ！　亮太を返して！」

「私じゃありません！」

早苗は、多恵の腕《うで》を振《ふ》りはらった。

「いくら許《ゆる》せなくても、子どもをさらったりしません！」

「じゃあ、じゃあ、あの子はどこに行ったのよ！」

多恵は、床《ゆか》につっぷして声をあげて泣き始めた。早苗は、ぼうぜんとその様子をながめた。

（この人も、疲《つか》れてるんだ……）

無理もなかった。子どもが何日も行方不明《ゆくえふめい》なのだから。

（あれから、何年すぎたんだろう）

多恵が現《あらわ》れたことで、早苗の脳裏《のうり》にあのころのことが、まざまざとよみがえってきた。

多恵たちとは六年になってからつきあうようになった。五人の仲良しグループ。その中でも多恵はリーダー格だった。

いじめの原因《げんいん》はなんだったか、今でもわからない。季節は、もう冬に入ろうとしていた。帰ろうと思ったら靴《くつ》がなかった。あちこち探《さが》すと、ゴミ箱に捨《す》てられていた。次に、教科書に落書きされた。図工の作品が、壊《こわ》された。初めはだれがやっているのか、わからなかった。でも、犯人《はんにん》が仲良しだと思っていた多恵たちだとわかるまでに、時間はかからなかった。隠《かく》れたいじめが、暴力《ぼうりょく》に変わったから。

授業中、背中《せなか》に痛《いた》みを感じて振《ふ》り返ると、多恵がえんぴつをにぎってにやにやしていた。

「冗談《じょうだん》、冗談《じょうだん》」

小さく手を合わせて謝《あやま》るくせに、前を向くとまた、ちくちく刺《さ》すのだ。そのうちに、多恵だけでなく、他の子たちもするようになった。

一度、先生に相談した。先生は、多恵やグループの子たちを呼《よ》んで、「いたずらでも、やっていいことといけないことがあるのよ」と注意をした。多恵《たえ》たちは涙《なみだ》を浮《う》かべて謝《あやま》り、先生は、「じゃあ、ここで仲直りの握手《あくしゅ》をしましょう」と、早苗《さなえ》と他の子どもたちに握手《あくしゅ》をさせた。

それが、まずかった。

職員室から帰るなり、「うちら友だちなのに、チクるなんて信じられない。ちょっとふざけただけじゃん」となじられた。

えんぴつは、コンパスになった。授業中だけでなく、休み時間も、グループの子たちはコンパスをポケットにしのばせて、ちょっとしたすきに、「すきあり!」と体を刺《さ》すのだ。早苗が、「痛《いた》い!」と声をあげると笑いが起こった。だれがいくつ刺《さ》せたかを競《きそ》うゲームになっていた。

もちろん血が出るほど刺《さ》すのではなく、軽くチクンと刺《さ》すのだ。刺《さ》された所は内出血《ないしゅっけつ》し、背中《せなか》にも腕《うで》にも小さな赤い斑点《はんてん》がいくつもできた。

斑点《はんてん》に気づいた母親は、

「虫かしら？　なんだろう」

しきりに首をかしげた。まさか、コンパスで刺《さ》されているとは思わなかったのだろう。

いじめられているとは言わなかった。そんなことを言うのは、みじめではずかしいと思ったから。

あの日、四時間目の始まる前だった。音楽室へ移動《いどう》するために、廊下《ろうか》に並んだとき、後ろから刺《さ》された。首の後ろだった。手でさわると、指に真っ赤な血がついた。

「あ、ちょっと強かった？」

振《ふ》り返ると、多恵がうす笑《わら》いを浮《う》かべていた。そのとたん、何かが早苗の中ではじけた。

早苗は列からはなれ、教室の中に飛びこんだ。中に入ると、後ろ手でとびらを閉《し》めた。とびらが開かないように、体を使って押《お》さえつけた。ぎゅうっと、力の限り押《お》した。

どれだけそうやっていただろう。だれもとびらを開けようとはしていないことに気づいた。とびらに耳をつけ、向こうの様子をうかがった。でも、何の音も聞こえない。ほんの少し開けてみた。廊下《ろうか》に人影《ひとかげ》はない。

（隠《かく》れているのかもしれない）

もう一度とびらを閉《し》め、床《ゆか》に座った。刺《さ》された箇所《かしょ》が、ずきんずきんと痛《いた》んだ。こんなことをするなんて、まともじゃない。怒《いか》りを通りこして、恐怖《きょうふ》を感じた。

（多恵だけじゃない。グループの子たちも。それに、クラスの子たちも。私がいじめられていることに気づいていないはずないのに、だれも何もしてくれない。もしかしたら……。もしかしたら、先生も、本当は気づいているんじゃないだろうか。知っていて、知らないふりをしているんじゃないの？）

目の前がグルグルまわるような感覚に襲《おそ》われた。ずいぶん長いこと、石のようにドアの前に座りこんでいた。それにしても反応がなさすぎる。時計に目をやると、もう一時をまわっていた。給食の時間が始まっていた。

（みんな、どうして帰ってこないんだろう）

おそるおそるとびらを開いてみた。廊下《ろうか》にはだれもいない。となりの教室をのぞいてみる。だれもいない。そのとなりも空っぽだ。

（どういうこと？）

かけ足で、二階に下りてみる。だれもいない。一階に下りる。職員室に行ってみた。

（だれも……いない）

学校の中には、早苗《さなえ》一人しかいなかったのだ。

（なんで？）

早苗は、学校中をかけまわった。もう多恵《たえ》のことなどどうでもよかった。とにかく、だれかを見つけなければ。しかし、どこをどう探《さが》しても人っ子一人見つけることができなかった。教室にだれももどってこないまま、夕方になった。下校の時間だ。

そうだ。帰ればいいのだと思い立った。教室を出て昇降口《しょうこうぐち》に行った。運動靴《ぐつ》にはきかえ、運動場に出ようととびらに手をかけた。でも、外には出られなかった。とびらの外は、真っ白な霧《きり》でおおわれていたのだ。

そんな中に飛びこむ勇気はなかった。

（ここは、どこ？　学校なのに、だれもいない。家にも帰れない）

心細くて、泣けてきた。小さい子のように、顔も隠《かく》さず、大声で泣いた。どれだけ泣いても、だれも助けにこないし、何も変わらなかった。早苗は、教室にもどった。教室は、もう真っ暗だった。火の気のない室内は、足下からしんしんと冷えてくる。両腕《りょううで》で体を抱《だ》きしめた。

今ごろ家では、帰ってこない娘《むすめ》に気づいて、大騒《おおさわ》ぎになっているだろう。いや、その前に学校から家に連《れん》絡《らく》がいっているかもしれない。

「お母さん」

声に出すと、もう抑《おさ》えきれなくなった。

「お母さん、助けて」

早苗は、大声でさけんだ。

「お母さーん、お母さーん。お母さーん」

顔は、涙《なみだ》でびしょびしょになっていた。

(お母さんに会いたい)

会って抱《だ》きしめてもらいたい。ずっと苦しかったことを打ちあけてしまいたい。

元の学校にもどったあと、早苗は、いじめにあっていたことを母親に話した。母親は、激怒《げきど》して学校に乗りこんでいった。ふだん学校に文句《もんく》を言いに行くことなどない母親が、涙《なみだ》を浮《う》かべながら抗議《こうぎ》してくれる姿《すがた》を見て、早苗は今までだまっていたことを後悔《こうかい》した。

多恵《たえ》たちは、謝《あやま》ってはくれたものの、信用はできなかった。その後、卒業するまで登校することはなかった。中学もだれも知る人のいない学校へと進学した。

結果として、あの不思議《ふしぎ》な出来事が、つらいいじめから抜《ぬ》け出すきっかけになった。あそこはどこだったのか。なぜあんな所に行ってしまったのか、どうして帰ってこられたのか。未《いま》だに何もわかっていない。

あのときの早苗《さなえ》は、だれもいないことにうろたえるばかりだった。こちらの世界にある物を、向こうでとり出すことができたのかは、わからない。

（でも……）

早苗は、机《つくえ》の引き出しをカラカラと開けた。

（パンは、やっぱりあの子たちのような気がする）

ただ、どうしてもふに落ちないことが、一つあった。行方不明《ゆくえふめい》の四人の中には、このパンの存在《そんざい》を知っている子がいないのだ。この中にパンが入っていることを知らなければ、食べようがない。もちろん、空腹にたえかねて、あちこち探《さが》しまわった結果見つけたという可能性もないわけじゃないが、そうかんたんに探《さが》し出せるとは思えない。

（それでも、もしかしたら……）

早苗は、小さな紙を机《つくえ》の上に出し、書き付けた。『あなたは、だれ？　どこにいるの？』それをカレーパンの袋《ふくろ》に、セロハンテープではった。

（今日は、もうだれもパンをとりに来ないかもしれないけれど。そしたら、明日のパンにも手紙をつけておこう）

早苗は、カレーパンを机《つくえ》の引き出しにもどした。

17 ……………………………… いなくなった聖哉

給食の時間になっても、聖哉《せいや》はもどってこなかった。

「聖哉くんだったら、絶対《ぜったい》、給食は食べに来るよね。てことはさ、やっぱりもういないってことなのかな」

亮太《りょうた》は、何度も何度も同じことを言った。午前中、学校中をくまなく探《さが》したが、どこにも聖哉の姿《すがた》はなかった。加奈《かな》が、聖哉は先に帰ったんじゃないかと言ったときは、そんなことはないだろうと思ったが、これだけ探《さが》してもいないなら、そうかもしれないという気がしてきた。でも、バネッサは、あくまでもちがうと言いはった。

「だって、あいつ、一番ここが気にいってたじゃない」

昨夜《ゆうべ》の話を思い出して、そう主張《しゅちょう》した。

「なのに、先に帰るって、おかしいよ」

「でも、きっとそうだよ」

めずらしく、加奈《かな》が自分の意見を変えなかったことで、バネッサとの会話がいやな雰囲気《ふんいき》になった。すると、みはるが泣き出した。

「聖哉《せいや》くん、どこぉ?」

加奈は、しゃがみこんでみはるの背中《せなか》をさすった。

「泣くなよ、チビ」

亮太《りょうた》は、冷たく言った。加奈は、みはるの頭を胸《むね》に抱《かか》えて、「聖哉くん、先におうちに帰ったんだよ」と言い聞かせた。

「聖哉くんだけ?」

「うん」

「なんで、聖哉くんだけ帰ったの?」

みはるは、納得《なっとく》がいかない表情だ。

「ホントに、自分勝手だよな」

亮太は、舌打《したう》ちをした。

「帰るなら帰るで、ちゃんとみんなにも声をかければいいのに」

「でも、帰るつもりじゃなかったのかもしれないよ」

加奈は、バネッサに、「確《たし》かに、バネッサの言うとおり、昨日は聖哉くん機嫌《きげん》もよかったし、ここが気にいってるって感じだったけど、帰るって自分の意志とは関係ないかもしれないよ」と説明した。「自分の意志《し》とは関係ない」と言われて、バネッサは、「そうか」とつぶやいた。

「帰るつもりじゃなかったのに、気がついたら帰ってたってことかあ。それならあり得るね」

「でしょう?」と、加奈は念《ねん》を押《お》した。

亮太が「そう言えば、昨夜《ゆうべ》、何か聞こえたって言ってたよね。もしかしたら、見に行ったんじゃないの? ほら、門の外とか」と、窓《まど》の外を指差した。

「見に行ってみようか」

四人で手をつないで外に出た。門の前で足を止める。門の外には真っ白な壁《かべ》がある。

「ぼくが、外に出てみる」

亮太は宣言《せんげん》した。バネッサが、亮太の左手をにぎった。

「何かあったら引っぱるから」

バネッサの手を加奈が、加奈の手をみはるがにぎる。

「大きなカブみたいだね」

みはるの言葉に、みんな少し笑った。

亮太は、門の外に足を踏《ふ》み出した。手を伸《の》ばして、そろそろと前に進む。門の外はコンクリートがしいてある。すみには花壇《かだん》もある。そこまでが、学校の敷地《しきち》なのだ。

コンクリートの端《はし》まで進むと、亮太《りょうた》は手の平で宙《ちゅう》をなぞった。

「壁《かべ》がある」

それから、振《ふ》り返って言った。

「さわってみて」

バネッサと加奈《かな》は、亮太のとなりに行って手を伸《の》ばした。ガラスのような手ざわりだった。バネッサが手の甲《こう》でコンコンとたたく。

「かたい」

なぞるようにしてたどっていっても、壁《かべ》は途切《とぎ》れなかった。

「どこかに切れ目があるんだよ。聖哉《せいや》くんは、そこから外に出たんじゃないかな」

運動場の横のフェンスにも登ってみた。フェンスの向こうに乗り出そうとしても、体が出ない。そこにもやはり白い壁《かべ》があった。少しずつ場所を移動《いどう》してみたが、どこも同じだった。学校の敷地《しきち》にそって壁《かべ》があるのだ。

「フシンシャが入って来ないようにしてあるんだよ」

みはるが得意気《とくいげ》に言った。「不審者《ふしんしゃ》」という言葉は、学校で何度も耳にしているので、一年生でもよく知っているのだ。

「不審者も何も、だれもいないじゃん」

校舎《こうしゃ》の周りをぐるりとまわったけれど、結局、どこにも出口は見つからなかった。

「あ～あ、くたびれたあ」

亮太は、保健室のベッドにごろんと寝転《ねころ》がった。

（絶対《ぜったい》切れ目があると思ったのに）

心底がっかりした。ひとしきりごろんごろんと転がってから、「そうだ。カレーパン、食べよ」と急に思いたった。

「朝、残しといたのがあるよね」

机《つくえ》の引き出しに手を伸《の》ばす。

「それ、聖哉くんの」

みはるが、亮太の手を押《お》さえた。

「いいんだよ。聖哉くんはもう帰ったんだから」

みはるの手をふりほどき、引き出しからカレーパンを出す。

「あれ」

カレーパンの袋《ふくろ》に、目がとまった。

「なんか、ついてる」

加奈《かな》とバネッサは、亮太《りょうた》の手元をのぞきこんだ。メモがはりつけてあった。

『あなたは、だれ？　どこにいるの？』

「これって」

三人は顔を見あわせた。

「これって、早苗《さなえ》先生じゃないの？」

「『だれ？』って、私たちに聞いてるんだよね」

亮太は、袋《ふくろ》を片手にぴょんぴょん跳《は》ねまわった。

「すごいよ。向こうから手紙が届《とど》いたってことは、向こうの世界とこちらの世界はつながったっていうことなんだから。すぐに返事を書こう！」

「待って、今、紙を準備《じゅんび》する」

バネッサはあちこち見まわして、紙を探《さが》した。

「加奈、ノートあったよね」

加奈は、メモをじっと見ていた。

「加奈？」

「返事を書いたら、届くのかな？　私の書いた手紙は、ずっとここにあるよ。早苗先生には届《とど》いていない。電話もかけられない。給食の食器も向こうにもどらないんだよ」

加奈たちの食べた給食の食器は、いつまでも一年一組に残されていた。出てくるときは、いつの間にか机の上にのっているのに、もどってはいかないのだ。

「こっちから送ったものは、向こうには届《とど》かないんじゃないの？」

「そうか。そうかもしれない」

バネッサの声が一気に沈《しず》んだ。亮太は、かかげていたパンの袋《ふくろ》を力なく下ろした。

「てことはさ、この袋《ふくろ》に返事をはったとしても、早苗先生に読んでもらえないってことか」

カレーパンを口にくわえて、袋《ふくろ》をゴミ箱に投げ捨《す》てた。

「あーあ。期待したのになあ」

くるんといすの向きを変えると、早苗先生の机《つくえ》の上が目に入った。「保健室」とシールのはられたパソコンが置かれている。

「パソコンなんて、あったっけ」

「先生たちの机《つくえ》の上って、みんなパソコンのってるじゃない」

バネッサが、当たり前のように言った。

「そっか」

先生たちが、みんな専用《せんよう》のパソコンを使っていることを亮太も思い出した。

（もしかして）

パソコンを開けて電源《でんげん》を入れてみた。暗かった画面に、じんわりと文字が浮《う》かび上がる。

「立ち上がるじゃん」

「え？」

加奈《かな》とバネッサも、パソコンをのぞきこんだ。

「パソコンついたら、何かできるかもしれない！」

亮太《りょうた》の胸《むね》に、一筋《ひとすじ》の明かりが差した。勢《いきお》いこんでキーボードに手を置いたが、次に画面に出たメッセージにがっかりした。

〈パスワードを入力してください〉

「そうだった。パスワードがいるんだった」

個人情報《じょうほう》の詰《つ》まった教師《きょうし》用のパソコンは、情報《じょうほう》がもれないように、ロックがかけてあるのだ。

「ね、早苗先生の誕生日《たんじょうび》知ってる？」

亮太は三人にたずねた。みんな一様に首を振る。

「だよなあ」

亮太は、とりあえず思いつく言葉を打ちこんでみる。『hokensitu』『sanaehoken』『youkyou』でも、当てはまるものはない。

「何があるんだろ。数字とか、思いつかないし」

「何やってんの」

バネッサが、あきれたように声をかけた。

「パソコンなんて開いてもしかたないじゃん。ゲームでもやろうかと思ったの？」

「ゲームなんてやんねえよ。パソコンに書きこめないかと思ったんだ」

亮太は、口をとがらせた。

「パソコンに？」

加奈も、パソコンに目をやった。

「メールを送るとかさ」

「メール？」

バネッサは、こぼれ落ちそうなほど目を見開いた。加奈も期待に満ちた目で亮太を見ている。亮太はあわてて、言葉を足した。

「そう思ったんだけど、パソコン、使えないみたい。パスワードがわからないからさあ」

「ほかのパソコンは？　職員室に行けばあるでしょ」

バネッサは、職員室の方をあごで指した。

「ダメだよ。先生たちのパソコンは、みんなパスワードがいるんだ」

亮太がため息をついたとき、

「みいちゃん、パソコン、得意だよ」

みはるが、的外《まとはず》れなことを言いだした。

「そういう話じゃないよ」

「だって、一学期、先生とやったよ。おおむらみはるって書いたもん」

みはるは、ムキになって言い返した。

「ああ、パソコン室でやったんだね」

加奈《かな》は、なだめるように相づちを打つ。

「パソコン室……」亮太《りょうた》は、口の中でくり返した。「そうだ、パソコン室だ」亮太は立ち上がった。

「パソコン室のパソコンなら使えるかもしれない。あれは、だれでも使えるようにしてあるんだから」

「かぎ、とってくる」

バネッサは、さっさと職員室に向かった。

「ずるいよ。ぼくが思いついたんだから」

亮太は、あわてて後を追った。


パソコン室のかぎは、束《たば》になっていた。

「まず、これは部屋のかぎ」

一番大きなかぎで部屋を開ける。部屋の中には、ずらりとパソコンが並んでいる。

「これって、この中の一台に電源《でんげん》入れただけじゃダメなんだよね」とバネッサが確認《かくにん》した。

「うん。先生は、こっちの部屋に最初に入っていく」

亮太は出入り口のとなりの「準備室《じゅんびしつ》」に入った。ここでもかぎが必要だった。束《たば》の中から合うかぎを探《さが》す。かつて「視聴覚準備室《しちょうかくじゅんびしつ》」だったこの部屋には、さまざまな機材《きざい》が並んでいる。亮太は、中を見まわして壁《かべ》にとりつけられた分電盤《ぶんでんばん》に目をとめた。

「これだ」

かぎを差し、赤いボタンを押《お》すと、ボンッと音がして、部屋全体の電源《でんげん》が入った。バネッサが近くにあったパソコンの電源《でんげん》に手を伸《の》ばそうとするのを、亮太は止めた。

「まだだめだよ。勝手にできないようになってるんだ」

亮太は黒板の前に行くと、並んでいる機材のボタンを次々に押《お》し始めた。

「どれを押《お》したらいいのか、わかってるの？」

バネッサが聞くと、亮太はにやっと笑った。

「かんたんだよ。押《お》さなきゃいけないボタンにはシールがはってあるし、その上に番号も書いてある」

バネッサは、機材をのぞいてみた。何台も並んだ機械にはたくさんのスイッチやボタンがあったが、中のいくつかには赤いシールがはってあって、シールの上に数字が書いてあった。

「先生たちの中には、機械に弱い人もいるから、どのボタンをどの順番に押《お》したらいいかわかるようにしてあるんだ」

亮太《りょうた》の担任《たんにん》は、パソコンにも機械にもうとい。パソコン室を使うたびに、不安そうに、「ええと、1番、2番、……」と口で言いながらボタンを押《お》していた。亮太は、それを見ていたのだ。

どのボタンに反応《はんのう》したのかはわからないが、二十台のパソコンの電源《でんげん》がいっせいに入った。

四人は、それぞれ適当《てきとう》なパソコンの前に座った。

「どうしたらいいのかなあ」

「学校のホームページを見てみたらどう?」

バネッサは、学校のホームページを開いた。

「みいちゃん、わからない」とみはるが言い出したので、加奈《かな》はみはるの横に席を移動《いどう》した。

「学校のホームページかあ」

亮太は、かちゃかちゃとキーボードをたたいた。

「学校にメールを送っても、きっといたずらだと思われるよなぁ」

「早苗《さなえ》先生に送るのがいいと思う」

加奈が言った。

「早苗先生のパソコンに直接メールが送れればいいんだけどなあ」

亮太は、しばらくホームページをながめていたが、「あれ、こんなページがあるんだ」と声をあげた。加奈もバネッサも亮太のパソコンを見た。――〈保健室から〉

「早苗先生のブログだ」

さっそく中を見てみた。ブログと言っても、『インフルエンザがはやりだしてきました』とか『今日は、学校中で欠席がゼロでした!』のような、保健連絡《れんらく》ばかりだ。しかし、亮太が注目したのは「コメント」の欄《らん》だ。『相談したいことがあったら、ここに書きこんでください。他の人には見えません』と書いてある。

(ここに書きこめば、早苗先生に届《とど》くんじゃないか?)

自分のアイディアにドキドキした。「コメント」のボタンをクリックしてみる。画面にコメント欄《らん》が現《あらわ》れる。

「ここに書けばいいんだ!」

亮太は、上気《じょうき》した顔でふり向いた。

「なんて書けばいいんだろ」亮太は、二人を見た。「ぼく、打つからさ、二人は文を考えて」

亮太は、キーボードに手をのせた。バネッサは、「何から書けばいいんだろ」と言いながら、まず「早苗先生へ」と言った。

「さ・な・え・せ・ん・せ・い・へ」

亮太は、言われるまま打ちこんでいく。

「まず、自己紹介《じこしょうかい》かな」

「だね。ダシルバ・バネッサ、小笠原加奈《おがさわらかな》、村崎亮太《むらさきりょうた》、大村《おおむら》みはるです」

「ダシルバ・バネッ、なんで、バネッサが一番なんだよ」

「いいじゃないの。そんなこと。年齢順《ねんれいじゅん》よ」

亮太はしぶしぶ言われた順に名前を打った。

「私たちは……」

長い時間かかって、コメントを書いた。

「よし送信」

亮太は、送信ボタンをクリックした。しかし画面はいっこうに変わらない。カチカチ、何度もマウスをクリックした。

「いたずら防止《ぼうし》に、ここからは送信できないように設定してあるんだ」

亮太は、バンッと机《つくえ》をたたいた。

(パソコン室のパソコンがだめなら、もうだめだ。絶望的《ぜつぼうてき》だ)

亮太は、キーボードの上につっぷした。

(電話もダメ、手紙もダメ、メールも送れない。もう他に方法なんてあるもんか)

顔を乗せた手の甲《こう》に、涙が落ちる。加奈の遠慮《えんりょ》がちな声が聞こえた。

「あ、あのね、こっちのパソコンはどう？」

「どれだって、同じだよ」

亮太は、顔も上げずに返事をした。

「でもね、これ、ちょっと子ども用のとちがうよ」

（子ども用とちがう？）

亮太は、顔を上げて加奈の姿《すがた》を探《さが》した。加奈は、黒板の前で手招《てまね》きしている。

「このパソコン、先生用のかな？　これだったら、もしかしてだいじょうぶだったりして」

亮太は、立ち上がってパソコンにかけよった。

18 ……………………………… 届いたメッセージ

『私たちは、今、もうひとつの学校にいます。そちらの世界の学校とそっくりです。

でも、私たち以外はだれもいません。神隠《かみかく》しなのかもしれません。

このメールは、パソコン室の先生用のパソコンで書いています。

亮太のお母さんは、六年生の時に、クラスの女の子が神隠《かみかく》しにあったと言ってたそうです。

でも、その女の子は帰ってきたそうです。

もしかして、その女の子は、早苗《さなえ》先生ですか？

先生も、もうひとつの学校に来たんじゃないですか？

だとしたら、どうやって帰ったんですか？

教えてください。私たちは、どうすれば帰れるんですか？』

保健室ブログに寄《よ》せられたコメントに気づいたのは、放課後だった。驚《おどろ》いて息が止まるかと思った。

（いたずらメール？）

何度も何度も読み直した。

児童の中に、亮太《りょうた》の母親と自分が同級生だったことを知っている人間がいないとは言いきれない。でも、いたとしてもごく少数だろう。そのごく少数の人間の中のだれかが、これを書きこんだのだろうか。（もしかして、多恵《たえ》？）とも思ったが、そんなことをしたってなんにもならない。

まったくの第三者ということも考えられるが、何の目的で？

早苗が一番引っかかったのは「もうひとつの学校」という言葉だ。

早苗自身は、母親にすら信じてもらえてないとわかった時点で、だれかに話すのはやめた。あの後、卒業式まで学校には来なかった。新しくできた友人には、もちろんそんな話はしていない。唯一《ゆいいつ》話したのは聖哉《せいや》だが、聖哉がそんなメールを送ってくるはずもない。

でも、このメールの人物は迷《まよ》いもなく「もうひとつの学校」と書いているのだ。そして、「先生も来たんじゃないですか?」と。いたずらメールにしては、できすぎているのではないか。

(パソコン室……)

早苗は、立ち上がって職員室にもどった。かぎ保管庫《ほかんこ》の中からパソコン室のかぎを出そうとしたが、かぎはなかった。

「どなたか、パソコン室のかぎをご存《ぞん》じないですか?」

職員室の中を見まわすが、返事はない。

「開けっ放しになっているのかもしれませんよ」

だれかが言った。次のクラスが使うと思って、開けたままにしておくことはよくあることだった。

とりあえず、行ってみることにした。予想通り、パソコン室は開いていた。部屋の中の電気は消えていたが、黒板の近くがほんのり明るい。黒板の前の教師《きょうし》用のパソコンが、ついているのだ。

(もしかして……)

早苗のカンは当たっていた。画面には、〈保健室から〉という早苗のブログが開かれていた。

(ここに、いるの?)

早苗は、周りを見まわした。だれもいない。気配もない。

早苗は、パソコンの画面を切り替《か》え、文章を打てるようにした。

『保健室の早苗先生です。パソコン室に来ました。あなたたちは、今、ここにいるの?』

打ちながら、バカなことをしていると思った。

(見えないけど、ここには子どもたちがいるのかもしれないなんて、小説の世界じゃあるまいし……)

しかし、一分もたたないうちに、画面には一行の文字が加えられた。

『ぼくたち』

(ぼくたち……?)

『パソコン室にいるよ』

早苗《さなえ》は息をのんだ。手でパソコンの周りや机《つくえ》の上、いすの背《せ》をふれてまわった。でも、どこにも人の感触《かんしょく》はない。早苗は、続けてパソコンに打ちこんだ。

『どこ?』

『パソコンの前のいすにぼく亮太《りょうた》は、すわってる。いすのうしろにバネッサ、その右横に加奈《かな》、みはるは、向こうでおえかきしてる』

もう一度周りを見る。だれもいない。

『何も見えないわ』

早苗が書くと、

『先生、今、パソコン室のとびらは、開いてる?』

(え?)

早苗《さなえ》は、とびらに目をやった。
『閉《し》まってる』
『バタバタ動いてない？』
『動いてないわ』
『そうなんだ。今、こっちではバネッサがとびらをバタバタさせてる。
ということは、やっぱりちがうんだ。重なってるとか、見えないだけじゃないんだよ』
早苗は驚《おどろ》いた。
（この子たちは、自分がいる世界がどこなのか探《さぐ》ろうとしているんだ）
『鏡《かがみ》に映《うつ》したみたいにそっくりだけど、
こちらで動かしたものがそちらでも動くというわけじゃないみたい』
冷静に分析《ぶんせき》しているのは、亮太《りょうた》だろうか。バネッサだろうか。
『先生の机《つくえ》の中のパンはなくなってるんだよね？』
（やっぱり食べていたのはこの子たちなんだ）と確信《かくしん》した。
『パンはなくなっているわ。あなたたちが食べてるの？』
『うん』
『もしかして給食も食べてる？』

『うん。いつの間にか机にのってる。でも、使った食器はそのままになっている』

ああっと思わず声が出た。

『こちらでは、食器がなくなっているの』

『じゃあ、ぼくたちが食べたパンの袋《ふくろ》はどうなってる？　ゴミ箱に入ってる？』

『入ってないよ』

それは、何度も確認《かくにん》した。どうやら、向こうに行った物はもどってこないようだ。パソコンの向こうから、また質問がくる。

『先生も、子どものころ、ここに来たことがあるの？』

心臓《しんぞう》が大きく波打った。キーボードを打つ指が震《ふる》えた。

『同じかどうかはわからない。でも、だれもいない学校に行ったことはあります』

早苗は続けて打った。

『亮太くんのお母さんから聞いたの？』

胸《むね》の中でふつふつと怒《いか》りがこみあげてきた。多恵《たえ》は、どんなふうにあの事件を話したのだろう。「いじめたら消えた」とでも言ったんだろうか。

『お母さんは、早苗先生が同級生って知らなかったみたい。

神隠《かみかく》しにあって帰って来た子がいるとしか言ってなかった。ぼくたちが、文集見て、気がついた』

（文集？　あそこにそんなことが書いてあっただろうか？）

早苗《さなえ》自身は、ほとんど見ていない。しかし、子どもたちは、それを読んで、自分が神隠《かみかく》しにあった子だと気づいたらしい。

（私が、いじめられていたことにも気づいたのだろうか）

早苗は、何とも言えない複雑《ふくざつ》な思いにかられていた。亮太《りょうた》は、早苗の思いには気づくはずもない。さらに質問してくる。

『どうやって帰ったんですか？』

（どうやって……）

なんと答えたらいいか迷《まよ》ったが、ありのままを答えた。

『六年二組の教室にいて、「帰りたい」と思ってとびらを開けたら、急に帰れたのよ』

『それだけ？　とびらならぼくたちも、学校中開けたよ。他に何かしてないの？』

考えてみたけれど、思い浮《う》かばなかった。

『特別なことはしていないと思う』

そこまで打ってから、『でも、自分で気づいていないことがあるかもしれない。もう一度よく思い出すから、待ってて』と加えた。

しばらく、間があいた後、『わかった』という返事が返ってきた。

『みんな、元気なの？』

『元気。仲良くしてる』

早苗はほっと胸《むね》をなで下ろした。

『お腹《なか》はすいていない？』

『食べ物は備蓄《びちく》倉庫にもあるから平気』

（備蓄《びちく》倉庫？）反射的《はんしゃてき》に運動場に目をやった。

『外には出られるの？』

早苗の時は、昇降口《しょうこうぐち》から先は出られなかったのだ。

『運動場には出られる。門の外は出られない。外は真っ白な壁《かべ》があるんだ』

真っ白な壁《かべ》。早苗の時は、昇降口《しょうこうぐち》のとびらの前にあったものが、今回は門の外にあるらしい。

『怖《こわ》くない？』

パソコンの文からは、おびえている様子は感じとれなかった。

『ここ、けっこう居心地《いごこち》いいよ』

明るい返事が返ってきた。

『電気もつくし、水もあるし、シャワーも浴びた。ガスもついた』

聞けば聞くほど、自分のときとはちがっている気がした。

『本当は保健室のパソコンを使いたかったけど、パスワードがわからなくて、使えなかった』

（ああ、そうか）

なぜパソコン室なのかと思ったが、納得《なっとく》した。『これからは、保健室のパソコン、つけっぱなしにしておくから、そこで連絡《れんらく》をとりましょう』と打ちこんだ。

『ラジャー』

受け答えは、最後まで明るかった。早苗《さなえ》は、いすに腰《こし》かけ、ふうっと大きく息を吐《は》いた。今、ここであったことが信じられない気持ちだった。

（あの子たちが、あそこにいる）

早苗は、遠い昔の記憶《きおく》をたどった。不思議《ふしぎ》なもので、懐《なつ》かしいような気さえしてくる。早苗は頭《かぶり》を振《ふ》った。

（懐《なつ》かしさにひたっている場合じゃない。そんなことより、どうやって子どもたちを、救《すく》い出すかだ）

自分がどうしてもどれたのか。真剣《しんけん》に振《ふ》り返ってみる必要がある。ただ、とびらを開けただけだったのか。その前に何かしたのか。どうして帰ってこられたのか。しかし、どれだけ記憶《きおく》をたどっても、「帰りたい」と思ってとびらを開けたことしか思い出せない。学校中を探《さが》しまわっていた母親が、たまたま廊下《ろうか》に立っていたので、元の世界だとわかった。

早苗はハッとした。

（もしかしたら、私じゃなくて、お母さんが向こうで何か特別なことをしたのかもしれない）

早苗は、ポケットから携帯電話《けいたい》を出した。

「もしもし、お母さん、私」

「早苗？　だいじょうぶなの？　あんたの学校、大騒《おおさわ》ぎになってるじゃないの」

母親も、テレビの報道《ほうどう》に気づいていた。

「私は、だいじょうぶだよ。それより、聞きたいことがあるんだけど」

早苗は、できるだけ手短に、自分の聞きたいことを説明した。受話器の向こうで、ふうっとため息をつくのが聞こえた。

「そんな昔のこと、どうでもいいじゃないの。なんで今さら」

あの話は、母親にとっても苦《にが》い思い出なのだ。できることなら、二度と思い出したくはない。

「自分のときと重ねてるんだろうけど、あんたの時とはまったくちがうじゃないの。四人もいっぺんにいなくなったんでしょ。それに何度も言ったけど、だれもいない学校に行ったなんて、そんなのは夢《ゆめ》よ」

二十年以上たった今でも、あのことは夢《ゆめ》なのだと言いはった。

「私も、最近までは夢だったのかもしれないって思ってた。あんまりつらくて、逃《に》げ出したいって気持ちでおかしくなってたのかもって。でも、そうじゃないみたいなの。まだ、くわしいことはわからないんだけど、関係があるみたいなの。ねえ、思い出して、お母さん。あのとき、学校に来て何をしたの？」

「そんな昔のこと……」

母親は、困惑《こんわく》していた。

「学校でいなくなったって言うから、学校中、探《さが》しまわってたのよ。先生たちは外に出たんじゃないかって言ったけど、どう考えても、早苗《さなえ》が、学校を抜《ぬ》け出すなんて思えなかったのよ。靴《くつ》だってそのままだったし」

放課後の学校にだまって入り、あちこちの部屋を探《さが》してまわったと言う。

「で、三階まで上がっていって、六年二組のとびらを開けたら、あんたが立ってたの」

とびらを開けたら立ってた。それは、早苗の記憶《きおく》とちがわなかった。

(やっぱり、それだけのことか)

一瞬《いっしゅん》がっかりしたものの、少し引っかかった。

「ちがうよね？　私がとびらを開けたんだよね？　お母さんは、とびらの前に立ってたんじゃないの」

早苗は、母親のかんちがいを指摘《してき》した。あのとき、とびらを開けたのは、母親じゃなくて早苗だった。

「ちがうわよ」母親は、ゆずらなかった。

「とびらを開けたのは、お母さんよ。だって、そこまでも、ずっとあちこちのとびらを開けてきてたんだから。教室のとびらも、私が開けたのよ」

「でも……」

早苗も覚えていた。とびらに手をかけて、思い切り横にひいたあの瞬間《しゅんかん》を。

(もしかしたら……)

ひとつの可能性が頭に浮《う》かんだ。

(内と外と同時にとびらを開けたのかもしれない)

19 帰る方法

加奈《かな》は、今自分の目の前で起こっていたことが、信じられなかった。

「すごい。亮太《りょうた》。やったね」

バネッサが亮太をたたえる声で、はっと我《われ》に返った。亮太は、顔を上気《じょうき》させている。

「亮太、キー打つの速かったねえ」

亮太の顔がぱっと明るくなった。

「すごいよ」加奈も、拍手《はくしゅ》をした。「これで帰れるよね。だって、早苗先生、帰れたんだから」

「そうだよ。絶対《ぜったい》帰れるよ」

早苗先生とのやりとりを思い出し、保健室に向かうことにした。廊下《ろうか》を歩いていると、

「帰るの?」

みはるが、突然《とつぜん》加奈《かな》のスカートのすそを引っぱった。

「うん。もうすぐ、ママに会えるよ。よかったね」

加奈は、みはるの手をにぎった。

「早くママに会いたいね」

みはるは、こっくりうなずいた。

「みいちゃんのママってどんなお母さん？」

前を歩いていたバネッサが、振《ふ》り返ってみはるの顔をのぞいた。

「ママは、みいちゃんが大好きなんだって。みいちゃんにいい子になってほしいんだって」

セリフを読んでいるような棒《ぼう》読み口調だった。バネッサは、ちょっと首をかしげた。

「優《やさ》しい？」

みはるは少し考えてから、「うん」とうなずいた。

「いいなあ。うちのママは、厳《きび》しいよ。家の手伝いをしないと、すごくしかられる」

「きらい？」

今度は、みはるがたずねた。

「きらいじゃないよ。好きだよ」

バネッサは笑顔《えがお》で答えた。

「だけどさ、赤ちゃんの面倒《めんどう》をみるために学校やめろって言うんだろ」

亮太《りょうた》の言い方にはとげが感じられたが、バネッサは、それにはふれなかった。

「いいの。どうせ、あと二年くらいしたらブラジルに帰るんだもん」

「帰るの？」

加奈は、びっくりした。ブラジル人だとはわかっていたけれど、このまま日本でずっと暮《く》らしていくのだと思っていたのだ。

「お金が貯《た》まったらね」

バネッサは、当たり前のように答えた。

「そうなんだ」

こんなに日本語がうまくて、日本になじんでいるのに。「ブラジルに帰る」という言い方も意外だった。

亮太が、大きく手を振《ふ》って歩きながら、「うちのお母さんはさあ」と話し出した。「優《やさ》しいときもあるし、怒《おこ》るときもある。ゲームばっかりやってると、『いいかげんにしなさい！』って目がつり上がる」と、両目を指でつり上げて見せた。

「加奈のママは？」

バネッサにたずねられて、答えに迷《まよ》った。

「お母さんは、優《やさ》しいよ。でも、それより、こっちが優《やさ》しくしてあげなきゃって思う」

「優《やさ》しくって、加奈《かな》が？」

加奈は、うなずいた。

「守ってあげなきゃって思うの。お父さんが死んでしまってから、お母さんすごくがんばってるの。ずっと専業主婦《せんぎょうしゅふ》だったのに、仕事に行くようになって、毎日疲《つか》れてて……。だから、助けなきゃって思ってる。心配かけちゃだめなの」

頭の中に、いつもさびしげな母親の顔が浮《う》かんだ。バネッサが遠慮《えんりょ》のない口調で聞いた。

「それで、仲間はずれにされていること、ないしょにしてたの？」

加奈が答えにつまると、バネッサは「しまった」という顔になった。

「ごめん。こういうこと、言うからだめなんだよね、あたし」

「ううん」

加奈は、首を振《ふ》った。バネッサが、加奈の肩《かた》に手をまわした。

「加奈は、ママに心配かけないようにがんばってたんだね」

目の奥《おく》が熱《あつ》くなってきたのを感じて、加奈はバネッサの肩《かた》に顔をうずめた。バネッサは、加奈の頭をポンポンとたたいた。

保健室のパソコンは、まだついていなかった。

「早苗先生、まだ来てないんだね」

亮太《りょうた》は、パソコンの前のいすに腰《こし》かけた。

「だね」

加奈は、みはると並んで長いすに座った。バネッサは、ベッドの端《はし》に腰《こし》を下ろした。

「亮太のお母さんは、早苗先生の同級生だったってこと、なんで言わなかったんだろう?」

「気づいてなかったんじゃないかな。保健の先生の名前なんて、知らなかったんだと思う」

保健の先生の名前は知らなくても不思議《ふしぎ》ではないと、加奈も思った。バネッサは、まだ聞きたりないらしく、「小学校のころの話は、聞いたことないの?」と質問を重ねた。

「あんまり聞いたことないなあ。神隠《かみかく》しの話だって、ずいぶん前に、たまたま聞いたんだ」

「ふーん」

バネッサは、何かを考えている。

「ねえ、早苗先生って、いじめられていたのかもって亮太、言ってたじゃない」

「うん。そんな気がした」

「そのことって、亮太のママはなんにも知らなかったのかな?」

「どういう意味?」

亮太は、顔をしかめた。

「うちのお母さんがいじめてたって言いたいわけ？」

「別にそんなこと言ってないでしょ。何か知らなかったのかなって言ってるだけじゃん」と、バネッサは説明したが、亮太《りょうた》は、明らかに機嫌《きげん》を悪くしていた。自分の母親がいじめをしていたと言われたように感じたらしい。

「亮太くんのお母さんは、いじめなんてしないよ」

加奈《かな》は、あわてて仲裁《ちゅうさい》に入った。

「うちのお母さんは、キツいことも言うけど、でも、」亮太が言いかけたとき、

「あっ、パソコンついた」

みはるが声を上げた。加奈もバネッサもパソコンにかけよった。見ている間に文章の作成画面が開かれ、文字が書きこまれていく。

『内と外で同時にとびらを開けてみたらいい気がします』

「同時にとびらを開ける？」

四人は顔を見合わせた。パソコンにはさらに文字が打ちこまれていく。

『六時ぴったりにとびらを同時に開けましょう。他の教室でもいいのかもしれないけれど、ねんのため、私が帰れた六年二組にします。

私は、廊下側《ろうかがわ》から開けるので、あなたたちが教室の中から開けてください』

「よっしゃぁ」

亮太がガッツポーズをした。バネッサも手をたたいた。

「みいちゃん、これで帰れるよ」

加奈はみはるの手を取った。

「おうちに帰るの？」

加奈はにっこり笑った。

「よかったね」

みはるは、小さくうなずいた。

「なんだ、けっこうかんたんだったな」

亮太は、ぽーんとベッドに跳《は》ね乗ると、両手足を伸《の》ばした。

「こんなにあっさり帰れるんなら、もっと冒険《ぼうけん》しておけばよかった」

「今からだって間に合うわよ。何かするんならやってきたら」

バネッサがいたずらっぽくけしかけた。亮太は、「どうしよっかなあ」と歌うように言ってから、「やっぱや～めた」と笑った。

「ホントは、冒険《ぼうけん》なんてする気もないくせに」

「あるよ。けど、六時に間に合わなくなったら大変だろ」

亮太《りょうた》は、時計を見た。五時半を指している。

加奈《かな》には気になることがあった。聖哉《せいや》のことだ。

「聖哉くんのこと、早苗《さなえ》先生なんにも言わなかったね」

帰る話に夢中《むちゅう》になって、聖哉のことを一言も聞かなかった。

「帰ったんでしょ。あれだけ探《さが》してもいなかったんだし」

「そうだとは思うけど」

「帰ったって、加奈が言い出したんだろ」

亮太も、不満そうな顔をした。

「でも、早苗先生が何も言わなかったのが、気にならない？　もし聖哉くんがもどってたら、早苗先生に私たちのこと話してると思うのに」

もし聖哉がまだここにいるとしたら、置いて行ってしまうことになる。

「私、もう一度学校の中まわってくる」

「ええっ！」バネッサは、驚《おどろ》いた顔で加奈を見た。

「だめだよ。間に合わなくなったらどうするの？」

「だいじょうぶ。校舎《こうしゃ》をぐるっとまわってくるだけ。そんなに時間はかからないから」

「しかたないな。じゃ、ぼく、運動場、見てくる」

亮太も起き上がった。

「もう」

バネッサは、あきれた顔で二人を見た。

「バネッサは待ってて。何かパソコンに連絡《れんらく》が来るといけないし」

「オッケー」

加奈は、みはるの顔を見た。

「みいちゃんもバネッサと待ってて」

「みいちゃんも行く」

みはるは、加奈の手をぎゅっとにぎった。

「みいちゃんも、聖哉くん探《さが》す」

「でも……」

みはるを連れて行くと、歩くスピードが落ちてしまう。六時までに帰って来られないと大変だ。

「みいちゃんは、待ってて」

加奈は、みはるの前にしゃがみこんだ。加奈は、みはるに言い聞かせた。でも、「いや。みいちゃんも」

みはるはガンとして受け入れない。顔いっぱいに、「行く」という意志《いし》を表している。

（しょうがないなあ）

加奈《かな》はため息をついた。

「わかった。じゃ、いっしょに行こう」

みはるといっしょに保健室を出た。まず、一年の教室。二クラスともだれもいない。職員室も校長室にもいない。放送室ものぞいてみた。二階へ上り図書室や音楽室ものぞいた。

「聖哉《せいや》くーん！」

大声で呼《よ》んでみた。

「帰るよー！　いるなら出てきて」

何度もさけんだが、反応《はんのう》はなかった。

「いないねぇ」

加奈は、みはるに話しかけた。みはるは、いっしょに探《さが》すと言ったくせに、のろのろとしか歩かない。あげくに、「トイレに行ってくる」と、わざわざ遠い方のトイレに走って行ってしまった。「みいちゃん、トイレこっちにあるよ」と、近くのトイレを指差したのに、「あっちのトイレがいいの」と、来た道をもどって行ったのだ。

「先に行ってるね」

加奈は、後ろ姿《すがた》に声をかけて先に進んだ。三階に上り、すべての教室を見たが、やっぱり聖哉の姿《すがた》はなかった。

今歩いてきた道を引き返しながら、「みいちゃん。保健室にもどるよ」と大声を出した。しかし、返事はない。二階の廊下《ろうか》を見ても、みはるの姿《すがた》はない。トイレの個室のドアは、全部開いていた。

「みいちゃん」

一階に下りても、いない。保健室にもどって、バネッサに聞いたが、「来てないよ」という返事が返ってきた。

「おかしいなあ」

加奈は、もう一度廊下《ろうか》に出た。

「みいちゃーん」

もう一度大声を出す。

「何騒《さわ》いでるの？」

運動場から、亮太《りょうた》がもどってきた。

「みいちゃんがね、いないの」

「トイレなんじゃないの？」

「トイレも、見たよ」

バネッサも、保健室から出てきた。

「まずいよ。あと十分しかない」

「急いで探《さが》そう」

三人はかけ出した。

「みはる！　早く出てこいよ」

「みいちゃん！」

「あたし、三階探《さが》す！」

バネッサが階段《かいだん》をかけ上っていった。亮太《りょうた》は二階へ。加奈《かな》は、一年の教室へ向かった。

「もう時間、ないよ！」

二階から亮太の声が聞こえた。加奈は、教室の時計をのぞいた。五時五十五分。

「帰れなくなっちゃうよ！　もう上がってきて」

「でも、みいちゃん」

「だって、もう六時だよ」

「先に行ってて！」

加奈は職員室に入った。

「みいちゃん！」

もう一度、大きな声を出す。

「みいちゃん、どこ？　出てきて！」

キイッと金具のきしむ音がしたのを、加奈は聞き逃さなかった。注意深く音がした方を目で探る。ゆっくりと視線《しせん》を動かしていくと、印刷室《いんさつしつ》の入り口の掃除《そうじ》道具入れに目がとまった。

加奈は、掃除《そうじ》道具入れにかけよった。とびらに手をかける。開けようとすると、何かが引っかかっている。二、三度力を入れてとびらを引いてみて確信《かくしん》した。

(引っかかってるんじゃない。中から引っぱってるんだ)

渾身《こんしん》の力をこめて、とびらを引いた。中に小さな手が見えた。

加奈はさらに力を入れ、無理やりとびらを引き開けた。それでも中にとどまろうとするみはるの腕《うで》を、思いきり引っぱった。みはるは、床《ゆか》に転がり出た。

「みいちゃん、いた!」

加奈の声を聞いて、バネッサと亮太がかけ下りてきた。

「みいちゃん、何してんの!」

バネッサは、みはるの腕《うで》をとった。

「行くよ!」

「行かない!」

みはるは、しぼり出すような声でさけんだ。

「帰らない」

「何言ってんの！　行くよ」

バネッサは、みはるを乱暴《らんぼう》に抱《かか》え、ずるずる引きずるように階段《かいだん》を上っていく。暴《あば》れるみはるの足を、亮《りょう》太《た》が押《お》さえつける。教室に入ると、バネッサはみはるをどさりと床《ゆか》に下ろした。よほど力を入れて運んだのだろう。息がはずんでいる。

「加奈《かな》、みいちゃん押《お》さえて」

「いやあぁ！」

加奈は、泣きさけぶみはるの体を抱《だ》きしめた。バネッサは、片手でみはるの手をにぎりしめ、もう片方の手はとびらの取っ手にかけている。亮太が、時計の秒針《びょうしん》をカウントダウンし始める。

「十、九、八、七……」

加奈は、泣いているみはるの頭を胸《むね》に引きよせた。

「三、二、一」

バネッサが勢《いきお》いよくとびらを開ける。加奈も亮太も息を止め、とびらの向こうを見た。とびらの向こうに、白い壁《かべ》があった。門の外の壁《かべ》と同じだ。しかし、向こうにだれかいるのがすけて見える。

(早苗《さなえ》先生？)

目をこらした瞬間《しゅんかん》、ふっと壁《かべ》が消えた。あとには、階段《かいだん》に続く廊下《ろうか》が見えるだけだ。

「ウソ！」

バネッサは、廊下に飛び出した。

「今のなんなの？　あれ、早苗先生？　あんな一瞬《いっしゅん》？」

バネッサは、加奈の前に座りこんだ。

「ねえ、今の、あれ、早苗先生？」

加奈は、首を振《ふ》った。

「わかんない。でも、早苗先生だった気がする」

「絶対《ぜったい》、早苗先生だったよ」

亮太は興奮《こうふん》していた。

「けど、なんだよ、今の。あんなんで帰れるわけないじゃん」

亮太は、乱暴《らんぼう》に床《ゆか》を踏《ふ》みならした。

「けど、一瞬《いっしゅん》、向こうとつながったね」

みはるを抱《かか》えたまま、加奈は言った。

「うん。つながった」

バネッサは力つきたようにへたりこんでいる。

「一応《いちおう》つながるはつながったんだからさ、次はもっとうまくできるんじゃない？」

ふたりの言葉で、亮太は気をとり直したようだった。「次のチャンスがあるってことか」

三人が話している間も、みはるは、床《ゆか》につっぷして泣きじゃくっていた。

「みいちゃん」加奈《かな》は、みはるの背中《せなか》にそっとふれた。

「なんで帰りたくなかったの？」

みはるは何も答えない。

「ママに会いたいんでしょ」

みはるは、顔を床《ゆか》につけたまま、こちらを見ようともしない。

「聖哉《せいや》くんがいないからだろ。みはる、聖哉くんと仲良かったし」

亮太《りょうた》が言った。

「そうか……」

みはるがそこまで聖哉のことを気にしていたとは、考えていなかった。でも、そうなのかもしれない。

（みいちゃんは、聖哉くんを置き去りにすることができなかったのかもしれない。いくら、「聖哉くんは帰ったんだよ」と言っても、納得《なっとく》できなかったのかも）

みはるは、いつの間にか静かになっていた。加奈がのぞきこむと、泣き疲《つか》れて眠《ねむ》ってしまっているようだった。

「寝《ね》てる」

小声で二人に報告《ほうこく》すると、

「信じられない」

「のんきすぎ」

バネッサも亮太も笑った。加奈は、みはるの横にころんと寝転《ねころ》がった。横になると、体から力が抜《ぬ》けていくのがわかった。ずっと緊張《きんちょう》していたのだ。

「ぼく、保健室でパソコン見てくる」

亮太が立ち上がった。

「あたしも見に行く」と、バネッサも言った。

加奈は、声を出さず口だけで、「ここにいるね」と言った。みはるの背中《せなか》は、規則《きそく》正しく上下している。

それをながめているうちに、加奈もいつの間にか眠《ねむ》ってしまっていた。

20……………………………もう一人の体験者

早苗《さなえ》は、一人保健室で考えていた。目の前のパソコンは立ち上がったままだ。『先生の姿《すがた》、ちょっとだけ見えたよ。でも、すぐに消えちゃった』という書きこみが目の前でされていくのを、複雑《ふくざつ》な思いでながめていた。

約束通り六時にとびらを開けた。子どもたちも向こうの世界で開けたようだ。一瞬《いっしゅん》、見えるには見えた。うっすらとだが、白い霧《きり》の向こうに、子どもたちの姿《すがた》が見えた。でも、すぐに消えてしまった。同時に開けるだけではだめだったのだろうか。

『ごめんね。もう一度よく考えてみるね』

パソコンに打ちこむ。すると、意外にも向こうは元気だった。

『がっかりしたけど、一瞬《いっしゅん》でもつながったからよかった気がする』

打っているのは亮太《りょうた》のようだ。

『次は帰れる気がしてきた』

帰れなくてさぞがっかりしているだろうと思ったが、子どもたちは立ち直りが早いようだ。もう次のことを考えている。

『先生、夕ご飯、カップラーメンが食べたい。買ってきてくれないかな』

『私が買ってきたら、食べられるの?』とたずねると、『学校にあるものなら、届《とど》くんだ』という答えが返ってきた。

『学校にあるもので、ぼくたちがあることに気づいているものはこちらにも出てくる。だから、畑のミニトマトや防災用備蓄《ぼうさいようびちく》倉庫の乾《かん》パンを食べたりしてる』

驚《おどろ》いた。子どもたちは、自分が考えていたよりもはるかにたくましく、向こうで生きる術《すべ》を手に入れているのだ。他に食べたいものはないのかと聞いたら、『みんな、カップラーメンが食べたいって』とのことだった。

『わかった。カップラーメンを買ってくるね』

早苗は校舎《こうしゃ》を出て駐車場《ちゅうしゃじょう》へ向かった。まだ、ほとんどの教師《きょうし》が残っている。行方不明《ゆくえふめい》の子どもたちの担任《たんにん》も残っているはずだ。今、何が起きているのか話した方がいいのだろうか。

迷《まよ》っていた。自分一人で解決《かいけつ》できる話ではないのかもしれない。しかし、へたに何か話したら、よけいに学校中を混乱《こんらん》させることになりかねない。

学校でふつうに過ごしていたはずの子どもが、別の世界に行ってしまったなどということがわかったら、学校閉鎖《へいさ》だ。立入禁止などになったら、子どもたちを救《すく》う道まで閉《と》ざされてしまいかねない。

(やっぱり、一人でなんとかするしかないのだろうか)

でも、それは荷《に》が重い話だった。

コンビニで、どのカップラーメンがいいか、あれこれ手にとった。

（もっと栄養《えいよう》のバランスのとれたものの方がいいんじゃないのかしら。お弁当とか、野菜の入ったものの方がよくないかな。みはるちゃんなんかは、オムライスやおにぎりの方が喜ぶ気もするんだけど）

頭の中にみはるの顔が浮《う》かんだ。始業式の時に見たみはるは、どう考えても様子がおかしかった。

さんざん悩《なや》んだあげく、結局、カップラーメンを四つ買った。

（他の子たちは、どうなのかしら。体の調子とか悪くしてないのかな。加奈《かな》さんは、お腹《なか》が痛《いた》くて保健室に向かっていたらしいけど、もう治っただろうか。そういうことも聞かなきゃいけなかった）

一つ考えはじめると、次々にいろいろなことが思い浮《う》かんだ。いじめられがちな亮太《りょうた》のことも、最近元気のないバネッサのことも気になった。

（なんで、よりによって気にしてた子ばっかりが、あちらの世界に行ってしまったんだろう）

気にしていた子ばかり……と思ったとき、心臓《しんぞう》がドクンと動いた。

（そうだ。向こうに行ったのは、気になる子ばかり。何か問題を抱《かか》えた子ばかりだ）

これは、とびらが開いたことと何か関係するのだろうか。

学校にもどり、駐車場《ちゅうしゃじょう》から保健室に向かって歩き出すと、正門の前で、校舎《こうしゃ》を見上げている男性がいることに気づいた。暗くてはっきりとは見えないが、長身のほっそりとしたシルエットに見覚えがあった。

「川島《かわしま》先生」

立っていたのは、ひまわり学級の担任《たんにん》の川島だった。「どうされたんですか？　こんな所で」

反射的《はんしゃてき》にカップラーメンの入った袋《ふくろ》を体の後ろに隠《かく》した。川島は、ちらっと早苗《さなえ》の手元を見たものの、追《つい》及《きゅう》はしなかった。

「校舎《こうしゃ》を見ていたんですよ」と、川島は言った。

そう言われて、早苗も校舎を見上げた。紺色《こんいろ》に染《そ》まりはじめた空の下、校舎はほの白く浮《う》かんで見えた。

「校舎《こうしゃ》にお願いしていたんですよ。そろそろ子どもたちを返してくれないかって」

「え？」

川島は、早苗の顔を見て少しだけ笑った。

「ほんとはね、遅《おそ》くとも次の日の朝には返してもらえると思っていたんです。だから、何度も教室を見に行っていたんですけど」

子どもたちがいなくなった翌日《よくじつ》の朝早く、川島が階段《かいだん》を下りてきたことを思い出した。あのときも、川島は子どもたちが帰ってきていないか見に行っていたらしい。

「川島先生は……」

早苗は、ゴクリとつばを飲んだ。

「子どもたちが、どこに行っていると思っているんですか?」

「もうひとつの学校……とでもいうのかな」

早苗《さなえ》は、息をのんだ。川島《かわしま》は、ふっと笑顔《えがお》を見せた。

「いい年して、何夢《ゆめ》みたいなこと言ってるんだって言われそうなんですけどね。実は、もともと夢《ゆめ》みたいな話が大好きで。しかも、夢《ゆめ》みたいな話に命を救《すく》われたんです」

「あ、あの、それって」

川島は、ちょっと腰《こし》をかがめて、顔を近づけた。

「学校には、秘密《ひみつ》のとびらがあるといううわさを聞いたことはないですか?」

早苗は、だまって首を横に振《ふ》った。

「ふだんは行くことができない。でも、何かのはずみに開かれるとびらがあって、その向こうにはもうひとつの学校がある」

早苗は穴《あな》があくほど、川島を見つめた。川島は何を知っているのだろう。何の根拠《こんきょ》もなく、こんなことを言うはずがない。

「笑わないんですか?」

一つ大きく息を吸《す》ってから、早苗は口を開いた。

「その話、もう少し聞かせていただいていいですか」

川島はうなずいて、校舎の横の花壇の煉瓦に腰を下ろした。話が長引きそうだと判断し、早苗もその横に座った。

「大きな荷物が届《とど》きました……ってわかりますか？」

学校に不審者《ふしんしゃ》が入りこんだとき、校内放送を入れる。その際《さい》、不審者《ふしんしゃ》を刺激《しげき》しないために、「大きな荷物が届《とど》きました」と放送を入れるのが、この辺りの学校でのルールだ。

「ちょうど、廊下《ろうか》に子どもたちを並べていたため、放送を聞き逃《のが》したんです」

それは、十五年ほど前の話だ。学校に、不審者《ふしんしゃ》が入りこんだ。一階の教室にいた教師《きょうし》が気づき、職員室に連絡《れんらく》した。放送が入ったときには、男は階段《かいだん》を上り始めていた。

川島の教室は、二階の階段《かいだん》横だった。子どもたちを並ばせているちょうどその時、男が上ってきた。すぐにただごとではないと思った。男の手には包丁《ほうちょう》がにぎられていたからだ。

あわてて、もう一度子どもたちを教室にもどした。とびらを閉《し》め、子どもたちを出入り口から一番はなれた場所に避難《ひなん》させた。自分は、掃除《そうじ》道具入れから柄《え》の長いほうきを出しにぎりしめた。子どもたちには、先生が男と戦っている間に、逃《に》げるんだぞと声をかけ、ほうきを構《かま》えた。

死んでも子どもたちを守らなくてはいけない。本気でそう思った。しかし、決死の覚悟《かくご》で待っていても、一向にとびらは開かれない。

「もうつかまったんじゃない?」

子どもたちのだれかが言った。おそるおそるとびらに近づき、外の様子をうかがう。何の音も聞こえない。五分、十分。静かなままだ。やはり、男は、つかまったのだ。確信《かくしん》してとびらを開けた。すると、

「川島《かわしま》先生!」

何人もの先生たちが、とびらの前に待機《たいき》していた。

「無事だったんですか」

子どもたちも、他の先生たちの声を聞きつけて外に出てきた。廊下《ろうか》にいた先生たちの驚《おどろ》きは、ふつうではなかった。

「どこに隠《かく》れていたんですか?」

「隠《かく》れてって……」

隠《かく》れてなどいなかった。子どもたちは、教室のすみにかたまっていただけだし、川島はほうきを持って構《かま》えていた。しかし、他の教員は、口をそろえて言ったのだ。

「教室にはだれもいませんでした」

騒《さわ》ぎを聞きつけ、かけつけた教員たちが見たのは、だれもいない教室に、立ちつくしている男だけだった。子どもたちも担任《たんにん》の川島もいなかった。

「どこに避難《ひなん》したんだろう」

窓から飛び降りたのだろうか。とりあえず、外を見に行ってみるかと相談していたまさにその時、手品のように川島と子どもたちが姿《すがた》を現したのだ。

「じゃあ、他の先生たちが入ってきたときには、子どもたちも先生も教室にはいなかったってことですか？」

「はい」

川島はうなずいた。

「でも、先生はずっと教室にいたんですよね？」

「はい。どういうことなのか、あれからずっと考えてきました。はじめは、みんなが私をからかっているのかとか、何か集団催眠《しゅうだんさいみん》のようなものかとか考えました。不思議《ふしぎ》なもので、気にかけていると、似《に》たような話を小耳にはさむ機会がふえてきたんです」

「似《に》たような話ですか？」

「例えば、こんな話があります。音楽室へ向かう途中《とちゅう》で忘《わす》れ物をとりにもどった子が、いつまでたっても来ない。結局一時間たっても来なかった。なぜ来なかったのか理由をたずねると、その子はちゃんと音楽室に行ったと言うのです。でも、なぜだかだれもいなくて、おかしいと思いながら一時間待っていた。でも、だれも来ないので教室にもどってきたのだと」

「だれもいなかった……」

「他にも、だれもいない学校に行ったという話はいくつも聞きました。もちろんそのすべてが本当だとは思いませんが、共通していることがあることに気づいたんです」

川島《かわしま》は、実験結果を語るように冷静な声で話し続けた。

「一つは、古い校舎《こうしゃ》だったということ。もう一つは、そこには、自分たち以外いなかったということ。まあ、厳密《げんみつ》に言うと、私は教室に閉《と》じこもっていたから、確認《かくにん》していないんですけど」

早苗《さなえ》は自分もそれにあてはまることに気づいた。向こうにはだれもいなかった。そして、この学校の校舎《こうしゃ》は、早苗が子どものころから十分に古びていた。

「古いというのは、何か意味があるんでしょうか?」

思わずたずねると、

「だって、そりゃあ、あなた、昔から古いものに、魂《たましい》が宿《やど》るのは当然のことじゃないですか」

「たま……しい、ですか?」

思いがけない言葉が出てきて、面食《めんく》らった。

「『魂《たましい》』というと、恐《おそ》ろしいものみたいだから、『思い』とでも言い直した方がいいかな。ぼくはね、隠《かく》れ家《が》があると思うんです。学校自身が作り上げた」

川島は、ようやく自分の考えを話す相手が見つかったとばかりに熱《ねつ》っぽく語った。

「考えてみてください。校舎は、私たち教員よりも長く、子どもたちを見ているんです。それこそ、あらゆる場面を目の当たりにしている。そんな校舎《こうしゃ》が、子どもたちのピンチに手を差しのべたくなるのは当然でしょう。自分の中の隠《かく》れ家《が》に子どもたちを引き入れて守ろうとしたって、なんら不思議《ふしぎ》はないと思いませんか？」

（助けるための隠《かく》れ家《が》……それがもうひとつの学校）

早苗は、長い間、自分の中にあった大きなかたまりがとけていくのを感じていた。

（そうか。そうだったんだ。私はあのとき、校舎《こうしゃ》に助けられたんだ）

「川島先生、実は」

早苗は、手に持った袋《ふくろ》からカップラーメンを見せた。「子どもたちに頼《たの》まれたんです」

早苗は一気に話した。子どもたちからパソコンで連絡《れんらく》が来たこと。だれもいないもうひとつの学校にいると言っていること、自分はこの学校の出身で、もうひとつの学校に行ったことがあること。長い話の間中、川島は一度も口をはさまなかった。すべての話を聞き終えてから、「やっぱりそうだったのか」と声を震《ふる》わせた。

「じつは、さっき、用事があって保健室に行ったんです。そこでね、パソコンの画面、のぞいてしまったんです」

川島は、「すみません」と頭を下げた。

「いえ、パソコン、開きっぱなしでしたものね」

早苗《さなえ》は、自分がかぎもかけずに保健室を出てきたことを思い出した。

「今回、最初からそうなんじゃないかと思っていたんです。でも、早苗先生もそんな体験をしていたとは、夢《ゆめ》にも思わなかった」

「私も。まさか、同じような体験をしている人がいるとは思いませんでした」

不思議《ふしぎ》なもので、一気に連帯感《れんたいかん》のようなものが生まれていた。

「子どもたちがいなくなったとき、すぐにピンときたんです。でも、それなら、きっとすぐに帰ってくるだろうと高をくくっていました。今まで調べた話では、長くても次の日には帰ってきていましたから」

「私もその日のうちに帰ってきました」

それなのに、今回は、すでに三日もたってしまっている。

「川島《かわしま》先生が調べた話の人たちは、どうやって帰ってきたんですか」

「それがねえ」

川島は、しぶい顔をして見せた。

「私もふくめ、みんな、いつの間にか帰ってきてるんだなあ、これが。早苗先生はどうでしたか？」

早苗は、自分のときのことを話した。「内と外と同時にとびらを開ける」ことで、両方の世界がつながるのではないか。しかし、川島は首をひねった。

「う……ん、少なくとも、私のときは、そうではありませんでした」

「そうですか……」早苗はため息をついた。

「じつは、今日、試《ため》したんです。でも、だめでした。ただ、一瞬《いっしゅん》向こうが見えるには見えたんです。だから、まったくちがうというわけでもない気もするんですけど」

早苗は、今日の失敗《しっぱい》の話もした。

「ふ……む」

川島は両てのひらで、自分の頬《ほお》をはさんだ。

「もう、どうしたらいいのかわからなくて」

「そうですねぇ」川島は、ひょいとまゆ毛を上げた。「ところで、子どもたちはどんな様子なんです？　向こうにいる子どもに、話を聞けるなんてはじめてですよ」

「思ったより元気なんです」早苗は、感じたままを口にした。

「給食とか備蓄《びちく》倉庫の食べ物とか、私が保健室に置いているパンとか食べられるみたいで、食料には困《こま》っていないようなんです。電気もつくし、水もあるし、あ、ガスもついたって言ってました」

「ほう。ライフラインはしっかりしてるってことですね」

「そう……ですね」言われてみればそうだ。

「私のときとは微妙《びみょう》にちがうんです。私は給食なんて食べてないし、電気もつかなかった。それに外には出られなかったんです」

「そりゃあ、お客様しだいじゃないですかね」

川島《かわしま》は、当たり前のように言った。

「迎《むか》え入れる子どもたちによって、変わるんじゃないですかね。今回は長丁場《ながちょうば》ですから、電気がつかないと怖《こわ》がる子もいるだろうし、食べ物も必要でしょう。校舎《こうしゃ》の方も、相手によって変えるんじゃないですか」

「じゃあ、今回は最初から、何日も帰さないつもりだったと言うことでしょうか」

「帰さない……」川島は、首をかしげた。

「帰さないのか、帰せないのか、帰らないのか」

早苗《さなえ》は三つの言葉の意味を考えた。

「子どもたちが帰りたくないと思っているってことですか」

「そうですね。それだけライフラインがしっかりしてたら、帰らなくてもいいと考えているかもしれません」

「それはないと思います」早苗は即答《そくとう》した。

「だって、帰りたいから、あれこれ試《ため》しているんです。学校中のとびらを開けたとも言っていました。考えに考えて、パソコンという手段《しゅだん》にたどり着いたんですよ」

「とびらは、全部開けた。なのに、帰れない」川島は口の中でぶつぶつとくり返してから、質問を変えた。

「いなくなった子どもたちは、どういう子どもたちなんでしょうかねえ」

「どういう……というと」

「つまり、その『避難《ひなん》させるべき子ども』だったんでしょうか？」

『避難《ひなん》させるべき子ども』と、川島は言った。

「ぼくとクラスの子どもたちは、命の危機《きき》にさらされていた。あなたは、ひどいいじめにあっていた。だから避難《ひなん》させるべき子どもだったんですよ。同じように、子どもたちも緊急避難《きんきゅうひなん》の必要があったのかもしれません」

「四人とも気になる所はあるんです」

早苗は、四人について自分がもっている情報《じょうほう》を話した。川島は、ふんふんとうなずいて聞いていたが、

「しかし、これだけのことだと、確《たし》かにそれぞれ大変なことはありますけど、切羽詰《せっぱつ》まっている……という感じもしませんね」と感想をのべた。早苗は反論《はんろん》した。

「でも、それは、他の人間にはわからないだけで、ぎりぎりの状態《じょうたい》に来ていたかもしれません」

「まあ、そうかもしれませんね」川島は、早苗の意見にうなずきつつも、

「もしかしたら、四人だからということはないですか？　四人分のパワーというか。一人一人の問題は、それほど大きくなくても、四人合わさると変わってくるという場合もあるのではないですか。あるいは、だれか一人大きな問題を抱《かか》えていて、その子を避難《ひなん》させようとしたら、他の子も来てしまった、とか」

「巻きぞえをくったということですか」

「他の三人も少なからず、問題を抱《かか》えていたために、反応《はんのう》してしまった。そういうことも考えられなくはない。四人の力が合わさったとしても、全員が全く同じとは考えにくい。四人のうち、最も緊急《きんきゅう》に避難《ひなん》させなくてはいけない問題を抱《かか》えている子が、かぎになるんじゃないでしょうか」

「かぎ、ですか」

川島《かわしま》はうなずいた。

「とびらを開けても帰れないとなると、何かが引っかかっているんでしょう。何かが足りないんです。今日、一瞬《いっしゅん》でもとびらが開いたなら、早苗《さなえ》先生の言うとおり、『同時に開ける』という方法は、あながちまちがっていない気がします。でも、それだけではだめだということなんですよ」

「何か、もっとちがうことをしなくてはいけなかったってことですか？」

「こちらからだけの問題ではなくて、子どもたちの側《がわ》なのかもしれません。子どもたちにも帰るための何かが不足しているのかもしれません」

（加奈《かな》さん、バネッサさん、亮太《りょうた》くん、みはるちゃん）

早苗は、四人の子どもの顔を思い浮《う》かべた。ずっと思いつめていたような顔をしていたのは、加奈だ。しかし、みはるの様子もただならぬものを感じた。

（かぎとなる子どもはだれで、そして、足りないのは何なのだろうか）

（なんだ、これ？）

まどろんでいた加奈は、自分のお腹《なか》の辺りが生暖《なまあたた》かいのを感じた。手でさわってみる。

（ぬれてる？）

起き上がって驚《おどろ》いた。お腹《なか》の辺りの床《ゆか》がぬれていた。辺りを見まわしてわかった。みはるからだ。

（みいちゃん、おねしょしちゃったんだ）

みはるの腰《こし》の辺りから床《ゆか》に水たまりが広がっていて、加奈のお腹《なか》まで来ていたのだ。

（あぁ～。やられたぁ）

声には出さなかったが、加奈はしぶい顔になった。服がぬれて気持ち悪い。

「みいちゃん」加奈は、みはるの体をゆすった。「みいちゃん、起きて」

みはるは、ぼんやりとしたまま顔を上げた。目がはればったい。自分がおねしょをしてしまったことにもまだ気づいていない様子だ。

「みいちゃん、服がぬれちゃったから着替《きが》えに行こう」

加奈に言われて、はっとした様子で、みはるは自分のスカートを押《お》さえた。みはるが騒《さわ》ぎ出す前に、加奈はできるだけ何気ない口調で言った。

「保健室に着替《きが》えがあるから、平気だよ」

みはるはだまってうなずき、立ち上がった。加奈《かな》は、ほっとした。歩き出すと、みはるは加奈のぬれた服を何度もさわった。気にしているのだと思い、

「着替《きが》え、大きい子用もあるから、だいじょうぶ」

笑顔《えがお》を作って見せた。

保健室では、亮太《りょうた》とバネッサがパソコンをのぞきこんでいた。

「先生から連絡《れんらく》来たよ」

「夕ご飯、カップラーメン頼《たの》んだ」

それぞれ、加奈に話しかけた。加奈は、できるだけ何でもない顔で、「みいちゃんの服がぬれちゃったから、着替《きが》えるね。私もぬれちゃったし」と言った。亮太が、「なんで？　どこかぬれて」と言うのを、バネッサがさえぎった。

「着替《きが》えはここだよ」

バネッサは、何が起こったのかすばやく察《さっ》して、ベッドの下から衣装《いしょう》ケースを引っぱり出した。

「一年生用のパンツと……スカートはないからハーフパンツね。上もぬれてるね。じゃ、体操服《たいそうふく》、と」

バネッサはベッド周りのカーテンをシャッと閉《し》めた。

「待ってて。タオルぬらしてくるから」

バネッサは、棚《たな》の中からタオルを二本出して、水でぬらした。

「はい。これでふいて」

加奈は、カーテンの向こうから差し出されたタオルを受け取り、

「みいちゃん、これでふいて」

一本をみはるにわたした。それから服を脱《ぬ》いで、ぬれたお腹《なか》の辺りをふいた。それから、乾《かわ》いた服に着替《きが》えた。みはるを見ると、タオルをにぎったまま、つっ立っている。

「ふいてあげる」

加奈は声をかけて、みはるのタオルを受けとった。

「背中《せなか》向けて」

後ろを向かせてから、スカートに手をかけた。みはるが、一瞬抵抗《いっしゅんていこう》したような気がしたけれど、スカートとパンツを一気に下ろした。あらわになった小さなおしりを見て、あれっと思った。

（これって、蒙古斑《もうこはん》？）

弟が赤ちゃんだったとき、おしりの真ん中辺りが青くなっているのに気づいた。「お母さん、健《けん》ちゃんケガしてる」とあわてて教えたら、それは「蒙古斑《もうこはん》」というものだった。日本や中国の赤ちゃんのおしりには、生まれつき青いアザがあるらしい。でも、大きくなるにつれて消えるのだそうだ。

みはるのおしりの片側には青いアザがあった。

(一年生だと、まだ残ってるのかな)

よく見ると腰骨《こしぼね》の辺も青い。

(こっちはどこかでぶつけたみたいだな)

痛《いた》くないように、そっと押《お》さえると、みはるの体がびくんと動いた。「痛《いた》かった？　ごめんね」と言いながら、Tシャツの背中《せなか》をまくり上げたとき、背中《せなか》にも青いアザがあるのが見えた。立ち上がって、みはるのTシャツを上から引っぱった。みはるはもう抵抗《ていこう》しなかった。ひじの少し上にも赤黒いアザがある。

(これ、蒙古斑《もうこはん》じゃないよね……。もしかして……)

体中の血が、すうっと下がっていくような気がした。

「バネッサ……」

加奈《かな》は、カーテンの向こうのバネッサに助けを求めた。


「みいちゃんが、悪い子だから」

みはるは、ひいいっとかすれた泣き声を上げた。泣きながら話すので、なかなか進まないみはるの話をつなぎ合わせていって、加奈たちにもようやくわかってきた。みはるのアザは、「お父さん」からたたかれたり、けられたりしたものだった。「お父さん」は、本当のお父さんではなく、今年のお正月ごろからいっしょに暮らし始めたらしい。あのテレビに出ていた金髪の人だった。

「ママは？　どうしてママは止めないの？」

バネッサは、両腕《りょううで》を振《ふ》り上げ怒《いか》りをあらわにしている。

「みはるがいい子になるためだから、しかたないって。ママもがまんしてるって。ママ、みいちゃんが大好きだから」

みはるは、自分が悪いのだと言いはった。おねしょをしたり、ご飯をこぼしたり、返事がおそかったりするのがいけないのだと。でも、アザができていることは、先生にばれては絶対《ぜったい》にいけないと言い聞かされていたらしい。それで身体計測《けいそく》のときに逃《に》げ出したらしい。

「ばれちゃうと、ママがしかられるんだって」

（暑《あつ》いのに長そでを着ていたのも、プールで袖《そで》をまくるのをあんなにいやがったのも、アザがあることを隠《かく》すためだったんだ）

加奈は、みはるを力いっぱい抱《だ》きしめた。

「みいちゃんは、悪くないよ。いい子だよ」

「何騒《さわ》いでんだよ」

突然《とつぜん》声をかけられて、四人は目を丸くした。保健室の入り口に聖哉《せいや》が立っていた。

「聖哉！」

バネッサは、聖哉《せいや》にかけよると、体にふれようとした。聖哉は、体をねじってその手をよけた。

「なんでさわるんだよ」

「本物かどうか確認《かくにん》しようと思って」

バネッサの言葉に、

「あたりめーじゃん」

聖哉は、顔をゆがめた。

「探《さが》したんだよ、あちこち。どこに行ってたんだよ」

「どこにも行ってねえよ。ずっと寝《ね》てただけだ。へんなやつらだな」

「どこが寝《ね》てたよ。うそつき」

バネッサに「うそつき」と言われて、聖哉は「うそじゃねえ。ばーか」と言い返した。

「今日、大変だったんだから」

亮太《りょうた》はつばを飛ばしながら、今日の出来事を説明した。パソコンで連絡《れんらく》がとれたこと。六時に早苗《さなえ》先生と同時にとびらを開ける約束をしたこと。みはるが帰りたがらなかったこと。体中にアザがあったこと。聖哉はどんどん不機嫌《ふきげん》な顔になっていった。

「おまえら、おれを置いて帰ろうとしてたわけ？　信じられねえ」

「勝手にいなくなったくせに文句《もんく》言わないでよ」

バネッサは、聖哉をにらみつけた。聖哉は、腰に手を当てて四人に文句を言った。

「おまえらさ、なんで帰ろうとすんだよ。ここ、いいとこだって言ってたじゃねえか。家族みたいとか言ってたくせに。帰ったって、おまえとおまえはまたいじめられるし、おまえは赤ん坊《ぼう》の子守《こも》りを押《お》しつけられる。チビはなぐられるんだぞ」

聖哉は、一人一人を指さした。

「また『どこかに行っちゃいたい』って思うに決まってる。じゃあ、帰ったってしかたねえ」

亮太が泣きそうな顔になった。

「だけど、ずっといるなんて無理じゃないか。この校舎《こうしゃ》、もうすぐ取り壊《こわ》しになるんだよ。そしたら、パンだって届《とど》くかどうかわかんないよ」

聖哉は、「そんなこと」と一蹴《いっしゅう》した。

「まず、仮校舎《かりこうしゃ》の方にうつればいいんだろ。ちゃんとした校舎《こうしゃ》が建ったら、引《ひ》っ越《こ》してくればいいし。早苗先生とはパソコンで連絡《れんらく》がとれるんだろ」

「そんなにうまくいくはずないでしょ」

バネッサがすぐさま反論《はんろん》した。

「校舎《こうしゃ》がなくなったら、出口もなくなっちゃうんじゃないの？　そうなったら、もう一生もどれないかもしれないよ。それでもいいの？」

その時、

「みいちゃん、ここにいたい。ここがいい」

みはるが、急に大きな声を出した。

「みいちゃん、ママに会えなくてもいいの？　好きだって言ったじゃない」

バネッサに責《せ》められて、みはるは眉根《まゆね》をぎゅっと寄《よ》せた。

「ママ、好き」

今にもこぼれそうな涙《なみだ》を、こらえている。

「でも、ここがいい」

「だよな」

聖哉《せいや》は、ひざをついてみはると背丈《せたけ》を合わせた。みはるは、涙《なみだ》をためた目で聖哉を見つめている。聖哉は、ひざまずいたまま、みんなを仰《あお》ぎ見た。

「おまえら、そんなに帰りたいなら帰ればいいじゃん。おれとみはるは残るから」

「でも……」

まだ、話が終わったわけではないのに、聖哉は、「腹減《はらへ》ったなあ。なんか食い物、あるの？」辺りを見まわした。亮太《りょうた》が、「もうすぐ早苗《さなえ》先生がカップラーメン買ってきてくれるはず」と答えると、

「カップラーメンか。しけてんな。どうせ頼《たの》むなら、もっと豪華《ごうか》なものを頼《たの》めばいいのにさ」

そう言いながらも、

「けど、カップラーメンもいいか」

鼻歌を歌い出した。

「ねえ、ホントに残るつもりなの？」

バネッサがたずねても、まるで聞こえてないように、「みはる、ラーメン来るまで図書室でも行くか」と話しかけている。

「うん！」

みはるは、うれしそうに聖哉の手をにぎった。

22 …………………………………… 聖哉がいる！

川島《かわしま》と早苗が長い話を終えて保健室にもどったのは、もう八時近かった。

「子どもたちに、夕飯を買ってきたことを伝えます」

早苗は、『遅《おそ》くなってごめんね。机《つくえ》の上にカップラーメンを置いておきます。お湯は、その横のポットの中です』と、打ちこんだ。

「これで、向こうにカップラーメンが届《とど》くんですか？」

「ええ。学校にあるもので、あることがわかっているものだけ受け取ることができるみたいです」

説明をしていたときだ。新たに書きこみが加えられた。

『先生、新しい情報《じょうほう》がある』

早苗《さなえ》は、いすに座り直した。

『みはるは、アザだらけなんだよ。新しいお父さんにやられたんだって。

いい子じゃないから。だから、帰りたくないみたい』

最初の日、みはるの母親といっしょに来た男の顔が頭に浮《う》かんだ。

「そういうことだったんだ」

何かあるとは思っていたが、そういう事態《じたい》は想像《そうぞう》していなかった。

「かぎは、みはるちゃんかもしれないですね」

まちがいないと思った。体中にアザができるほど虐待《ぎゃくたい》されていたとなれば、一刻《いっこく》も早く救《すく》ってやる必要がある。しかも、そのせいでみはるは帰りたくないと言っているのだ。

「その気持ちが、帰れない原因《げんいん》かもしれないですね」

川島《かわしま》は言った。

「となると、あの子が帰ってもいいという気持ちにさせることが……」

話している間にもつながっていく文章から、予想外の文字が目に飛びこんできた。

『聖哉』

川島も話すのをやめて、パソコンを見つめた。

『聖哉くんが、みはるといっしょに残るって言ってる』

(聖哉くん?)

早苗と川島は顔を見合わせた。あわてて、

『聖哉くんって、だれ?』

書きこむと、

『六年二組の菅野《かんの》聖哉くんだよ。先生知らないの?』

『菅野聖哉くんは知ってるけど。名前はなかったでしょ』

保健室のブログに届《とど》いたメールにあった名前の中に、聖哉はいなかったはずだ。

『先生とメールしたときはいなかったんだけど、もどってきたんだ。聖哉くんもここにいるんだよ』

続けて文章が打たれていく。

『行方不明《ゆくえふめい》になっているってさわがれてるのは、ぼくと加奈《かな》とバネッサとみはるだけみたいだけど、
本当は聖哉くんもいるんだよ』

「ええっ」

思わず声をあげた。

「聖哉《せいや》くんは欠席してるんです」

早苗《さなえ》は、川島《かわしま》に訴《うった》えた。川島が、横から手を出し文章を打ちこんだ。

『聖哉くんは、いつからいるの？』

『最初からだよ。とちゅうで一度いなくなったけど、帰ってきた。ずっと五人だった』

早苗は混乱《こんらん》していた。

（ずっと五人だった？　最初に休んだ日から、あちらの世界にいたってこと？　でも……）

川島は、「健康チェックカード」を引っぱり出し、「この子、遅刻《ちこく》が多いですね」聖哉の欄《らん》を確認《かくにん》した。

「もしかしたら、遅刻《ちこく》して学校に来たのかもしれない。そして、だれにも確認《かくにん》されないうちに、隠《かく》れ家《が》に引きこまれてしまった」

そう言った後、川島は、

「いや、でも、やっぱりそれはないか。いくら学校の人間に気づかれなくても、家族は気づくでしょう。帰って来ないんだから。聖哉くんの家族は、何も言ってきていないんでしょう？」

確《たし》かに、聖哉の母親からは何の連絡《れんらく》も受けていない。

「でも、もしかしたら、お母さんは出かけているのかもしれません」

前に聖哉が、「朝起きたとき、だれもいなかった」と言ったことがあったのだ。問いただすと、聖哉の母親は、時々外泊《がいはく》するらしいとわかった。

外泊が続いているとか……。考えられない話ではありません」

「でも、もう三日たってるんだよ。そんな長い間、子どもがいないことに気づかないなんて、そんなことあるのか？」

川島は、腹立《はらだ》たしげに机《つくえ》のへりをたたいた。

「早急《さっきゅう》に担任《たんにん》の三浦《みうら》先生にお母さんに連絡《れんらく》をとってもらって、聖哉くんがいるのかどうかを確認《かくにん》してもらわないといけません」

その前に、聖哉と直接連絡《れんらく》をとりたいと、『聖哉くんにかわって』と、打ちこんだ。

『今、みはると図書室に行った。なんかなかよしなんだ。お話してやったりしてる』

（そうだ。あの子は、一見乱暴《いっけんらんぼう》だけど、優《やさ》しい子なんだ）

前に、けがをして泣いていた一年生を、おぶって連れてきてくれたことがあった。

（でも、聖哉くんがいるのなら納得《なっとく》はいく）

引き出しの中のパンに、なぜ子どもたちが気づいたのか。聖哉は何度も、引き出しからパンを出すところを見ているのだ。

（そういえば、この場所で、聖哉くんにもうひとつの学校の話をしたんだ。「ここの学校」だったことは言わなかったけれど、元の世界にもどるまでの話をした。あの子は、「いいなあ。行ってみたいなあ」って言って……）

しかし、そこから先が思い出せなかった。

（あのとき、なぜ、聖哉《せいや》くんは行きたいと言ったんだったっけ）

23 …………………………… 言わなくていいのに

早苗《さなえ》先生と連絡《れんらく》をとっているさなか、聖哉とみはるが帰ってきた。

「ちょうどよかった。先生が、聖哉くんと話したいって」

亮太《りょうた》が言っても、聖哉は、「別に、話すことなんてねえよ」と素《そ》っ気《け》なかった。

「だけどさぁ」

亮太は立ち上がって、聖哉にパソコン前の席をゆずった。しかし、聖哉は知らん顔して、机《つくえ》の上を見た。

「おお。やっとカップラーメンが届《とど》いたか。時間かかりすぎだよなあ。早苗先生」

机《つくえ》の上には、カップラーメンが四個のっていた。

「なんだよ。なんで四つなんだよ。五人いるのに」

「しかたないじゃない。早苗先生に頼《たの》んだときは、あんたいなかったんだもの」

バネッサが冷たく言うと、

「ちぇっ」

聖哉は、腹立《はらだ》たしげに舌打《したう》ちをした。

「みいちゃんと聖哉くんとわけっこしよう」

みはるは、一番大きなカップラーメンに手を伸《の》ばした。

「おお。そうするか」

聖哉は、みはるには調子がいい。亮太が、「早苗先生、聖哉くんのこと、気づいてなかったよ。だからさ、びっくりしてると思うよ。パソコン打てるだろ？」と早苗先生に書きこみをすることをすすめても。

「別におれのことなんて、わざわざ言わなくてよかったのに」

平然とカップラーメンの外袋《そとぶくろ》をはがしている。

「聖哉くんのお母さんだって探《さが》しているかもしれないじゃないか。こっちにいるって知らせた方がいいと思ったんだよ。早苗先生、信じてないかもしれないから、聖哉くんから返事した方がいいよ」

何度言っても、亮太の方を見もしない。

「ねえ、聖哉くんってば」

「もういいって。放っておきなよ」

バネッサはそう言うと、残ったカップラーメンを物色《ぶっしょく》し出した。

「待ってよ。ぼくが頼《たの》んだんだよ」

亮太も負けずにカップラーメンを選び出した。

早苗《さなえ》先生からは、その後は何の連絡《れんらく》もなかった。

24 ……………………………… 五日目の朝

今日のパンは、サンドイッチにした。聖哉《せいや》の分も入れて五人分だ。飲み物も準備《じゅんび》した。

職員室に入るよりも先に保健室に行って、机《つくえ》の引き出しにパンとジュースを入れる。それと同時に、ドアがノックされた。

「はい、どうぞ」

入ってきたのは、三浦《みうら》だった。

「昨夜《ゆうべ》、先生から連絡《れんらく》をいただいてから、聖哉くんの家に行ったんですが、家の中は真っ暗で、だれもいませんでした。前日も、前々日も行ったんですけど、やっぱり真っ暗だったんです」

早苗は、昨夜《ゆうべ》、三浦に連絡をとったのだ。

「昨日の話ですけど、本当なんですか?」

三浦は、信じられないという表情だ。

「これ、見て」

早苗はパソコンの画面を指差した。三浦は、今までの会話に目を通したあと、

「だれかのいたずらじゃないですか？」

疑《うたが》わしそうな顔をした。昨日、パソコンに連絡《れんらく》が来たことや、とびらを開けたことも話したのだが、信じられないようだ。信じろという方が無理かもしれないと思った。

「聖哉くんは、あの日、学校に来ていないと思いますよ」と三浦は言った。

「だれも聖哉くんを見ていないし。それに、靴《くつ》がないんです。学校に来たなら、ここまではいてきた靴《くつ》があるはずでしょう？」

「靴《くつ》、ないんですか？」

「ありません。上ばきもないんですけど、上ばきは金曜日に洗《あら》うために持って帰ったのかもしれません」

上ばきは、毎週金曜日に持ち帰って洗ってくることにはなっている。高学年で持ち帰っている子は、ごくわずかだが、絶対《ぜったい》ないとは言いきれない。

「上ばきのことはともかく、運動靴《ぐつ》もないということは、来ていないと考えた方がいいんじゃないでしょうか」

三浦の言うことにも一理あった。

「わかりました。聖哉くんについては、もう一度こちらも調べてみます。でも、先生も聖哉くんのお母さんに何とかして連絡《れんらく》をとってもらえないかしら。仕事場にも電話してもらえるとありがたいんだけど」

「そうですね。家族で出かけていたとしても、事実を確認《かくにん》したいですから」

事実が明確《めいかく》になるまで他言《たごん》はしない約束で、三浦《みうら》は、自分の教室にもどっていった。

子どもたちがいなくなって、五日目。親たちは、登下校時には子どもたちにぴったり寄《よ》りそっている。校内では、教師《きょうし》たちが授業中も巡視《じゅんし》をしている。休み時間も、必ずクラス全員がまとまって同じ場所にいるように指示されている。ピリピリした空気は極限《きょくげん》に達していた。

一度職員室に行き、打ち合わせをすませてもどってくると、パンはなくなっていた。

パソコンに向かい、聖哉《せいや》のことやみはるのことをもっと聞きたいと思ったが、「健康チェックカード」を届けに、次々と児童がやってくる。登校したとたん、「頭が痛《いた》い」「お腹《なか》が痛《いた》い」と保健室に来る子どももいる。四人が行方不明《ゆくえふめい》になって以来、体調不良を訴《うった》える子どもが多いのだ。パソコンで子どもたちに連絡《れんらく》をする時間は、なかなかとれなかった。

向こうに聖哉がいるという話にも驚《おどろ》いたが、もっと衝撃的《しょうげきてき》だったのは、みはるが虐待《ぎゃくたい》を受けていたということだ。そして、そのことでみはるは帰りたがっていない。昨夜《ゆうべ》、川島《かわしま》とも話したことだが、やはりかぎはみはるにまちがいない。みはるを避難《ひなん》させるために、とびらは開いたのだ。だから、みはるが帰りたくないと思っているかぎり、帰るためのとびらは開かない。みはるの気持ちを変えることこそが、帰るための条件《じょうけん》なのだ。みはるが帰りたいと思える環境《かんきょう》を作らないといけない。

（なんにしても、一度みはるちゃんのお母さんに会ってみなくちゃ）

まずは、みはるの母親に会わなくてはいけない。みはるの家で何が起こっていて、どんな生活をしてきたのかを聞いてこなくては。そして、みはるの安全を確保しなくてはいけない。午前中の仕事が一段落したら、二、三時間休みを取って、みはるの家に行ってみようと考えていた。とりあえず、子どもたちへの伝言を書きこんだ。

『今日の午後、みはるちゃんのお家《うち》の人のところに行きます。

　みはるちゃんが安心して暮《く》らせるようにするからね』

25 ……………………………… 必要なこと

亮太《りょうた》が、早苗先生の書きこみに気づいたのは、給食を食べ終えたあとだった。

「先生、みはるの家に行って、なんの話するのかな」

「ほりゃあ、みいひゃんをたたかないれって話すんじゃないの？」

バネッサは、教室から持ってきた歯みがきセットで歯をみがいている。こちらでの生活もだんだんなれてきた。

「みいちゃん、よかったね」加奈《かな》は、みはるの顔を見た。「それなら帰れるよね」

みはるは、ぎゅっと口を閉《と》じている。

「新しいお父さんを、つかまえてもらえばいいんだ」

亮太《りょうた》は、乱暴《らんぼう》に言い放った。

「つかまえるって、それは無理じゃない？　警察《けいさつ》じゃないんだもの」

加奈《かな》が言うと、みはるはおずおずとたずねた。

「ママ、しかられる？」

みはるの目からは、今にも涙《なみだ》がこぼれそうになっている。

「みはるのことを助けなかったんだから、ママだって同罪《どうざい》だね。逮捕《たいほ》までいかなくても、しかられるのは当然だね。いじめるやつも、それをだまって見てるやつも同罪《どうざい》なんだ」

亮太は、みはるの母親に、自分がいじめられるのをだまって見ていたクラスメイトを重ねていた。

「みんな、警察《けいさつ》につかまればいい」

それを聞いて、みはるが泣き出した。

「なんで泣かすのよ」

バネッサが、亮太の頭をはたいた。

「みいちゃんは、お母さんが好きなんだもんね」

加奈は、みはるに寄りそうように声をかけた。

「私たち、子どもなんだから、お母さんが好きで当たり前なんだよ。私もお母さんが好きだもん」

「あたしもそう。ママが好き」

バネッサは、微笑んだ。

「きっとさ、お母さんのお腹《なか》から生まれてくるときに、『好き』のタネがまかれるんだね」

「へっ。何、甘《あま》っちょろいこと言ってんだ」

聖哉《せいや》が、鼻で笑った。

「親なんてどう思ってるか、わかんねえぞ。うちの母さんなんて、平気でおれを捨《す》てていったからな」

「そんなことないよ」

加奈は、聖哉につめよった。

「何か事情があって帰れないのかもしれないし、今だって、本当は探《さが》しているのかもしれないよ」

聖哉は、何も言わず、背中《せなか》を向けた。バネッサは、みはるにたずねた。

「みいちゃん、もし、もうだれもみいちゃんのことたたかないってなったら、家に帰ってもいい？」

みはるは、だまってうなずいた。聖哉は、二人のやりとりを見て、「なんだよ、それ」顔いっぱいに不満を表した。

「帰らないでここにいるって言ったじゃねえか」

「だって……」

みはるは、半ベソをかいている。

（聖哉くんは、やっぱり帰りたくないのかな）

亮太《りょうた》は、聖哉《せいや》を見て思った。

（もし、とびらが開いても、聖哉くんは帰らないつもりなのかな。帰りたくないって言う人がいたら、どうなるんだろうか）

亮太は、ここに来たときのことを思い出していた。

（みんな、「どこかに行きたい」って思ってて、そしたら、とびらが開いたんだよな。じゃあさ、同じようにみんなが「帰りたい」って思わないととびらって開かないんじゃないの？　あっ、だから、昨日だめだったんじゃないの？）

そう思ったと同時に、口が開いた。

「ねえ、昨日帰れなかったのって、みはるが帰りたくないって言ったからじゃないの？」

みはるが、驚《おどろ》いた顔で亮太を見た。

「何、それ。みいちゃんのせいにするの？」

バネッサが、汚《きたな》いものを見るように亮太を見た。

「そういうわけじゃなくて、みんな、いやなことがあって逃《に》げ出したいと思ってたって言ったじゃないか。で、学校の神様だかなんだかが、助けてくれたって言ってたって」

みはるは、不安そうな顔で見ている。亮太は、みはるに「べつに怒《おこ》ってるわけじゃないからね」と言い聞かせたあと、「気持ちに連動してるんじゃないのかなって、思ったんだ」と説明した。

「つまり、ぼくたちの『逃《に》げ出したい』という気持ちに反応《はんのう》してとびらが開いたのだとしたら『帰りたくない』って気持ちにも反応《はんのう》するんじゃないかって思ったんだ。だからさ、今度、早苗《さなえ》先生ととびらを開けるときは、みんなが『帰りたい』って思わないといけないんじゃないの？」

「そんなこと、今だって思ってるよ」

バネッサが当然のように言った。加奈もうなずいた。亮太は続けた。

「でも聖哉くんは、思ってないでしょ。電気がつくし、水も出るし、食料もあるし。ここの方がいいって思ってるよね」

聖哉は、険《けわ》しい顔で亮太を見ている。

「そういう人がいるかぎり、帰れないんじゃないかな」

すると、バネッサは聖哉に、「じゃあ、聖哉、帰りたいって思いなさいよ」と言い放った。

「電気とか水道とか、そんなこと、たいしたことないじゃないの。お母さんが帰ってきたら電気だってつくだろうし、ご飯だって作ってくれるわよ。それまで、ちょっとがまんすればいいのよ」

「な……」

聖哉は、何か言いたげに口を動かした。それを、バネッサの言葉がさえぎった。

「帰りたいって思いなさいよ。でないとみんな帰れないかもしれないんだから」

「バネッサ」

加奈《かな》は、たしなめるような口調でバネッサの名前を呼《よ》んだ。

「そんなふうに言われても聖哉《せいや》くん、困《こま》っちゃうよ。気持ちって、そんなにかんたんに変わらないでしょ」

加奈は、バネッサの顔をまっすぐに見た。

「バネッサは、水道とか電気なんてたいしたことないって思うかもしれないけど、聖哉くんにとっては、すごいことなんだよ。家にだれもいなくて何日も一人ぼっちとか、そういうつらさ、私には想像《そうぞう》できないよ。みんな、他人のつらさってなかなか想像《そうぞう》できないんだよ。無視《むし》されてる私の気持ち、サーヤたちには想像《そうぞう》できなかったみたいに、亮太《りょうた》くんをいじめた人たちが亮太くんの気持ちがわからなかったみたいに。暗い部屋の中でお母さんを待ち続けていた聖哉くんが、どれほど心細かったかなんて、聖哉くんにしかわからない。だから、それを忘《わす》れろとか、乗り越《こ》えろなんてだれも言えないんだよ」

バネッサは、気まずそうに下を向いた。

「それにね、私だって、本当は『帰りたくない』って気持ちもあるんだよ。聖哉くんに昨日言われたでしょ？　帰ったって同じだって。あのとき、ドキッとした。本当は怖《こわ》いの。また、仲間はずれにされること。家でお母さんにバレないように気をつかうことも、もう、いやなの」

加奈は、バネッサにたずねた。

「バネッサは、そんな気持ちないの？」

バネッサの表情がくもった。亮太もうつむいた。

「帰りたいし、帰らなきゃいけないとわかってるけど、ちょっと怖いって思ってる気持ちを、きれいにゼロにするなんてできない。だから、亮太くんの言うとおり、『帰りたい』って心から思わなきゃ帰れないなら、昨日帰れなかったのは、私のせいかもしれないし、今度帰れなかったら、それも私のせいかもしれない」

「そんなんじゃねえよ」

聖哉がかすれた声で言った。

「帰りたいとか帰りたくないとか、そんなんじゃない。帰るには、別の条件《じょうけん》があるんだ」

四人の目が、聖哉に集まった。

「とびらを開けるのは、だれでもいいわけじゃなくて、母親じゃないとだめなんだよ」

加奈は聞き直した。

「お母さんじゃないとだめなの？　なんで、そんなこと、聖哉くん知ってるの？」

聖哉は、大きく息を吐《は》いた。

「ずっと忘《わす》れてたんだけどさ。おれ、一年生か二年生のころに、早苗《さなえ》先生に『もうひとつの学校』の話聞いたことがあるんだ」

バネッサも亮太も、耳をそばだてた。

「そのとき、確《たし》か、先生『お母さんが迎《むか》えに来てくれた』って言ったんだ。それって、たぶん、とびらを開けてくれたってことなんじゃないかな」

「でも、そんなこと、先生言ってなかったよ」亮太《りょうた》が口をはさんだ。「内と外と同時にとびらを開けるとしか言っていなかった」

「きっと、開けるのはだれでもいいって思ったんだよ。でも、肝心《かんじん》なのはだれが開けたかだと思う」

「そうか。納得《なっとく》」

亮太の目が輝《かがや》いた。

「じゃ、早苗《さなえ》先生にそのこと伝えなくちゃ」

「そうだね。みんなのお母さんに連絡《れんらく》してって」

「ありがとう。聖哉《せいや》くん」

加奈《かな》は、聖哉の手をぎゅっとにぎった。

「別に。思い出したから言っただけ」

聖哉は、少し照《て》れくさそうに顔をそむけた。

「先生、きっと聖哉くんのお母さんにも連絡《れんらく》してくれるね」

亮太がはずんだ声を出した。聖哉は、苦《にが》いものを食べたように顔をしかめ、首を振《ふ》った。

「なんで？　連絡《れんらく》してくれるよ」亮太は、自信満々だった。「聖哉くん、お母さんのこと待ってるだけで、探《さが》してなかったんでしょ？　先生なら、きっと見つけてきてくれるよ」

「そうよ。そしたら、聖哉の悩みだって解決するじゃない」

バネッサもうなずいた。

「そんなの……」

聖哉は、複雑《ふくざつ》な顔をした。

「だいじょうぶ。聖哉くんのお母さんもきっと来てくれるよ」

加奈は、笑顔《えがお》で言った。

「そしたら、がんばって、全員で帰らなくちゃね」

26 ……………………………… みはるの母

みはるの家は、まだ新しい二階建てのアパートだった。勢《いきお》いこんでアパートまで来たものの、早苗は、車から降りることができずにいた。

（どんなふうに話せばいいんだろう）

みはるが虐待《ぎゃくたい》されていることを知っているのだと話し、「やめてください」と言うのか、いっそ「児童相談所に保護《ほご》してもらいます」と通告《つうこく》するのか。理想的なのは、母親と新しいお父さんに「もう暴力《ぼうりょく》はふるわない」と約束してもらうことだが、そうかんたんにいくとは思えなかった。

（でも、行くしかない）

覚悟《かくご》を決めて車を降《お》りた。アパートのとびらには、「OOMURA　AKARI　MIHARU」とみはる母子《おやこ》の名前が書かれたプレートがかけられている。早苗《さなえ》は、深呼吸《しんこきゅう》をしてから、呼《よ》び鈴《りん》を鳴らした。数秒置き、一センチほどドアが開いた。ドアの向こうにいるのはみはるの母親、あかりらしかった。

「あの、みはるちゃんの小学校の養護教諭《ようごきょうゆ》の小島《こじま》です。お話ししたいことがあるのですが」

「養護教諭《ようごきょうゆ》……」

「保健室の」

「ああ。保健の」

一度ドアが閉《し》まり、カチャリとチェーンを外す音がした。

「どうぞ」

あらためてドアが開き、玄関《げんかん》の中に招《まね》かれた。

「おじゃまします」

小さな玄関《げんかん》には、みはるのサンダルが置かれていた。

「中、散《ち》らかってるんで」

「ああ。ここで」いいです、と言いかけて息をのんだ。「お母さん、その顔」

目の周りが赤黒く変色している。あかりは、決まり悪そうにうつむいた。

「いっしょに住んでいる方に……？」

おずおずたずねると、

「もう住んでません」

思いの外しっかりとした答えが返ってきた。

「出てけって言ったんです」

そう言ったあと、

「やっぱり、どうぞ」

早苗を部屋の中に招《まね》き入れた。ベランダのガラスが割《わ》れていた。ふすまにも穴《あな》が開いていた。

「だいじょうぶですか」

早苗は、あかりに顔を近づけた。

「目は、変じゃないですか？　ものはちゃんと見えていますか？」

このアザでは、目をかなり強く打ち付けているはずだ。あかりの目から、ぼろぼろと涙《なみだ》が落ちた。何があったかは、容易《ようい》に想像《そうぞう》がついた。

「大変……でしたね」

「あいつ、みはるが死んだら、賠償金《ばいしょうきん》が取れるって笑ったんです」

話しながらも、怒《いか》りがこみ上げてくるようで、あかりは、唇《くちびる》を震《ふる》わせた。くわしいことはわからないが、

みはるに暴力《ぼうりょく》をふるっていた男は、出て行ったようだ。あかりは、涙《なみだ》を手でぬぐうと、

「みはるのこと、何かわかったんですか?」

顔を上げた。早苗《さなえ》は、あかりの顔を見た。迷《まよ》いを吹《ふ》っきった顔だった。

「お母さんに、お願いがあって来たんですが」

でも、もう頼《たの》む必要はなさそうだった。

「みはるを助けるためなら、何でもします。あの子は、私の命だから」

(ああ、助かった)

早苗は、心底《しんそこ》ほっとしていた。

「信じていただけるかどうかわからないんですが……」

今までのことを、順を追《お》って話し始めた。


学校に帰って、すぐに、パソコンに書きこみをした。

『みはるちゃんのお母さんに会ってきました。みはるちゃんに暴力《ぼうりょく》をふるっていた人は、もういなくなっていました。お母さんは、みはるちゃんのためならどんなことでもすると言っていました。みはるちゃんに「ごめんなさい」と言っていました』

打っている最中に、保健室のドアがノックされた。川島《かわしま》だった。

「今日は、うちのクラスの子たちは、全員お休みだったんです」

たった三人しかいない「ひまわり学級」だが、子どもたちが行方不明《ゆくえふめい》になって以来、欠席が続いているのだ。子どもたちよりも、保護者《ほごしゃ》が不安を感じて休ませてしまうらしい。

「そろそろ限界《げんかい》ですよね」

残っている児童も先生たちも、精神的《せいしんてき》な疲《つか》れがピークに来ていた。一刻《いっこく》も早く子どもたちをもどさないといけないと、早苗も感じていた。川島にみはるの家に行ったことを話すと、

「それはよかった」

川島もほっとしたようだった。

「そのことは、子どもたちには伝えたのですか?」

「はい。たった今」

早苗は、パソコンを指差した。しかし、これで解決《かいけつ》したわけではない。

「これで、みはるちゃんは安心して帰ってこられるようになったわけですけど、これから先、どうしたらいいんでしょう。次に何をすればいいんでしょう。帰ってくるためにあとは何をしてあげたらいいんでしょう」

川島は、「そこなんですよねえ」と、頭をかいた。「外の人間が何かしていけば帰ってこられるんでしょうか。例えば、子どもたちの抱《かか》えている悩《なや》みを解決《かいけつ》していくとか」

「川島《かわしま》先生はそうでしたよね？」

川島が元の世界に帰ってきたとき、不審者《ふしんしゃ》はつかまっていた。

「早苗《さなえ》先生もそうだったんですか？　いじめが解決《かいけつ》したからもどってこられたんですか」

今度は、川島がたずねた。

「私は、その時には解決《かいけつ》していませんでした」

帰ってきてから、すべてを告白し、そこから新たな道を見つけたのだ。

「でしょ？」川島は念《ねん》を押《お》した。「避難《ひなん》した子どもが安心して帰ってくるには、確《たし》かにいろいろな問題を解《かい》決《けつ》してやればいいのかもしれない。でも、やはり、大切なのは向こうに行った子どもたちの気持ちなんじゃないでしょうか」

川島の言おうとすることはわかった。

「子どもたちが帰りたがっていないのではという話ですね」

早苗の言葉に、川島はうなずいた。

「昨日までは、そんなことがあるはずない。みんな帰りたがっていると思っていました。でも、今は、それもあるかもしれないと思っています」

周りの人間には見えていないものもあるのだと、みはるの一件《いっけん》で気づいたのだ。

「だからこそ帰りたい気持ちになれるようにこちらが手を貸《か》してあげる必要があるんじゃないですか？

きっとあの子たちは、もう自分ではどうすることもできない状態だったんですよ」

話しているうちに、涙《なみだ》がこみ上げてきた。

「私が、もうひとつの学校に行ったときもそうでした。本当にもうギリギリだったんです」

「でも、帰ってきたのは、あなたの力でしょう?」

「母が呼《よ》びよせてくれたんだと思うんです」

早苗は言った。

「学校中を探《さが》しまわってくれた母が、私に力をくれたんです」

「なるほど」川島は、二、三度うなずいた。「でも、そんなふうに探《さが》されていないのに帰ってきている子もいるんですよ。もうひとつの学校に行ったものの短時間で帰ってきた子は、ほかの人間には気づかれていない場合もありますから」

その時、パソコンに新しい文章が書きこまれた。

『先生、今度とびらを開けるときは、みんなのお母さんを呼《よ》んで』

(みんなのお母さん?)

『全員のお母さんを呼《よ》ぶということ?』

『うん』

書いているのは亮太《りょうた》のようだった。

『この前は先生だけだったから、だめだったんだよ。

　みんなのお母さんがとびらを開けてくれたら帰れると思う』

「まるで、今の早苗《さなえ》先生の話が聞こえていたみたいですね」

川島《かわしま》がつぶやいた。

『ほかは？　みんな、ほかに何かしてほしいことはないの？』

『ほかにしてほしいことって？』

子どもたちの悩《なや》みを聞き、どうしてほしいかをたずねるのなら、今このときだと思った。

『困《こま》っていることはないの？』

遠まわしに探《さぐ》りを入れる。

『もし、何かあったら、先生のできるかぎりのことはする。

　みんなが楽しく学校に来られるように、お友だちや家族の人に頼《たの》むこともできますよ』

返事はなかなか返ってこなかった。相談をしているのだろうか。十分以上かかって、ようやく返信がきた。

『みんな、何もないって』

（何もない？）

あっさりした返事に拍子抜《ひょうしぬ》けしてしまった。

「断《ことわ》られちゃいました」

早苗は、振《ふ》り返って川島を見た。

「ですね」川島は、少し笑った。「しかし、なんで、この子たちは急に『お母さんを呼《よ》んでほしい』なんて言い出したんでしょう」

川島はパソコンをのぞきこんで、首をかしげた。

「たぶん、私がもどってきたときの様子を聞いて、『お母さんと同時にとびらを開ける』とあの子たちなりに推理《すいり》したんじゃないかと思うんです」

「なるほどねえ」川島はうなずいた。「どの子が言い出したのかはわかりませんが、ひょっとしたら、子どもたちが『お母さんが来たら帰れる』と考えているのなら、それが帰るために必要な条件《じょうけん》なのかもしれないですね」

「そうですね。なんにしても、他に方法は思いつかないんですから、やってみるしかないですね」

「でも、聖哉《せいや》くんのお母さんは、いないのでしょう?」

川島に指摘《してき》され、「あっ」と思った。

「三浦《みうら》先生が、探《さが》してくれると言ってはいましたけど……」

「私も探《さが》してみましょう」

自信ありげに、川島は申《もう》し出た。

「学生時代、ネコ探《さが》しのアルバイトをしていたんです」

「ネコですか」

早苗《さなえ》はちょっと笑った。

「明日《あした》は土曜でお休みですから、朝から探《さが》しに行きますよ」

「できたら、今夜から……」

早苗は家庭連絡票《れんらくひょう》を川島《かわしま》にわたした。

「お母さんの勤務先《きんむさき》とか、書いてありますから」

「了解《りょうかい》」

川島は、短く返事をして、家庭連絡票《れんらくひょう》を受けとった。

27 ……………………………… してほしいこと

「早苗先生が、何かしてほしいことはないかって」

亮太《りょうた》は、パソコンの画面を見ながら、みんなにたずねた。

「何かって、何?」

バネッサが、キョトンとした顔でたずねた。

「今晩は、ステーキがいいなとか？」

聖哉《せいや》は、ベッドに寝転《ねころ》がっている。

「ステーキは、さすがに無理でしょ」と亮太。

「そんな話じゃないよ、たぶん」

加奈《かな》は、亮太の後ろからパソコンをのぞきこんだ。

「早苗先生、気づいているんじゃないかな。私たちが、向こうの学校から逃《に》げたいと思ってたこと」

「そっか」

バネッサは、何か思い出したようにうなずいた。

「そういえば早苗先生に『このごろ元気がないね』って言われたことがある」

「ぼくも『お友だちのことで、困《こま》ってることがあったら教えてね』って」

亮太が言った。

「私も、このごろ何度もお腹《なか》が痛《いた》くなって保健室に行ってたから、早苗先生、気にしてくれてたな」

加奈も思い出した。

「つまり、早苗先生はそういうことに気づいてて、ぼくたちが帰ってきやすいように、してあげようかってことなのか」

亮太は、四人を見まわした。

「じゃ、頼《たの》んでみる？　なんて書く？」

だれも返事をしなかった。亮太《りょうた》は、まずみはるに聞いた。

「みはるは、もうだいじょうぶだよね？　お父さんいなくなったから」

みはるはうなずいた。

「じゃ、みんなは？」

「あたしたちは……」

バネッサと加奈《かな》は顔を見合わせている。バネッサがたずねた。

「亮太はどうするの？　亮太をいじめた子たちをしかってくださいって書く？」

（どうしよう）

亮太は、キーボードに指を乗せたまま考えた。

（気になるのは、ぼくをいじめるやつらのことと、そうだなあ、お父さんのことかな）

もう二年近く会っていない父親のことは、ずっと心のすみにあった。本当に中国にいるのか。もう帰ってこないのか。

（でも、そんなこと早苗《さなえ》先生に相談するのも変だし。いじめの話も、あのときは本当に苦しくて、つらくて、逃《に》げ出したかったけど、ここで何日か過《す》ごしているうちに、なんだかどうでもよくなってきたんだよなあ）

「ぼく、もういいや」亮太は言った。「帰ったら帰ったでまたいろいろあるかもしれないけどさ、そしたら、そのとき考えるよ。早苗先生に何かしてもらわなくてもさ」

「あたしも、早苗先生に頼《たの》まなくてもいいや」

バネッサも言った。

「私は……」加奈は、迷《まよ》っているようだった。「自分一人でがんばれるかどうか自信はないけど、早苗先生に頼《たよ》るのはやだな」

「聖哉《せいや》くんは？」

亮太は、聖哉に声をかけた。

「おれは、学校に来て給食さえ食べられれば満足」

「じゃ、そうやって返事するね」

亮太は、なれた手つきで返事を打ちこんだ。

『みんな、何もないって』

「あ、ママたちに来てもらうことは忘《わす》れないでって書いて」

バネッサが言った。

「オッケー」

さらに、文をつけ加えた。

『お母さんたちのこと、お願いします』

「書いたよ」亮太《りょうた》は、みんなに報告《ほうこく》した。

「先生、お母さんたちに、ここの話するのかな」

亮太は、いすに座ったまくるりと向きを変えた。

「そうだね。話さないときっと来てくれないよね」

加奈《かな》が言った。

「お母さん、信じるかなあ」

亮太は、首をかしげた。加奈は、迷《まよ》わず答えた。

「信じるわよ。だって、亮太くんのお母さんは、早苗《さなえ》先生の同級生なんだもの」

「あ、そうか」亮太は、加奈に聞き返した。「加奈の家のお母さんは信じそう?」

「どうかなあ」加奈は、ちょっと考えた。

「信じないかもしれないけど、来てくれると思う」

加奈は母親の顔を思い出したのか、泣きそうな顔になった。

「うちは、日本語が通じるかどうかが心配」とバネッサは言った。

「パパがいれば、いいんだけど」

「ああ。緊張《きんちょう》したらトイレに行きたくなってきた」

亮太が、突然体を震わせた。

「早く行きなさいよ」

バネッサが顔をしかめた。

みはるも、「みいちゃんも、おしっこに行こうっと」とトイレに向かった。

「あ、私も」

加奈まで、トイレに走って行った。

「もう、なんで、みんなそろって」ねえ、と振《ふ》り返ると、聖哉《せいや》が何か考えこんでいた。「何？　どうしたの？」バネッサが呼《よ》びかけても、動かない。

「あ～。危《あぶ》なかった。もらすところだった」

大きな声をあげながら、亮太がもどってきた。

「みいちゃん、手ぇ洗《あら》わなきゃあ」

廊下《ろうか》で、加奈の声が聞こえた。

28 ……………………………………… それぞれの家を訪ねて

早苗《さなえ》が学校を出たのは、勤務《きんむ》時間の終了《しゅうりょう》した五時過《す》ぎだった。今から、三軒《げん》の家に説明してまわるんだと思うと、不安でいっぱいだった。信じてもらえるように、子どもたちとのパソコンでのやりとりをプリントアウトした。

最初に行ったのは、バネッサの家だった。バネッサの母親ジェシカは、日本語ができないと聞いている。どこまで話が通じるのかわからないが、話すしかない。

「こんばんは」

いきなり現《あらわ》れた日本人の女に、ジェシカは顔いっぱいに不信感を表した。

「プロフェッソーラ」

早苗は、自分を指さした。

「センセ？　ガッコ？」

早苗がうなずくと、今度は、「バネッサ？」と聞いた。早苗は、またうなずいた。

「ドウゾ」

あっさり家の中に入れてくれた。古い団地《だんち》の一室だが、きれいに片付けられていた。畳《たたみ》の上にダイニングテーブルがのっているのが、住人が外国人であるのを象徴していた。奥の部屋から父親のミハエルも出てきた。小さな赤ん坊を抱《だ》いている。

「バネッサさんのことで、話があります」

「ナニカ、ワカッタ?」

ミハエルがたずねた。ジェシカよりは日本語がわかるようだった。

「とても不思議《ふしぎ》な話です。信じられないと思うけど」

早苗は、今わかっていることを話した。保健室のブログに、子どもたちからメールが来たこと。それは、パソコン室から送ってきたということ。

「これが、そのメールです」

プリントアウトしたものを見せた。バネッサの両親は、ちらっとその紙を見たが、わからないという素振《そぶ》りをした。

「子どもたちは、学校の中にいます」

早苗は言った。

「ガッコノナカ?」ミハエルは、首を振《ふ》った。「ガッコノナカ、イナイ」

「いるんです」

早苗は、ミハエルの顔を見た。

「でも、見えない場所。子どもたちだけでは帰ってこられないんです。だから、迎《むか》えに行きます」

バネッサの両親は、両手を広げ、首をすくめた。どう話したら、わかってもらえるんだろう。

「子どもたちが今いるのは、もうひとつの学校です。そこには他の子どもたちはいない」

ジェシカが、何？　という顔をミハエルに向けた。ミハエルは、早口で説明をしている。その説明を聞いて、ますますわからないという顔になった。考え考え、早苗《さなえ》は説明を続けた。

「私もそこに行ったことがあるんです」

「イッタ？」

ミハエルが、早苗を指さした。早苗はうなずいた。

「そのとき、お母さんが迎《むか》えに来てくれたんです。だからもどってこられた」

ミハエルは、早口で母親に通訳《つうやく》をしている。ジェシカは、大きな目をますます大きくしている。

「お母さんが迎《むか》えに来てくれれば、きっとバネッサさんは帰ってこられます」

言葉が通じてても通じてなくてもいい。話を信じても信じていなくてもいい。とにかく来てくれさえすれば。早苗は、ジェシカの目をまっすぐに見た。

「明日《あした》、五時半に学校の保健室に来てください」

バネッサの家を出てから、聖哉《せいや》の家に向かった。バネッサの家の一階下だ。家庭連絡票《れんらくひょう》で確認《かくにん》してきた。

三浦《みうら》が言うとおり、部屋の中は真っ暗だ。ドアに耳をつけても何の音もしない。そっとドアノブに手をかけてみたが、かぎがかかっている。

(何日留守《るす》にしているんだろう)

ずいぶん前、聖哉が「お母さん、お出かけしてる」と言ったことはあった。早苗が驚《おどろ》いて事情を聞くと、

「今日帰ってくるよ。おみやげ持って」と聖哉は平然と答えた。もしかしたら、なれっこになっていたのかもしれない。

(でも、子どもが行方不明《ゆくえふめい》になっていることに気づかないなんて……)

割り切れない思いで、階段《かいだん》を下りた。建物の裏側《うらがわ》にまわり、何気なく振《ふ》り返った。二階の端《はし》から二つ目の部屋。

(やっぱりだれもいないんだよね)

外から見ても、部屋の中は暗かった。棟《とう》と棟《とう》の間に小さな公園があり、街灯《がいとう》が立っている。その明かりがうっすらと、人影《ひとかげ》のない部屋のベランダを照《て》らしている。

(あれ?)

早苗は、二、三歩後ろに下がって、首をのばした。洗濯機《せんたくき》の置かれたベランダの戸が全開だった。

(閉《し》め忘《わす》れたのかな)

不用心《ぶようじん》だなと思いながら、アパートを後にした。

次に行ったのは加奈《かな》の家だ。前にも一度行っているので、母親の友紀子《ゆきこ》は顔を覚えていて、すぐにリビングに通してくれた。何日もまともに眠《ねむ》っていないのだろう。顔色がひどく悪い。

「本当は、町中探《さが》しまわりたいんですけど。いつ帰ってきてもいいように、ずっと家にいるんです」

と友紀子は言った。話しているそばから、目には涙《なみだ》がたまってくる。

「あの……」

何から話したらいいのだろう。さっきのバネッサの家よりは、かなり話しやすいはずなのに、とまどった。早苗《さなえ》は、子どもたちとのやりとりを印刷した紙を広げた。

「子どもたちが書いたものです。読んでください」

友紀子は、プリントを手にとり、文字を目で追った。しだいに息づかいが荒《あら》くなる。

「あのこれって……」

「私も、行ったことがあるんです」

友紀子は、大きく目を見開いた。

「今、子どもたちがいる場所に、私も行ったんです。子どものころ」

早苗は、自分の六年の時の体験を話した。いじめにあっていたこと。逃《に》げこんだ先が、もうひとつの学校であったこと。母親と同時にとびらを開けたことで帰ってこられたこと。

友紀子は、どんな気持ちで聞いていたのか。話が終わっても、しばらく何も言わなかった。

「あの……信じられないかもしれないんですが……」

おずおずと早苗が言うと、友紀子はきっぱりと答えた。

「いいえ。信じます」

信じてくれた。そう思ったら、泣きそうになった。

「確認《かくにん》したいことがあるんですが……」友紀子は、一つ呼吸《こきゅう》をしてからたずねた。「加奈は、なぜそこに行ったんでしょう」

「それは……」

「先生は、いじめられて逃《に》げこんだ先が『もうひとつの学校』だったんですよね？　加奈は、保健室に行ったと聞いていますけど、本当は逃《に》げていたんでしょうか」

早苗は、答えにつまった。

「だとしたら、どうしてあの子は、私にそのことを言ってくれなかったんでしょう」

友紀子は、だれかを責《せ》めるのではなく、自分を責《せ》めているようだった。

（加奈さんはこのお母さんによく似《に》ている。自分のことよりも、相手の気持ちを考えるタイプなんだ）と早苗は思った。だからこそ、加奈は、苦しんできたのかもしれない。

「加奈さんは、お母さんが大好きで、だから心配かけたくなかったんだと思います」

早苗は言った。

「悩《なや》んでいたこともあるとは思うんですけど、でも、ほらここを見てください」

早苗《さなえ》は、夕方に交《か》わした会話を指で示した。

『みんな、何もないって』

「何かしてほしいことはないか、聞いたんです。助けることはないかって。でも、私にしてほしいことはないそうです。子どもたちは、自分で解決《かいけつ》できるって言っています」

友紀子《ゆきこ》は、プリントアウトされた会話を、何度も目で追った。

「子どもたちの力を信じましょう」

早苗は、友紀子の手をにぎった。

加奈《かな》の家を出たときに、携帯《けいたい》が鳴った。川島《かわしま》だった。川島は、聖哉《せいや》の母親を探《さが》しに行っていた。まず、仕事場に行ったが、すでに仕事を辞《や》めていた。

「結婚《けっこん》すると言って辞《や》めたらしいです。結婚《けっこん》相手について知っている人がいるらしいので、今から話を聞きに行くつもりです」と川島は言った。

「よろしくお願いします」

早苗は次の家に向かうことにした。

(次は、村崎家《むらさきけ》だ)

頬《ほお》をパンパンとたたいて、活《かつ》を入れた。

亮太《りょうた》の母親、多恵《たえ》の所に行ったのは九時近かった。

「こんな遅《おそ》くに申《もう》し訳《わけ》ありません」

早苗は、頭を下げた。本当に、子どもの家を訪問《ほうもん》するような時間ではなかった。しかし、多恵は首を振《ふ》った。

「いいえ。どうぞ」

重大な話なのだと理解《りかい》しているようだった。この家を最後にしたのは、早苗自身の心の準備《じゅんび》ができなかったからだ。家庭連絡票《れんらくひょう》には、父親は、単身赴任《たんしんふにん》で中国《ちゅうごく》にいると書かれていた。「いそがしくて、もどれなくて」と多恵は言った。

「そうですか」

子どもが行方不明《ゆくえふめい》になっているのに、帰ってこられないことなどあるのだろうか。疑問《ぎもん》に感じた。

お茶を出してくれようとしたが断《ことわ》って、早苗は、話を切り出した。

「昔、私が教室からいなくなったこと、覚えていますよね？」

予想外の話だったのだろう。「そんな話？」と多恵は顔をしかめた。

「覚えていますよね？」

「うらみ言を言いに来たの？」

多恵《たえ》は怒《いか》りのこもった目で早苗《さなえ》をにらみつけた。それにはかまわず、早苗は続けた。

「あのとき、私が行った場所に、今亮太《りょうた》くんは行っていると思われます」

プリントアウトした紙を、カバンからとり出す。

多恵は、むさぼるように読み始めた。その様子を早苗はじっと見ていた。ぼさぼさの髪《かみ》。血走った目。まともに寝《ね》ていないのだろう。自分は母親になったことはないので、母親の気持ちは理解《りかい》しきれないかもしれないが、子どもがいなくなるというのは、耐《た》えがたいことにちがいない。

「早苗が、やったの？」

多恵は、怒《いか》りに震《ふる》えている。

「まさか。そんなことできるはずないじゃないの」

紙を読めばわかることなのに、多恵は、早苗を疑《うたが》っている。

（結局、多恵はなんにも変わってない）

早苗は、ここに来たことを後悔《こうかい》し始めていた。

「自分のときだって、なんであんな所に行ってしまったのか、未《いま》だにわからない。わかってるのは、多恵たちにいじめられて逃《に》げこんだ所がもうひとつの学校だったってことだけよ」

いじめられて逃《に》げこんだ、と言ったところで多恵がはっとなった。多恵は自分を落ち着かせようとしているのか、大きく息を吸《す》い、一気に吐《は》いた。それから、早苗にたずねた。

「私のこと、うらんでるんでしょ？」

「当たり前じゃない」早苗はうなずいた。「うらんでるよ、今も」

「いい気味って思ってるんでしょ」

「正直、多恵が苦しむのはかまわないと思ってる」

「教師《きょうし》のくせに！」

多恵は、目の前のテーブルにこぶしをたたきつけた。早苗は、静かに言った。

「私の中には、今もいじめられて泣いていた小学生の女の子がいるの。いじめた方は忘《わす》れても、いじめられた方は忘《わす》れないのよ、大人になっても」

多恵の目が、左右にゆれた。

「謝《あやま》ったわ、昨日」

まるで小さい子の言い訳《わけ》のようだった。

「謝《あやま》ってもらっても、許《ゆる》せない。許《ゆる》さなくていいと思ってる」

早苗は、多恵の顔をまっすぐに見た。

「でも、亮太くんのことは話が別。もどってきてほしいと思ってる。多恵のためじゃなくて、あの子のために。だから、協力してください」

早苗は、早口で自分の計画を話した。

（信じる信じないは多恵《たえ》の自由だ。でも、協力はしてもらわないといけない）

説明をしている間も、多恵は早苗《さなえ》をうらみがましい目でにらみつけていた。気づかないふりをして、説明を続けた。すべての話が終わったのは、十時過ぎだった。

「本当に亮太《りょうた》は帰ってくるの？」

多恵は、不機嫌《ふきげん》な顔のままでたずねた。

「わからない。でも、今は、これ以上のことは考えられないの」

早苗は正直に答えた。玄関先《げんかんさき》で靴《くつ》をはいているとき、多恵の声が耳に入った。

「ムカつく」

顔を上げると多恵と目が合った。

「えらそうに……」

「えらそうなんて……」

「逃《に》げたくせに」

多恵は、吐《は》き捨《す》てるように言った。

「逃《に》げたわよ」早苗は、言い返した。「逃《に》げてよかったって思ってる。逃《に》げないことはすごいことだけど、逃《に》げることも恥《は》ずかしいことじゃない」

今は心からそう思っていた。

「私は、苦しかったわ」

多恵の唇《くちびる》が、震《ふる》えているのがわかった。

「私がやったことがどんなにひどいことだったかわかっても、謝《あやま》ることも、やり直すこともできなくて」

「多恵……」

目の前に六年生の多恵がいた。涙《なみだ》のたまった目で、早苗を見ていた。

「本当に、本当に、すみませんでした」

多恵は、深々と頭を下げた。

いじめられて傷《きず》ついていた小学生の女の子。早苗の中にずっといた女の子が、顔を上げた。くちびるが小さく動いた。――モウ、イイヨ――

（もしかしたら……）

早苗は思った。

（あの子たちを隠《かく》れ家《が》に避難《ひなん》させたのは、私だったのかもしれない。六年生のときの苦しい思いを乗り越《こ》えられずに大人になった私が、同じように苦しい思いをしている子どもたちを、今の場所から逃《に》がしてやりたかったのかもしれない。だからこそ、私の気になっている子どもたちが、あちらに行ったのかもしれない。今、子どもたちを帰すためにかけずりまわっているのは、実は、昔の自分に決着をつけるためだったのかもしれない）

亮太《りょうた》の母親と話を終え、車に乗りこんだとたん、どっと疲《つか》れが襲《おそ》ってきた。

(今日は、もう帰ろう)

そう思ったが、やはり聖哉《せいや》のことが気になった。「お母さんがとびらを開ける」のが本当に条件《じょうけん》なのかはわからない。でも、もしそうだったら、母親の来ない子はどうなるのだろう。

(聖哉くんだけもどってこられないなんてことに、ならなきゃいいけど)

そのとき、早苗《さなえ》の頭にふっと疑問《ぎもん》がわいた。

(あれ? 私、お母さんが開けたって言ったっけ)

川島《かわしま》には「私がもどってきたときの様子から、子どもたちが推理《すいり》したのかも」と言った。でも、よく考えると、子どもたちにはそうは言わなかった気がする。「特別なことはしていない」と話したのは覚えている。帰るために、「こちらとそちらで同時にとびらを開けてみたらいい気がする」とは言った。

子どもたちとの会話をプリントアウトした紙を、見直してみる。

(やっぱり、「お母さんがとびらを開けた」なんて一言も言ってない)

何度も何度も見直した。

「なんで、お母さんを呼《よ》んでほしいと言い出したんだろう」

口に出した瞬間《しゅんかん》、思い出した。

(聖哉くんだ)

低学年のころの聖哉の声が頭に響《ひび》いた。

――いいなあ。ぼくもママにお迎《むか》えに来てもらいたいな。

低学年の聖哉は、早苗の話を聞いて「ぼくも行きたいなあ」と言った。その理由を聞いたときそう言ったのだ。

――だって、そしたらママがお迎えに来てくれるんでしょ。

いいなあ。ぼくもママにお迎《むか》えに来てもらいたいな。

(私が、「とびらを開けたら、お母さんが迎《むか》えに来てくれたの」と話したのを、あの子は、もうひとつの学校に行けばお母さんがお迎《むか》えに来てくれるんだとかんちがいしたんだ。何年もたつうちに、聖哉くんの記憶がうろ覚えになって、お迎《むか》えにはお母さんが必要だというふうに変わってしまったんだ)

だとしたら、なおさら聖哉の母親には来てもらわなければいけない。

早苗は、もう一度聖哉の家のある団地《だんち》に車を向けた。駐車場《ちゅうしゃじょう》から見上げても、部屋は真っ暗なままだった。

(やっぱり、帰ってないかあ)

車のフロントガラスに、ポツンポツンと雨が当たり始めた。早苗は、開いている窓《まど》が気になった。

(この風向きだと、降りこんじゃう)

全開の窓《まど》では、カーテンが風にあおられている。

（家族で何日も出かける予定なら、とじまりは念入《ねんい》りにするんじゃないだろうか）

開け放たれた窓《まど》は、不用心すぎる。その時、

――聖哉《せいや》くんは学校に来ていないと思いますよ。

三浦《みうら》の言葉が頭に浮《う》かんだ。

――それに、靴《くつ》がないんです。

早苗《さなえ》は車から降りて、窓《まど》を見上げた。

（もしかして……）

頭に浮《う》かんだ考えを、自分で打ち消す。

（そんなこと、あるはずない。でも……）

どうしても、否定《ひてい》しきれず、早苗は、階段《かいだん》をかけ上った。三階のバネッサの家のチャイムを、乱暴《らんぼう》に押《お》す。

「すみません！」

とびらが開き、バネッサの父親ミハエルが顔を出した。早苗は、つかみかからんばかりの勢《いきお》いで言った。

「管理人さんに連絡《れんらく》がとりたいんです！　聖哉くんの家のかぎを開けてほしいんです。一刻《いっこく》も早く！」

29 最後の朝

(お母さんたちは、みんなちゃんと来てくれるだろうか)

翌日の朝、早苗はいつものようにパンを買いにコンビニに寄《よ》った。今日は、クリームパンだ。土曜なので学校は休みだ。給食もないので、お昼用のおにぎりも買った。保健室の机《つくえ》の中にパンとおにぎりを入れ、パソコンにメッセージを書きこむ。

『おはよう。今日は給食がないから、お昼にはおにぎりを食べてね。昨日、みんなの家に行きました。お母さんたち、手を貸《か》してくれるそうです』

『ありがとうございます』

この書きこみは加奈《かな》だろうか。

『聖哉くんのお母さんも来てくれるんですよね?』

早苗は、迷《まよ》った。聖哉の母親はまだ見つかっていない。川島《かわしま》は、今も探《さが》してくれている。

早苗は、正直に書きこんだ。

『聖哉くんのお母さんとは、まだ連絡《れんらく》は取れていません。でも、心配はいりません。今日の』

そこまで書いたとき、保健室のドアがノックされた。

「はい」

パソコンをパタンと閉《と》じる。ゆっくりととびらが開いて現《あらわ》れたのは、五年一組の沙《さ》也《や》加《か》だった。

「おはよう」

早《さ》苗《なえ》は、いすから立ち上がって、そばまで行った。

「どうしたの？　お休みの日なのに」

腰《こし》を曲げ、下から見上げるように沙也加を見た。

「先生、私」

沙也加の目から、次々に涙《なみだ》がこぼれてくる。

「どうしたの」

早苗は、沙也加を抱《かか》えるようにして長いすに座らせた。いすの前にしゃがんで、沙也加と視《し》線《せん》を合わせる。

「何か、言いたいことがあるのね」

早苗が言うと、沙也加はうなずいた。

「あのね、先生」震《ふる》える声で、沙也加は言った。「私、加《か》奈《な》ちゃんのこといじめていたの」

そう言うと沙也加は、声をあげて泣き出した。

「そうなんだ」

早苗は、静かにうなずいた。沙也加は泣きながら話した。

「加奈ちゃんがいなくなったのは、私たちがいじめたせいだって、恵斗《けいと》や舞《まい》が言い出して。『もしかしたらもう死んじゃってるかも』って。バネッサも道連れにして自殺したんじゃないかって」

「あなたはどう思うの？」

沙也加は首を振《ふ》った。

「わ、わかんない。でも、死んじゃってたらどうしよう」

あまり寝《ね》ていないのかもしれない、沙也加の顔はひどくやつれていた。

「私、とり返しのつかないことしちゃった」

早苗は、だまって沙也加の顔を見つめた。

「もどってきてほしい？　加奈さんに」

さやかは一瞬《いっしゅん》間をおいてから、「もどってきてほしいに決まってる」と答えた。

「もどってきたら、どうするの？」

さらに意地悪く質問する。

「もどってきたら」

沙也加は、一度目を閉《と》じ、自分自身に問いかけた。

「今度はちゃんと友だちになりたい」

沙也加《さやか》は涙《なみだ》にぬれた目で、早苗《さなえ》を見た。

「謝《あやま》ったらやり直せるかな」

「たぶん」

早苗は、うなずいた。

「やり直せるよ、きっと」

30……………………………………とぎれたメッセージ

「先生、なんで続きを打ってくれないんだろう。『今日の』だけじゃわかんないじゃない」

バネッサは、何度もパソコンを見直した。

「書いてる途中《とちゅう》に、だれか来たんじゃない？　あとで続き書いてくれるよ」

加奈《かな》は、みんなにクリームパンを配った。ちゃんと五人分あった。

「これが、最後のパンだね」

バネッサが言った。

「最後かどうか、わかんねえじゃん」

聖哉《せいや》がぼそりと言った。

「もう最後だよ。だって、ママたちと同時にとびらを開ければ帰れるんでしょ」

バネッサの横では、みはるが、ちょびちょびとパンを口に運んでいる。バネッサが、

「みいちゃんも、帰ろうね」

と言うと、だまってうなずいた。

「聖哉くんも帰るんだよね」

亮太《りょうた》は、ちらりと聖哉を見た。

「帰れたらな」

どこか投げやりな返事だ。

「帰れるよ」

加奈には聖哉が、そんな言い方をした理由がわかっていた。「お母さんとまだ連絡《れんらく》がとれていない」と言われたからだ。

「先生、心配いらないって言ってたでしょ。それって、あてがあるからだよ」

加奈の言葉を聞いているのかいないのか、聖哉は無言で外をながめている。

「今日も暑《あつ》そう」

昨日の雨がうそのように、運動場はからっと乾《かわ》いている。

「最後の一日、どうする?」

加奈《かな》は、明るい声で聞いた。

「みいちゃん、サッカー」

みはるが手を挙《あ》げた。

「ぼくもサッカーがいいな」

「またサッカーかよ」聖哉《せいや》は、ちょっと笑った。「しょうがねえなあ」

五人で運動場に出た。太陽のない空からは、強い日差しが降《ふ》り注いでいた。

「こんながらーんとした運動場、きっともう見られないね」

亮太《りょうた》は運動場を見まわした。聖哉と亮太の男子チームとバネッサ、加奈、みはるの女子チームに分かれた。と言っても、結局またボールをひたすらけりまくるだけになった。

走った後は、みんなでプールに行った。シャワーの水を出して、手足や顔を洗《あら》った。

「そで、まくって」

みはるは、加奈の前に腕《うで》を差し出した。

「うん」

痛々《いたいた》しいアザの残る腕《うで》があらわになったが、だれも何も言わなかった。

どこからか吹《ふ》いてくる風が、プールサイドを通り過《す》ぎていく。水にぬれた顔が、心地《ここち》よい。

加奈は、空を見上げた。こちらに来てからなじみになった白い空。

「やっぱり、空は青い方がいいね」

と、加奈は言った。

「白い空も悪くはないけど、青い空に白い雲が浮《う》かんでいるのが見たいね」

「みいちゃん、飛行機雲が好き」

「みいちゃん、飛行機雲なんてよく知ってるね」

そう言えば、沙也加《さやか》たちとのことがあってから、空なんて見ていなかったと気づいた。向こうに帰ったら、今度は空を見上げる気持ちになれるのだろうか。

加奈は、フェンスの向こうに見える、校舎《こうしゃ》に目をやった。

「学校って特別な場所だよね。あの箱みたいな建物の中に、何百人も子どもがいるんだよ。なんだか不思《ふし》議《ぎ》」

「ま、あの校舎《こうしゃ》自体には人はいないんだけどね」

亮太がちゃかした。

「そうだけど」加奈は、ちょっとふくれてみせた。「私ね、あそこから逃《に》げ出したくてしかたがなかったんだよ」

「ぼくだってだよ」亮太が言った。「きっと、他にもいるんじゃない？　そういうヤツ」

そう言われて、はっとした。（そうだ。そんな思いを抱《かか》えている子どもは、きっと私たちだけじゃない。

私たちは、ほんのひとにぎりだ）

自分たちは幸運《こううん》だと思った。

「ここに来られてよかった」

加奈《かな》は言った。

「だれに感謝《かんしゃ》していいのかわからないけど、感謝《かんしゃ》しなくちゃ」

「はじめは、どうなるかと思ったけどね」

ふふっとバネッサは笑った。亮太《りょうた》が、

「ぼくたち、すごいよね。ちゃんと食べ物だって見つけられたし、帰る方法だって探《さが》せたもん」

と自分たちを誉《ほ》めたたえた。加奈は微笑《ほほえ》んだ。

「五人でいたから、なんとかなったのかもしれないね」

みんな、ここ数日を振《ふ》り返るように静かになった。

「帰るんだね、私たち」

「うん」バネッサは風に目を細めた。「いざとなると、帰らない方がいいのかな、なんてちょっと思ったりして」

加奈が驚《おどろ》くと、バネッサは肩《かた》をすくめた。

「あたしだって、ホントはまだ不安なんだよ」

(そうだよね。不安なのは、私だけじゃないんだよね)

そんな当たり前のことに、今さら気づいた。

「よしっ！　決めた！」

加奈は、お腹《なか》に力を入れた。

「私かえるよ」

「だから、さっきから帰るって言ってんじゃん」亮太が、「どうなっちゃったわけ」とからかった。

「ちがう。そのかえるじゃなくて。『変える』。チェンジの変える」

加奈は、少しはずかしそうに答えた。

「向こうに帰っても、聖哉《せいや》くんの言うとおり、何にも変わってないと思う」

沙也加《さやか》、恵斗《けいと》、舞《まい》の顔が目に浮《う》かんだ。

「だから、私が変わる。もう、サーヤやケイトやマイにおどおどしない。だれも口をきいてくれなくても、だいじょうぶ。向こうは何も変わってなくても、私は、変われる。私が変わって、周りも変える」

加奈は、うーんとのびをしてから、胸《むね》の前でにぎりこぶしを作った。

「パワー全開って感じ。もう一度、あの学校にもどれる！　でね、帰ったらもううつむかない。空を見上げて暮《く》らす」

亮太が、うなずいた。「ぼくも、ここで暮《く》らせたんだから、きっとどんなことでも平気な気がする」

「じゃあ、あたしも変える。向こうでもう一度ママにたのむわ。学校やめさせないでって」

バネッサは言った。

「やっぱり、学校にいたいから。加奈《かな》ともっといっしょにいたいし」

聖哉《せいや》はずっと会話に参加せず、足先で地面をほっていた。加奈は、聖哉の手をにぎった。

「私たち五人で自分の世界を変えていこう。五人で強くなろう。五人で守り合おう」

バネッサも亮太《りょうた》もみはるも、息をのんで聖哉の答えを待っている。

四人の顔を順番に見た後、聖哉は泣きそうな顔でうなずいた。


お昼のおにぎりは運動場の木かげで食べた。

「どうせなら給食がよかったな」

聖哉が言った。みはるが、

「向こうに帰ったら、もうみんなで給食食べられないの?」と聞いた。

「そうだね。みんな自分のクラスで食べるんだよ」と加奈が答える。

「みいちゃん、五人がいいなあ」

みはるは、甘《あま》えた声を出した。

「しかたないよ」亮太が、あっさり言った。「けど、同じ学校にいるんだから、いつだって会える」

食べ終えてから、保健室にもどった。

「そろそろ早苗《さなえ》先生から連絡《れんらく》が来てるよ、きっと」

パソコンを開いたバネッサは、

「おかしいなあ」

キーボードをカチャカチャとたたいた。

「画面、真っ暗なままだよ」

「え?」

亮太は、驚《おどろ》いてパソコンをのぞきこんだ。バネッサの言うとおり、画面が真っ暗だ。すぐにコードをたどった。

「何? 外れてた?」

バネッサがたずねる。

「ううん。ちがった」

亮太は、首を振《ふ》った。

「とりあえず電源《でんげん》入れてみる」

亮太は机《つくえ》の前に座ると、電源のボタンを押《お》した。二度三度押《お》しても変化はない。

「まったく電源《でんげん》が入んない。電気来てないのかな」

「電気？」

バネッサが、壁《かべ》のスイッチに手をよせた。パチン、パチンとスイッチを入れ直すが、天井《てんじょう》の電灯は消えたままだ。

「停電《ていでん》ってこと？」

亮太《りょうた》が、振《ふ》り返ってたずねた。

「停電《ていでん》なら、しばらくすればつくんだよね？」

バネッサは、すがるような目で加奈《かな》を見た。

「ど、どうかな」

停電《ていでん》という言葉は知っているけれど、生まれてから一度も経験《けいけん》したことがない。どんなときに停電《ていでん》になって、どうなると直るのか予想もつかない。

「電気がつかないと、パソコン動かないんだよね」

加奈はパソコンの画面を見た。

「じゃあ、早苗《さなえ》先生と連絡《れんらく》がとれないってこと？」

とたんにバネッサの顔がこわばった。

「もう帰るんだから、平気だよ」

亮太が言った。

「でも、とびらを開ける時間が……」

「六時だよ、きっと同じ時間。だから、だいじょうぶ」

「そうだね」加奈もバネッサもうなずいた。

「六時にとびらを開ければいいよね」

壁《かべ》の時計に目をやった加奈は、血の気が引いた。時計は、十二時五十分を指《さ》している。給食を食べに行った時刻《じこく》だ。加奈の視線《しせん》に気づいて、バネッサも時計を見た。

「止まってる……」

「学校の時計、電気なんだ」

亮太がつぶやいた。

「じゃ、時間もわからないってこと?」

「どうしよう」

亮太が泣きそうな声を出した。

「聖哉《せいや》、何したの?」

突然《とつぜん》、バネッサが言い出した。

「あんた、やっぱり帰りたくないんでしょ。だから、こんなことしたんでしょ」

「聖哉くんなの?」

亮太《りょうた》まで聖哉《せいや》を責《せ》め出した。

「ちがう！」

聖哉は、青ざめた顔で首を振《ふ》っている。

「落ち着いて！」

加奈《かな》は、亮太とバネッサに言った。

「学校中停電《ていでん》にするなんてこと、聖哉くん、できないよ。そんなの考えればわかることだよ」

加奈にさとされて、バネッサは顔を赤くして、「ごめん」と、聖哉に謝《あやま》った。亮太も、「ごめんなさい」と頭を下げた。二人が謝《あやま》ってくれたので、加奈はほっとした。

「もしかしたら、向こうの学校が停電《ていでん》なのかもしれないね。停電《ていでん》がおさまればまた時計も動くよ」

バネッサが言うと、

「停電《ていでん》ならね」

亮太は、不安そうに時計を見た。

「停電《ていでん》じゃなかったら、どうなるの？」

バネッサがたずねると、亮太は首を振《ふ》った。

「わかんないよ、そんなこと。停電《ていでん》なら、向こうでなんとかしてくれるだろうけど、そうじゃなかったらどうにもできないよ。ぼくだって、電気なんて直せないし……」

亮太の言うとおりだった。原因《げんいん》が向こうの学校になかったら、こちらではどうすることもできない。待っているうちに、早苗《さなえ》先生との約束の時間が過《す》ぎてしまうかもしれない。

「学校の中には、電気じゃない時計ってないのかな」

加奈は、保健室の中をぐるりと見まわした。それらしいものはない。

「学校中の時計、調べに行こうか。教室を一個一個見ていったら、どこかに動いている時計があるかもしれないよ」

バネッサは、話している間にも探《さが》しに行こうとしている。亮太が止めた。

「むだだよ。学校の時計は、一括《いっかつ》で管理されてるんだ。一個動いてなければ、全部動いてないよ」

「それって、どこで管理されるの？」

加奈は、亮太にたずねた。

「たぶん……放送室」

「見たら、わかる？」

亮太は、「どうだろう」と首をかしげた。

「行ってみようよ。もしかしたら動くかも」

「そんなの……」と言いかけて、亮太はふっと言葉を止めた。「そうか。もしかしたら、緊急用《きんきゅうよう》バッテリーで動いたりするかも」

「緊急用《きんきゅうよう》……？」

「災害《さいがい》で電気が止まった時に備《そな》えて、何か準備《じゅんび》してあるかもしれない」

「じゃ、あたし、職員室からかぎを探《さが》してくるね」

バネッサは、かけ足で職員室に向かった。

「どうなるの？」みはるが、心細そうな声を出した。「帰れないの？」

「わかんない」

加奈《かな》は正直に答えた。

「かぎ、持ってきたよ」

バネッサが、保健室にもどってきた。

「行こう」

亮太《りょうた》が、真っ先に歩き出した。

「行こう。聖哉《せいや》くん」

加奈は、聖哉に声をかけた。みはるが聖哉の手をにぎった。五人でそろって放送室に行った。放送室の機械は、加奈にはまるでわからなかった。亮太は、一つ一つを慎重《しんちょう》に見ていった。

「放送委員会の子がさわりやすいように、機械にはちゃんとシールがはってあるんだ」

そう言われてよく見ると「放送入り」「放送切り」「チャイム」などの文字の書かれたシールがはってあ

る。

「でも、時計はここじゃないな」

亮太は、放送室のすみの本棚《ほんだな》に目をやった。

「あった。これがマニュアルだ」

亮太の手には「学校時計」と太字で書かれた冊子《さっし》がにぎられていた。亮太は、写真を見ながらそれと同じ形の器材を探《さが》し、壁《かべ》にとりつけられた機械の前で止まった。

「これ、これ」

『停電後《ていでんご》の復旧《ふっきゅう》の仕方《しかた》』と書かれたページを探《さが》し出し、手順通りにスイッチを押していく。しかし、何度押《お》しても、何の反応もない。他のページも探《さが》してみたが、そういったたぐいのものはなかった。

「だめだ……」

亮太の言葉に、全員がため息をついた。

31 ……………………………………………………………… 子どもたちを迎えに

(おかしい……)

早苗《さなえ》は、今日一日、何度も何度もパソコンを見た。「今日の六時に、とびらを開けます」と書きこんだのだが、子どもたちからはなんの返事もない。

(何かあったのだろうか。まさか、まただれかいなくなったとか)

沙也加《さやか》が、帰ったあと、川島《かわしま》に電話をかけた。

「いいとこまでは来ていると思うんですけど、まだ連絡《れんらく》はとれていません」と川島は言った。「お母さんに連絡《れんらく》がとれたら、六時までに学校に来てほしいと伝えてくれるように頼《たの》んであります。けど、本当に必要あるんでしょうか」

「あります」

早苗はきっぱり言った。

「お母さんのお迎《むか》えが一番必要なのは、聖哉《せいや》くんなんです」

土曜日というのに職員室には平日と変わらぬほどの職員たちが顔を出していた。今週一週間は行方不明《ゆくえふめい》の子どもたちのことで何かとあわただしかったのだ。

そんな休日出勤《しゅっきん》の教師たちがぽつぽつと帰り始めたころ、加奈《かな》の母親の友紀子《ゆきこ》が保健室にやってきた。

「家にいても落ち着かなくて」友紀子は言った。「パンは……」

「なくなってます」

早苗は、カラカラと引き出しを開けた。

「本当に、あの子たちなんでしょうか」

信じますと言ったものの、心のどこかで「本当なのだろうか」と思っているのだ。

「まちがいありません」

早苗は断言《だんげん》した。

「それにしても、よく見つけましたね。こんな所にあるパンを」

「そうですね」

それは、聖哉がいたからだと今ならわかる。何度もここからパンを出すのを、聖哉は見てきたのだ。

十分もしないうちに、亮太《りょうた》の母親も来た。

多恵《たえ》は、時間を確認《かくにん》した。早苗はうなずいた。

「六時よね」

「六時に同時に向こうとこっちでとびらを開けます」

一昨日《おととい》、一瞬《いっしゅん》とびらが開いたことは、昨夜《ゆうべ》説明してあった。

「本当に、私たちが開ければ、子どもたちのいる世界とつながるの?」

多恵《たえ》がたずねた。

「確証《かくしょう》なんてないんです」早苗《さなえ》は、二人の母親に言った。「でも、あの子たちは、お母さんたちと同時に開けたらもどれるって信じているから。その信じる力が、大切なんです」

その時、保健室のとびらが遠慮《えんりょ》がちに開いた。バネッサの父親のミハエルと母親のジェシカが立っていた。ミハエルの腕《うで》には、小さな赤ん坊が抱《だ》かれている。

「ママ、日本語わからない」

ミハエルは、言《い》い訳《わけ》をするように言った。

「ありがとうございます」早苗は、二人に頭を下げた。「お父さんとお母さんの二人だと、もっと助かります」

早苗の言葉をミハエルが説明すると、ジェシカはほっとした顔になった。数分後にみはるの母親が来た。

「これで、全員そろいましたね」と、友紀子《ゆきこ》が言った。

「いえ、もう一人」

早苗は、保健室のとびらを見た。もう一人の待ち人が現《あらわ》れる気配は、まだなかった。

「もうダメだね」

止まった時計をにらみつけ、バネッサがつぶやいた。時計が止まってから何時間何分たって、今が何時なのか、もう見当もつかない。子どもたちは、あきらめの表情で座りこんでいた。

「ぼくたち、もう出られないのかも」亮太《りょうた》はつぶやいた。「閉《と》じこめられたんだよ、きっと」

「やめて！」

バネッサが、大声を出した。加奈《かな》は、亮太に言い聞かせるように言った。

「私たち、助けられたんだよ。それなのに、閉《と》じこめられたりするはずないじゃない」

亮太は、ちらっと横目で見た。

「そんなの、ぼくたちが勝手に言ってただけでさ。最初から、ぼくたちをここに閉《と》じこめるつもりだったかもしれないじゃないか」

「なんのために、そんなことすんのよ」

バネッサはぎろりと目を動かした。

「自分だけで壊《こわ》れていくのがいやだからだよ！」亮太の顔が、興奮《こうふん》で赤く染《そ》まっている。「校舎《こうしゃ》はさ、自分が一人で壊《こわ》されるのがいやで、ぼくたちを道連れにしようとしてんだよ」

ドンッ！　亮太《りょうた》は、壁《かべ》をなぐった。

「ぼくたち、そんなことも気づかないで、いいところかもなんて言ってさ」

聖哉《せいや》は、何か言いたげに亮太を見たが、そのままくちびるをかみしめた。

「そんなはずないよ」加奈《かな》が静かな声で言った。「校舎《こうしゃ》は、学校はそんなことしない」

「なんで、そんなことわかるんだよ」

「だって、私たち、ここに来て楽になったじゃない。苦しい場所からはなれて、助かったって思ったでしょ？　食べ物だって、電気だって、私たちが困《こま》らないように……。そりゃ、学校と関係のないものは無理だけど」

「でも、それはぼくたちを油断《ゆだん》させるためじゃないの」

亮太は、険《けわ》しい顔のままだ。

「ちがうよ」加奈は、ゆずらなかった。

「学校は、そんなことしない。電気が消えたのは、何か理由があるんだよ」

「理由ってなんだよ！」

亮太は、声を上げて泣き始めた。それにつられるようにみはるも泣き出した。バネッサも、もう、こらえきれなかった。

加奈は不思議《ふしぎ》に落ち着いていた。どうしても、校舎《こうしゃ》が、自分たちが帰れないようにしているとは思えなかった。それでも、時計が止まっていることは事実だった。このままでは、早苗先生と同時にとびらを開けるのは不可能だ。

（このままだと帰れない……）

そう思ったとたん、母親の顔が脳裏《のうり》に浮《う》かんだ。

（私が帰らなかったら、お母さん、きっと泣くだろうな。泣いて泣いて病気になってしまうかもしれない）

帰りたいと加奈は思った。帰らなくてはいけないと。

「みんな、時間を知る方法を探《さが》そう」

加奈は立ち上がった。バネッサも聖哉も亮太《りょうた》も驚《おどろ》いた顔で加奈を見上げた。

「泣いてる場合じゃないよ」

加奈は、バネッサの腕《うで》を引っぱった。

「お母さんたち、待ってるんだよ」

「わかった」

バネッサが、うなずくと同時に亮太も立ち上がった。

「探《さが》そう。ぎりぎりまで方法を考えよう」

「みいちゃんも探《さが》す」小さな声で言って、みはるが立ち上がった。「みいちゃんも、ママに会いたい」

加奈《かな》はうなずいて、みはるの手を取った。

「私たち、帰らなきゃダメだもんね。向こうに待ってくれる人がいるんだから」

そのときだ。

聖哉《せいや》がぽつりとつぶやいた。

「校長先生の机《つくえ》の横」

「え？」

加奈は聞き直した。聖哉は、床《ゆか》の一点を見つめている。

「校長先生の机《つくえ》の横にある。時計」

四人の目がいっせいに聖哉に集まった。

「時計って、動いてるヤツ？」

バネッサが聞くと、聖哉はうなずいた。

「電池……だと思う。校長室の机《つくえ》の横のたな。なんかの記念品《きねんひん》っぽかった」

四人は顔を見合わせた。

「ぼく、とってくる！」亮太《りょうた》は、言い終わらないうちにかけ出していた。時計は、すぐ見つかったらしい。

かけ足でもどってきた。「あった！」

「教職《きょうしょく》三十周年記念《きねん》」と書かれた金色の時計は、確《たし》かに動いていた。

「今、五時五十二分！」

「間にあった！」

時計には、秒針《びょうしん》がついていた。

「これなら、ぴったりに開けられるよ。さすが聖哉くん。最後の最後は頼《たよ》りになる！」

亮太の声ははずんでいた。

「聖哉くん、ありがとう」加奈は声をかけた。「思い出してくれて助かった」

でも、相変わらず聖哉はだまっていた。

「帰らないつもりじゃないよね？」

加奈は、おそるおそるたずねた。聖哉は何も答えない。

「帰らなくちゃだめだよ、聖哉」

バネッサが言った。

「そうだよ、今帰らないと帰れなくなっちゃう」

みはるが、聖哉のそばにかけよった。

「いっしょに帰ろう」

みはるは、聖哉の手をぎゅっとにぎった。バネッサは言った。

「加奈が言ってたじゃない。守り合おうって。ていうか、守ってよ。同じ団地《だんち》なんだし。あたしが学校に行けるように、聖哉《せいや》もうちの親になんか言ってよ」

「おれなんか……」

「そうだよ。ぼくのことも守ってよ。六年生が味方になってくれたら、ぼくすごく心強いよ」

「カーバ、そんなこと、思ってねえだろ」

聖哉は、笑った。

「うん、まあ、思ってないけどさ」

亮太《りょうた》も笑った。

「けど、仲間じゃん、ぼくたち」

「そうだよ。私たち、仲間だよ。苦しいことは、代わってあげられないかもしれないけど、苦しいことを知っていてくれる人がいるだけで、救《すく》われると思う。でね、自分だけでどうにもできないときは、頼《たよ》って」

加奈《かな》の目は自信にあふれていた。「頼《たよ》ってくれたら、うれしい。頼《たよ》られると、私もがんばれるもん」

「そうそう。ぼくも頼《たよ》っていいから」

亮太も、力強く言った。

「私、ここに来て、発見したの。意外に強いんだって。ううん強くなったのかもしれない」

「あたしも、ここに来て変わった気がするよ」

バネッサも言った。

「ぼくも」

亮太が言った。

「みいちゃんも」

みはるは、うれしくてたまらないと言う感じだった。

「なあんだ。加奈、さっき『変わる』って宣言《せんげん》してたけど、ぼくたち、もう十分変わってるじゃん」

亮太の顔は晴れ晴れとしていた。聖哉が、かすれた声で言った。

「おれは、変わってないよ」

「変わってなくてもいいよ。みんなで、聖哉くんを守るから」

加奈は聖哉に歩みよって、空いている方の手をにぎって引っぱった。バネッサも聖哉の脇《わき》に腕《うで》を差しこみ立ち上がらせた。亮太が聖哉を後ろから押《お》し、三階まで上った。六年二組についたときは、すでに五時五十六分だった。

五人は、とびらの前に立った。

「みんな、取っ手に手をかけて」

場所をゆずりあいながら取っ手に指をかける。

「よし、あと三分」

亮太が時計を見た。聖哉が、おびえたように手をはなした。

「おれ、出られないかもしれない」

うつむいて、とびらからじりじり下がっていく。

「聖哉《せいや》くん、手をはなしちゃだめ」

加奈《かな》は引きよせようと手をのばした。

「おれ、みんなとちがうんだ」

小さな声で聖哉が言った。

「え？　何？」

加奈が、聞き直した。

「だから、おれ、みんなと」

聖哉の声にかぶせるように、亮太《りょうた》が大声を出した。

「みんな、とびらに手をかけて」

加奈は、聖哉にかけよって、引っぱった。聖哉の手を取っ手の上に乗せ、その上から自分の手を重ねた。

小さな金属の取っ手に、五つの手が重なった。

「あと二十秒」

亮太が、カウントダウンを始める。そのときだ。加奈は、足下《あしもと》がゆれているのに気づいた。小きざみにカタカタゆれている。

「地震《じしん》？」

バネッサと顔を見合わせた。みはるが頭を抱《かか》えてしゃがみこんだ。ゆれは少しずつ激《はげ》しくなっている。

「どうする？」バネッサが目で訴《うった》える。

「十、九」

亮太は、それでも時計から目をはなさない。

「机《つくえ》の下もぐる？」と、バネッサ。加奈は首を振《ふ》った。「間に合わなくなっちゃう」

「八、七、六」

ゆれが大きくなった。横ゆれだ。加奈は、とびらの取っ手にかけた指に力を入れ、空いている手でみはるの体をつかんだ。

「五、四」

亮太も、床《ゆか》に座りこんだ。

「三、二、一、ゼロ！」

亮太の声にあわせて、とびらを一気に横にすべらせる。

「加奈！」

一番に飛びこんだのは、加奈の母親の声だった。母親たちは、重なるようにしてとびらの前につめよっていた。加奈の母親は、腕《うで》を伸《の》ばすと加奈の体を引きよせた。

バネッサ、亮太《りょうた》、みはるも外に飛び出し、母親に抱《だ》きしめられている。その様子を目のはしで確認《かくにん》した加《か》奈《な》は、「あっ」と声をあげた。

（いない！）

振《ふ》り返って教室の中を見た。とびらから少しはなれた所で、聖哉《せいや》が立ちすくんでいた。

「聖哉くん！」

聖哉は、みんなが母親と再会《さいかい》している姿《すがた》をぼんやりとながめている。

「先生！　聖哉くんのお母さんは？」

早苗《さなえ》先生は、困《こま》ったような顔で聖哉を見ている。

「お母さんが来ないと、聖哉くん、出てこられない！」

再《ふたた》び、教室がゆれ始めた。あちらの世界だけではない。こちらの校舎《こうしゃ》もゆれているのだ。母親たちは、自分の子どもの体を包《つつ》んでしゃがみこんだ。早苗先生だけが、とびらにしがみついている。

「聖哉くん！」

早苗先生は、聖哉に呼《よ》びかけた。

「起きて！　目を覚まして！」

（目を覚まして？）

加奈は、母親の腕《うで》のすき間から、教室の中を見た。とびら近くにいたはずの聖哉は、いつの間にか一メートルほど下がってひざまずいている。

「お母さんが来ないと帰れないなんて、この世界のルールを決めて、自分をしばりつけているのはあなたなの！　あなたは帰れるのよ」

とびらの向こうは、霧《きり》がかかったようにかすみ始めた。

加奈は母親の腕《うで》の中から飛び出した。ゆれに足をとられながら、とびらの前に立つ。

「聖哉くん！　来て！」

加奈は聖哉に向かって手を伸《の》ばした。聖哉は、四つんばいでとびらの前まで来た。とびらの前まで来ると、ひざ立ちになって、とびらに手をかけた。

その瞬間《しゅんかん》、ドンッ。何かが爆発《ばくはつ》したように、大きく校舎《こうしゃ》がゆれた。加奈は、思わず頭を抱《かか》えて目をつぶった。

「ありがとな」

聖哉の声が聞こえた。目を開けると、聖哉の笑顔《えがお》が見えた。ほっとした瞬間《しゅんかん》、

「じゃな」

加奈の鼻先で、とびらが一気に閉《し》まった。

「聖哉くん！」

目の前にあるとびらを、再《ふたた》び開けたとき、そこには聖哉の姿《すがた》はなかった。そこにあるのは、今までいた教

室ではなかったのだ。

加奈《かな》はへなへなと座りこんだ。ゆれはいつの間にかおさまっていた。

「先生！　聖哉《せいや》くんが！」

早苗《さなえ》先生は、静かに首を振《ふ》った。

「聖哉くんは、このとびらからは出られないの」

その時、階段《かいだん》をかけ上ってくる足音がした。川島《かわしま》先生だった。

「先生、おそかったです」

早苗先生がため息をつくと、川島先生は、大げさに腕《うで》を振《ふ》った。

「ちがう、ちがう。来たんだよ、聖哉くんのお母さん」

早苗先生は、階段《かいだん》の下をのぞいた。だれの姿《すがた》もない。

「ちゃんと連れてきたんだ。でも、昇降口《しょうこうぐち》を入った所で消えちゃったんだよ」

夜中に母さんが帰ってくると、匂《にお》いでわかる。布団《ふとん》に入ってこなくても、部屋に入ってくるだけでわかる。甘《あま》い匂《にお》い。母さんの匂《にお》い。

顔が見られるのは、朝になって、お日様の光が部屋に入ってきてから。たいてい、お化粧《けしょう》をしたまま寝《ね》ている。おれが起きたことに気づくと、半分眠《ねむ》ったまま、「こたつの上のパン、食べて」とか言う。母さんが買ってきてくれるのは、たいていクリームパン。

パンを食べて、学校に行く支度《したく》をしていると、「いってらっしゃい」って目を閉《と》じたまま言う。

学校が終わって、走って帰ってくると、母さんは仕事に行く準備《じゅんび》をしている。おれは、お化粧《けしょう》をしている母さんを後ろから見ている。母さんはきれいだ。

前に授業参観に来てくれたときなんて、みんなが「聖くんのお母さん、きれい！」って大騒《おおさわ》ぎだった。

母さんは、時々動けなくなる。半年に一回とか、十ヶ月に一回とか。調子のいいときは一年くらいだいじょうぶなときもある。何の前ぶれもなく、ある日突然《とつぜん》、だめになる。

いったんそうなると、仕事にも行かなくて、布団《ふとん》をかぶっている。「仕事は？」とか「ご飯は？」とか聞いても返事をしない。冬眠《とうみん》に入ってしまったように、一日中寝《ね》ている。時々起きて、水を飲んで、トイレに行って、また寝《ね》る。風呂《ふろ》も入らない。仕事にも行かないから、たいていクビになる。

おれはしかたないから、戸棚《とだな》からカップラーメンを出して食べたり、冷蔵庫《れいぞうこ》の中のキャベツをかじったりする。母さんは、ずっと寝《ね》ていたかと思うと、急に泣きながら「ごめんね」って言ったりする。よくわからないけど、病気なんだ。チビのころは、何が起こってるのかわからなくて、不安でしょうがなかったけど、三年生くらいになると、「そういうもんだ」と思えるようになった。

寝《ね》こんでいる日が何日か続くと、母さんは、急に元気になってご飯を作り出す。ケチャップで名前の書いてあるオムライスや、クマの形のハンバーグ。鍋《なべ》いっぱいのカレーとか。二人で腹《はら》がはち切れそうになるくらい食べる。

機嫌《きげん》のいいときの母さんは、明るい。「聖《せい》くーん」とほっぺたをすり寄《よ》せてくる。「聖くんがいるから、がんばれるよ」と言うこともあった。おれの誕生日《たんじょうび》にケーキを買ってきてくれて、丸い大きなケーキを二人でつっついて食べたこともある。

母さんは、「世界中で一番聖くんが好き」と言うくせに、おれ以外にも好きな人がよくできた。好きな人ができると、「もうすぐお父さんができるかもしれないよ」と、言ったりもした。

「お父さんになるかも」と言われて会った人たちは、結局お父さんにはならなかった。いっしょに暮《く》らした人もいるけど、おれにも母さんにも手を上げる暴力男《ぼうりょくおとこ》だった。二ヶ月くらいで出ていったけど、その後、母さんは一ヶ月くらい動けなかった。食べ物は、おれが財布《さいふ》からお金を出して買いに行っていたけど、持ち金金がなくなって冷蔵庫《れいぞうこ》にはマヨネーズしかなくなった。あのときは、本当に悲惨《ひさん》だった。

最後に「お父さん候補《こうほ》」に会ったのは一年くらい前だ。だけど、「お父さん」にはなってもらえないことがわかったらしい夜、母さんは、「あんたのせいだ」と言った。

「あんたなんか産《う》まなきゃよかった」

それで気がついた。今までの「お父さん候補《こうほ》」とうまくいかなかったのは、おれのせいなんだって。おれがいなかったら、結婚《けっこん》できたんだろうな。

今年のゴールデンウィークに、母さんは旅行に出かけた。おれに三千円にぎらせて、「お留守番《るすばん》よろしく」って。今までも、好きな人ができると旅行に行ってしまうことはあったから、気にはならなかった。

今度も、そのうち「お父さん候補《こうほ》」に会うことになるんだろうなと思っていた。

なのに、今回は何も言わなかった。

だから、こたつの上に五千円札がのっているのに気づいたとき、ゾッとした。「捨《す》てられたのかもしれない」と思った。

八月の半ばに、電気が止められた。

夜になると、部屋は真っ暗になった。電気を止められたことは前にもあった。でも、そのときは、母さんが「お給料がもらえたら、つけてもらえるから平気」と言った。真っ暗な部屋に寝《ね》ていても、真夜中に帰ってきた母さんの気配はわかったし、お化粧《けしょう》の匂《にお》いもした。でも、今は一人きりだった。

母さんが、このまま帰ってこなかったらどうしよう。電気のつかない部屋の中で、何回も考えた。

小学生が、一人で暮《く》らしていくなんて無理だ。だいたい、子ども一人で部屋なんて貸《か》してくれるはずがない。電気もガスも止められてるし、そのうち水も出なくなるだろう。どうしよう。どうしよう。毎晩考えていた。

扇風機《せんぷうき》もつかない団地《だんち》の一室は、殺人的な暑さだった。涼《すず》むためにコンビニに行ったりしたけれど、何時間もいられるはずもない。それに、コンビニに行くと、ジュースやアイスが買いたくなる。

できるだけ使わないようにしていたけれど、それでも金はどんどん減《へ》っていく。八月の後半は、一個の弁当を三回に分けて食べたけど、夏休み最後にはとうとう底をついた。そういうときは、コンビニの兄ちゃんだけが頼《たよ》りなのに、なかなか会えない。兄ちゃんに会うために、何度もコンビニをのぞいた。兄ちゃんは、おれに気づくと、隠《かく》しておいた弁当を店の裏《うら》でくれた。

早く学校が始まればいいのに。毎日そう思っていた。

学校は天国だ。給食費を払《はら》わなくても、ちゃんと食べさせてもらえる。水だって飲み放題だ。担任《たんにん》の三浦《みうら》先生は、頼《たよ》りにはならないけど、うるさいことは言わないし、いいやつだ。クラスのやつらが時々おれのことを「くさい」とか「意地《いじ》きたない」とか言っているのを「いじめだ」とか騒《さわ》がないでくれるのがいい。五年生の時の担任《たんにん》は、「いじめだ」と大騒《おおさわ》ぎして、学級会で話し合わされた。地獄《じごく》だった。三浦先生は、そんなことはしない。どこまで気づいているかはわからないけど、「おれ、甘《あま》いのきらいだから、食ってくれ」

とこっそりプリンをくれたこともある。

夏休みが終われば、なんとかなる。それが、心の支《ささ》えだった。でも、夏休みが明《あ》けると、もっと悲惨《ひさん》になった。

体調が悪くなってきたんだ。せきがとまらない。気持ちも悪い。体がだるい。風邪《かぜ》をひくと、なかなか治らないのはいつものことだった。それでも、給食のある金曜日までは学校に行った。

「顔色が悪いぞ」

先生が何度か声をかけてくれた。

「今日は、早く家に帰って寝《ね》た方がいいな」

先生は想像《そうぞう》もしないだろうな。家より学校の方が、よっぽど居心地《いごこち》がいいってこと。

家に帰ると、こたつにゴロンと横になった。もう何年も出しっぱなしのこたつ。横になると、目が自然と閉《と》じてくる。もしかしたら、そろそろコンビニの兄ちゃんが実家からもどってきているかもしれないから、のぞきに行った方がいい。そう思うけど、体が動かない。

母さんは、もどってこない。おれ、やっぱり捨《す》てられたんだな。

はじめにここに来たときは、何が起こっているかさっぱりわからなかった。なんだろうと思っていたら、他の四人が現《あらわ》れた。

みんな、「どうしてだれもいないの」とか「ここはどこ」とか騒《さわ》いでいた。

みんなには、どうやったら帰れるかが一番の問題みたいだけど、おれにとっての一番は「給食」だ。どんな学校でもいいから、まず、給食！　だから、給食が見つかったときは、ほっとした。

次の朝、パンも見つかった。早苗《さなえ》先生が、机《つくえ》の中にパンを隠《かく》してるって覚えていたおれの手柄《てがら》だ。パンを食べながら、早苗先生の話をしているとき、あれ、と思った。何か、忘《わす》れているぞって。でも、思い出せそうで思い出せない。

ちょっとふざけてトイレに亮太《りょうた》を閉《と》じこめたら、泣かれた。いつまでもふくれた顔をしてるから、サッカーしてやって、その後シャワーを浴びた。気持ちいい～ってさけびたかった。食うもん食って、遊んで、シャワーあびて。こんなすっきりしたの久しぶりだ。

おれ、最高の所に来たんじゃないか？　ずっとここにいてぇ。

なのに……夜中に、目が覚めた。おれは、団地《だんち》の部屋で寝《ね》てた。目の前に、見なれたこたつのテーブルがあって、相変わらず部屋は真っ暗で、一人だった。変な夢《ゆめ》見たな、と思った。いつもの学校と同じなのに、おれの他には四人しかいなくて、そいつらも「どこ、ここ」って大騒《おおさわ》ぎしてて。そんな夢《ゆめ》。あれ、夢だったのかあ。

そう思ったのに、また目が覚めたんだ。

そしたら、また学校にいて。あれ、また夢《ゆめ》か？　でも、そう言ったら、またみんなにしかられた。

じゃ、あっちが夢《ゆめ》かぁ？　でも、なんか、おかしいな。どっちが夢《ゆめ》かわかんなくなることなんてあるのかな。おれ、頭おかしくなったのか？

学校にいる方が、リアルで長いんだ。団地《だんち》の部屋で目が覚めた方が夢《ゆめ》っぽい。だけど、やっぱなんかヘンな気がする。考えていると、どんどん頭がぐちゃぐちゃになってくる。「ぎゃーっ」ってさけびたくなる。

みんなは、どうやってこの世界に来たか、はっきり覚えていた。みんなの話を聞いていて、気づいた。おれ、どうやってここに来たか、ぜんっぜん記憶《きおく》がないんだ。気がついたときは、だれもいない教室に立ってた。いつ、どうやって、教室に来たんだろう。

テレビでもおれの名前は言わなかった。おれ以外の四人は「神隠《かみかく》し」にあったといううわさがたっているらしかった。今時神隠《かみかく》しかよって思った。でも、亮太は、この学校には昔神隠《かみかく》しにあった子がいたのだと言った。その上、その子どもは早苗先生じゃないかって。

え？　ちょ、ちょっと待てよ。あ、そう言えば……。

それで、思い出したんだ。ずっと引っかかってたこと。早苗先生が、「だれもいない学校に行った」って聞いたことがあったんだ。なんで忘《わす》れてたんだろ。もしかしたら、あのとき先生が話してくれたことが「神《かみ》隠《かく》し」なんだろうか。早苗先生がこの学校の出身だってことは、ここはあの不思議《ふしぎ》な学校ってこと？

おまけに、もうひとつ思い出した。

おれ、あのとき、「行きたいなあ」って言ったんだ。何でそう言っちゃったのか覚えてないけど、「行きたいなあ」って。もしかしたら、そのせい？　そしたら、夜、みんなが話し始めたんだ。それぞれ「どこか行っちゃいたい」って思ってたこと。みんな、おれと同じように「自分のせいかも」って考えてた。

けどさ、みんなの「逃《に》げたかった原因《げんいん》」なんて、おれから見たら生ぬるい話だ。そんなことで逃《に》がしてもらえるはずねえじゃん。おれだ、原因《げんいん》は。なんたって、おれ、ここのこと知ってて「行きたいなあ」って言ったんだから。

そう言えば、早苗《さなえ》先生から「もうひとつの学校」の話を聞いてしばらくの間、おれは、そんなことばかり考えてた気がする。

夜、雷《かみなり》が鳴り出したときとか、夕ご飯を母さんが作っておいてくれてなかったときとか、布団《ふとん》をかぶって「もうひとつの学校」に行くことを考えた。みんなはもちろん大騒《おおさわ》ぎになるんだ。で、必死におれを探《さが》すんだけど、おれはかんたんに帰ったりしない。もうひとつの学校で、給食を三人分くらい食べて、外に行ってサッカーをする。疲《つか》れたら寝転《ねころ》がってテレビを見る。プールを独《ひと》り占《じ》めするのもいいなあ。

そんなことをくり返しくり返し想像《そうぞう》した。

だから、きっと招待《しょうたい》してもらえたんだ。この学校もうすぐ壊《こわ》されちゃうから、きっと最後の大サービスだな。みんなは、たぶん、おれのおまけ。一人じゃさびしいと思われたのかもしれない。

だけど、みんなは「きっとみんな、どこかに行きたいって思ってたからだね」なんて言って納得《なっとく》してる。じゃあ、そのまんまにしておくか。

話しているときに、音が聞こえた。パーンっていう、何かが破裂《はれつ》したみたいな音。上から聞こえた気もしたけど、外からだったのかもしれない。みんなは聞こえなかったと言っている。なんだったんだろう。言いたいことを言ったら、どいつもこいつも眠《ねむ》ってしまった。おれは起きていた。寝《ね》ていなかった。そのとき、また聞こえた。

パーン、パーン、ババババババ。「キャー!」「ハハハハ」

花火? 夜中だって言うのに、何騒《さわ》いでるんだよ、と思って気がついた。団地《だんち》の、自分ちの部屋だった。おれは、こたつの布団《ふとん》にくるまっていた。寒くて寒くて、体中が痛《いた》かった。

また、ここだ。また、この夢《ゆめ》だ。ああ、もういやだ。目が覚めてほしい。だけど、頭がだんだんはっきりしてくる。これって夢《ゆめ》じゃないんじゃないの?

暗くて何も見えなかった。母さんの匂《にお》いもしない。涙《なみだ》がつたって、耳の穴《あな》に入った。

夢《ゆめ》じゃない。これが本当なんだ。真っ暗な部屋で、独《ひと》りぼっちで苦しんでいるのが、本当のおれだ。このまま、死んでいくのかもしれない。母さん、帰ってきたら驚《おどろ》くだろうな。おれが死んでて。まあ、帰ってきたらだけど。

さっきまでの学校でのことが、夢《ゆめ》だったんだ。おれは目を閉《と》じたまま考え続けた。いつも悲しそうな加奈《かな》の顔、なまいきな亮太《りょうた》。バネッサは、えらそうで……、みはるは、家でたたかれてるんだな。あのおびえ方は、絶対《ぜったい》そうだ。おれもそうだったから。

考えれば、考えるほど、夢《ゆめ》とは思えなくなってきた。こんなにリアルに思い出せるのに、夢《ゆめ》だなんて信じられない。夢《ゆめ》から覚めたって言うより、部屋を移動《いどう》してきたっていう感覚だ。やっぱり、あれは夢《ゆめ》じゃないんじゃないか？　よくわからないけど、おれは二人いて、心だけあっちの世界とこっちの世界を行き来しているんじゃないのか。

もしかしたら、死ぬ前に神様が学校に行かせてくれたのかもしれないな。最後の思い出ってやつ？　なあんだ。最後の大サービスは、学校の最後じゃなくて、おれの最後かあ。

目を閉《と》じると、すうっとどこかに吸《す》いこまれていきそうになる。死んだら、意識《いしき》も消えるのかな。向こうにいるおれも消えるのかな。それとも向こうにいるおれは、幽霊《ゆうれい》としてずっともうひとつの学校で暮《く》らすのかな。それって本当に「学校の怪談《かいだん》」じゃん。

幽霊《ゆうれい》でもいいや。もう一度あの学校にもどりたいな。

神様、お願いします。お願いします。お願いします。お願いします。お願いします。お願いします。お願いします。お願いします……。

そうしたら……もどれたんだ。おれ、保健室の布団《ふとん》の上に座ってた。

もどってきたとたん、さっきまでのことが夢《ゆめ》みたいな気がした。団地《だんち》で寝《ね》てたのが夢《ゆめ》で、今が現実《げんじつ》で。

保健室にはだれもいなかった。あちこち探《さが》した。ようやく見つけて、驚《おどろ》いた。あいつら、おれがいないうちに早苗《さなえ》先生と連絡《れんらく》をとってたんだ。しかも、早苗先生は帰る方法を知ってるらしい。

みんなが帰ったら、どうなるんだろう。おれ、みんなといっしょに帰れるんだろうか？　今ここにいるおれってなんなんだろう？　団地《だんち》で寝《ね》てたおれは夢《ゆめ》？　それともここにいるおれが、夢《ゆめ》？　幽霊《ゆうれい》？

自分がなんなのか、わからない。

みんなと同じようにしてたら帰れるのかな？　でも、帰る場所ってどこなんだろう。あの部屋？　でも、あそこには、もう一人おれがいて、でも、あれって夢《ゆめ》なんだっけ？　頭が混乱《こんらん》してた。どうしたらいいのかわからないけど、このままだと、一人になってしまう。

トイレでみはるを見つけて、「帰らない方がいいぞ」って吹《ふ》きこんだ。

「帰ったら、またなぐられるぞ」って。

そしたら、みはるの顔がこわばった。

「ここにいたら、おれが守ってやるから」と言うと、真剣《しんけん》な顔でうなずいた。

けどさ、みはるはやっぱりダメだ。チビは、すぐ気が変わるんだ。「なぐられないなら帰ってもいい」って言い出した。他のやつらも帰るつもりみたいだ。同時にとびらを開けたら、それでいいと思ってる。本当はそうじゃないのに。

おれ、思い出したんだ。母さんが迎《むか》えに来ないとダメなんだってこと。先生、忘《わす》れちゃったのかな。自分で言ってたくせに。だまっていようと思ったけど、つい、みんなに話してしまった。加奈《かな》が「帰れなかったのは私のせいかもしれない」なんて言い出すから……。

「聖哉《せいや》くんのお母さんもきっと来てくれるよ」

その言葉に、もしかしたら同じように帰れるのかもとも思った。おれだって母さんが来たらもどれるのかもしれない。さっきのはやっぱり夢《ゆめ》で、おれも忘《わす》れてるだけでちゃんと学校に来たんだ。で、みんなと同じように神隠《かみかく》しにあって、みんなと同じように、母さんが来たらもどれる。

そんな都合のいいことを思った。でも、やっぱり、ここにいる自分は、幽霊《ゆうれい》みたいなもんだって気づいた。だって、おれ、こっちにいるときに一度もトイレに行っていないんだ。ありえないじゃん、人間なら。

考えてたら、学校の電気が止まって、時計も止まって。向こうとこっちで同時にとびらを開けることができなくなった。

これでだれも帰れない。ずっといっしょにいられる。ホッとした。電気が止まったことに感謝《かんしゃ》した。

このまま知らん顔して、みんなを引き止めておこうと思った。そう思ったのに、できなかった。

だって、あいつらは待ってる人がいるんだ。おれとちがって。だから、もういいやって。帰してやろうって。

でも、おれはここに残る。だって、おれの居場所はここしかないんだから。だから、とびらを閉《し》めた。そのとたん、あんなに激《はげ》しかったゆれがおさまった。

教室の中は、ウソのようにしんとなった。

終わった。そう思ったとき、後ろから声がした。

「聖《せい》くん」

34 ……………………………………… 目を覚まして

聖哉《せいや》は、病院のベッドで眠《ねむ》っていた。

「昨日の夜、聖哉くんの家に行ったら、部屋で倒《たお》れてたの。肺炎《はいえん》を起こしてたみたい。熱がぐっと上がって動けなくなったのね。けどね、何日も水も飲んでいないはずなのに、それほど衰弱《すいじゃく》はしていないんですって。まるで、ちゃんと栄養補給《えいようほきゅう》してたみたいに」

早苗《さなえ》先生は、子どもたちに説明した。

「聖哉くん、死んじゃうの？」

みはるが、おそるおそるたずねた。

「ううん。眠《ねむ》っているだけよ」

早苗先生は、聖哉のおでこに手をのせた。

「聖哉くん、昨日から、ここで寝《ね》てたんですか？」

加奈《かな》の問いに早苗先生は、うなずいた。

「その前は団地《だんち》に」

「でも」

子どもたちは、納得《なっとく》のいかない表情で顔を見合わせた。

「私たち、聖哉くんといたのに……」

「先生も見たよね？　向こうにいる聖哉くん」

早苗先生は、うなずいた。

「確《たし》かにいた。でも、こちらにも、ずっといたのよ」

子どもたちは、どう反応《はんのう》したらいいのか迷《まよ》っている。

「二人いるってこと？」

亮太《りょうた》は、早苗先生の顔を見た。

「心と体……かな」

自分の答えが合っているのか、早苗先生にも自信はなかった。

「聖哉くんが一年生のころだと思う。もうひとつの学校の話をしたことがあったの」

「あ、その話……」

四人は、目でうなずいた。

「その時ね、聖哉くん、『行ってみたい』って言ったの。『いいなあ。ぼくも行ってみたいなあ』って。聖哉くん自身も忘《わす》れてたかもしれないけど、きっと心の奥《おく》の方に眠《ねむ》っていたのね、その気持ちが。もしかしたら、命の危機《きき》にさらされたときに心だけが学校に飛んでいったのかもしれない。たぶん、学校は聖哉くんの思いに応《こた》えたのよ。ずっとむかし、私の思いに応《こた》えてくれたように」

加奈《かな》は、目を見開いた。

「もしかして、もうひとつの学校は、聖哉《せいや》くんのためのものだったんですか?」

亮太《りょうた》が、「そういうことかあ」ため息まじりにうなずいた。

「だから、電気も水も食べ物もあったのか」

「聖哉くん、暗いのきらいだもんね」

みはるは眠《ねむ》っている聖哉のほっぺたをちょんちょんとつっついた。加奈は、聖哉の顔を見た。聖哉は、少しだけ口を開いて眠《ねむ》っている。

「ずいぶん長いこと、聖哉くん、『行きたい』って思ってたんだね」

「そうね」

早苗《さなえ》先生は、指先で聖哉の前髪《まえがみ》をはらった。

「どうしてそんな所に行きたいのって聞いたら、聖哉くん言ったの。『だって、そしたらママがお迎《むか》えに来てくれるんでしょ』って。私がとびらを開けたら母がいたと言った話は、聖哉くんの中で『向こうに行けばお母さんが迎《むか》えに来てくれる』というふうに変化して、いつの間にか『お母さんが来ないと帰れない』にかわっていったのだと思うわ。いなくなったお母さんが来てくれるかもしれないって、心のどこかで期待していたのかもしれないね」

聖哉がどんな思いでいたのだろうかと想像《そうぞう》すると、加奈は泣きたくなった。

「熱も下がってきたし、お医者さんも目を覚ましていいはずとおっしゃるんだけど、眠《ねむ》ったままなのよ。起きることを拒否《きょひ》するみたいに」

「今ごろ、どうしてるのかな」

加奈の目には、最後に見た聖哉の姿《すがた》が焼き付いていた。「じゃな」ととびらを閉《し》めたときの暗い目。聖哉は、今向こうで何を考えているのだろう。せめて一人じゃありませんようにと、加奈は祈《いの》った。

「聖《せい》くん」

聞きなれた甘《あま》ったるい声。振《ふ》り返る前にわかっていた。甘《あま》い匂《にお》いがしたから。

「聖くん、遅《おそ》くなってごめんね」

後ろに母さんが立ってた。

「なんで……」

「ふう」母さんは、空気の抜《ぬ》けたような笑い方をした。「聖くん、もうひとつの学校に行くなら、ママにちゃんと教えてくれなきゃ」

まるで、授業参観の日を教えてもらえなかったみたいな言い方だった。

「本当にあったんだ。川島《かわしま》先生から聞いたときは、信じられなかったけど」

母さんはのんきに周りを見まわしている。

「ここが聖くんの言ってたもうひとつの学校？　ふつうの学校とかわらないね。本当に別の所なの？」

「どうして」

聞きたいことはたくさんあるのに、言葉が出てこない。

「だって、お迎《むか》えに行く約束だったじゃない。小さいころ、何回も言ってたでしょ」

一時期「もうひとつの学校」がマイブームだったおれは、母さんにも何回もその話をした。「そしたら、ママお迎《むか》えに来てね」って。

「迎《むか》えに来たって、部屋に入ってきちゃダメだろ。内と外と同時にとびら開けなくちゃいけないのに。これじゃ、だれがとびら開けるんだよ」

あきれて、文句《もんく》を言ったら、

「ああ、そうだねえ」

笑いながらぺたんと床《ゆか》に座りこんだ。それから、いきなりつっぷして、体を震《ふる》わせて泣き出した。泣きたいのはこっちの方なのに。

どこにいたのとか、どうするつもりだったのとか、おれのこと捨《す》てたのとか、聞きたいことはいっぱいあった。でも、母さんが、あんまり泣くから、声がかけられなかった。

母さんは、かなり長いこと声を上げて泣き続けていたが、さすがに疲《つか》れたのか、泣きやんで顔を上げた。

「お父さんになる人、またいなくなっちゃった」

また、それか、と思った。そんなのどうでもいい。

「ママね、こんなんだから、聖くんにお父さんがいたらいいのにって思うのに」

母さんは未《いま》だに自分のことを「ママ」と言う。話すときには決まって、「ママね」から始まる。まるで、そう言わないと、自分が母親だってことを忘《わす》れてしまうみたいに。

「そんなん、いらねえよ」

お父さんがほしいなんて、一度も思ったことはない。

「それより、なんで帰ってこなかったんだよ」

母さんは、また、泣き出しそうに顔をゆがめた。泣いてごまかすなよと思った。それが通じたみたいに、泣くのをこらえた。

「ママね、聖《せい》くんに申《もう》し訳《わけ》なくて、帰ってこられなかったの」

「申《もう》し訳《わけ》ないって……」

帰ってこない方がよっぽど申《もう》し訳《わけ》ないだろうが。

「ママね、本当はすぐにもどってくるつもりだったんだけど、いろいろあって帰れなくて、一人でふらふらしてたら、道で動けなくなっちゃって」

母さんは、そのまま病院に運ばれ、入院していたらしい。病院ではいつものように眠《ねむ》り続けてたのかもしれない。

「家族のこととか、聞かれなかったの？」

皮肉《ひにく》たっぷりに聞いてやった。

「病院にいたら、もう、何もかもどうでもよくなっちゃって……」

「なんで、どうでもよくなるんだよ」

大声を上げたら、涙声《なみだごえ》になってることに気づいた。

「おれのこと、心配じゃなかったのかよ」

母さんはびっくりしたようにおれを見た。

「おれがなんでこんな場所に来たと思ってるんだよ。どんな思いで、待ってたと思ってるんだ。さびしくて、心細くて、死にそうだったんだ」

ずっと胸《むね》の中にしまいこんでいた思いが、飛び出してきた。母さんは、おれの剣幕《けんまく》に驚《おどろ》いて、「私みたいなのがママで、ごめんね」と、何度も言った。

そんなことを謝《あやま》ってほしいんじゃない。置いていったこと。帰ってこなかったこと。おれを長いこと、一人にさせていたことを謝《あやま》ってほしかったんだ。心配してたって言ってほしかったんだ。どうしていつも心配するのも、不安になるのも、さびしくなるのもおれなんだよ。

「聖くん」

母さんは、涙《なみだ》でいっぱいの目でおれを見た。

「ここでこのまま暮《く》らそうか」

ドキッとした。

「ママね、ずっとずっとどこかに行ってしまいたかったの。今生きている世界じゃないどこかに。ここなら聖《せい》くんと二人でいられるよね」

母さんと二人ここで暮《く》らす。もう母さんはどこにも行かない。食べ物の心配もしなくていい。

もしかしたら……母さんがもうひとつの学校に来たのは、そのためなのかもしれない。おれがここで一人ぼっちにならないために……。だったら、そうすればいい。

けど、そのとき加奈《かな》の顔が浮《う》かんだ。「私が変わる」と宣言《せんげん》したときの顔。バネッサの顔。亮太《りょうた》の顔。みはるの顔。みんな、ここに来て「変わった」と言っていた。おれだけが変わっていなかった。

「おれ、母さんにずっと迎《むか》えに来てほしかった。母さんのことずっと待ってた」

早苗《さなえ》先生から、もうひとつの学校の話を聞いた一年生のころから、ずっとそうだった。

「だけど、おれ、よく考えたらもう六年じゃん。いつまでも一年生のころのままじゃだめだよな」

母さんは、言われていることの意味がまるでわかっていないようにぼんやりしてる。

「母さんも、ちょっとは変われよ」

「でも、ママね……」

「帰ろう」

おれは、母さんに手を差し出した。

「ここにはいられないから」

動かない母さんの手を取った。母さんの手はふんわりやわらかかった。座ったままの母さんを、引っぱって立ち上がらせて、初めて気づいた。母さんとあんまり背《せ》の高さが変わらなくなってたこと。

「おれ、もう母さんのこと待たないよ」

母さんの手を引き、とびらに向かって歩き出す。

「このとびらを開けたら、別々だからね。おれはおれ。母さんは母さんで、がんばろう」

「聖くん」

母さんは、泣きそうな顔でおれを見ている。

「おれがもっと大きくなって、母さんももっと元気になったらさ……その時はまたいっしょに暮《く》らそう。おれ、なるべく急いで大きくなるからさ」

おれは、とびらに手をかけ、横に一気に引いた。

36 ありがとう

「怪獣《かいじゅう》に食べられてるみたい」

バネッサは、目を細めた。

「怪獣《かいじゅう》っていうより、怪鳥《かいちょう》って気がしないか？　ほら、あの先っぽ、くちばしみたいだろ」

亮太《りょうた》は、古い校舎《こうしゃ》を食いちぎるようにして壊《こわ》している工事車両を指差した。

「あれ、クレーン車？」

加奈《かな》がたずねた。

「パワーショベルだよ」

亮太は、得意顔《とくいがお》だ。

ダイナマイトなどを使って爆破《ばくは》するのかと加奈は思っていた。でも、実際《じっさい》には、一口一口かみちぎるようにして校舎《こうしゃ》は壊《こわ》されていった。横でしきりに水をかけているのは、ほこり対策《たいさく》なのだろう。

帰ってから一ヶ月が過《す》ぎようとしていた。

帰ってきてすぐに子どもたちは、親にも先生たちにも今までどこにいたのか答えた。早苗《さなえ》先生も、わかっている範囲《はんい》のこと、自分が何をしたかを正直に答えた。警察《けいさつ》にも、同じように。しかし、警察《けいさつ》も学校関係者もあきらかに対処《たいしょ》に困《こま》っているようだった。犯人《はんにん》もいない。原因《げんいん》もわからない。一体何をどうすればいいのか。何はともあれ、全員の子どもたちが無事に帰ってきたのだから、これ以上追及《ついきゅう》の必要もなかった。

子どもたちが「もうひとつの学校」という場所から無事にもどってきたとわかるやいなや、マスコミは

「現代《げんだい》の神隠《かみかく》し」と騒《さわ》ぎたてた。昔の神隠《かみかく》しの話や、海外での不思議《ふしぎ》な事例《じれい》を出し、今回の事件との共通点を語る番組もあった。逆に、集団で暗示《あんじ》をかけられているのかもしれないとか、何かとてつもない恐怖《きょうふ》で記憶《おく》が混乱《こんらん》しているとか言い出す番組もあった。しかし、当事者《とうじしゃ》の子どもたちへのインタビューを学校側が断《だん》固拒否《こきょひ》したため、どちらの番組も、はっきりしたことを断言《だんげん》できなかった。

一週間もすると、お祭《まつ》りのような騒《さわ》ぎは鎮静化《ちんせいか》していった。加奈《かな》の生活は、拍子抜《ひょうしぬ》けするほど落ち着いていた。先生にくぎを刺《さ》されているのか、だれも行方不明《ゆくえふめい》になっていた数日のことをあれこれ探《さぐ》りには来なかった。沙也加《さやか》は、帰ってきた加奈にいたわりの言葉をかけ、謝《あやま》ってもくれた。でも、もう加奈は沙也加たちといたいとは思わなかった。バネッサがそばにいてくれることもあったが、一人でも平気だった。

バネッサは、家で学校をやめないでもすむように頼《たの》んでいるらしい。まだいい返事はもらえていないようだが、「ママとパパが、一生懸命保育所《いっしょうけんめいほいくしょ》を探《さが》しているから、なんとかなるかもしれない」とのことだった。

亮太《りょうた》は、まだ時々いやがらせはされているようだが、あっけらかんとしている。「相手にしないことにしたんだ」と、加奈やバネッサに話していた。みはるは、人が変わったように明るくなった。加奈たちが教室をのぞくと、たいていい笑っていた。

聖哉《せいや》は、加奈たちがもどってきた日の夜、目を覚ました。

第一声は「腹へった」だったと、付きそっていた早苗《さなえ》先生は笑った。聖哉は一週間ほど入院し、今は、施《し》設《せっ》に入っている。それにともなって、学校もかわった。

あの日、川島《かわしま》先生の目の前でいなくなった聖哉の母親は、同じ日の夜、ポツンと職員室前の廊下《ろうか》にいるところを発見された。そのあと、川島先生が付きそって病院に連れて行き、今もまだ入院中だ。

母親が退院した後、聖哉がいっしょに暮らすかどうかは決まっていない。

子どもたちの日常《にちじょう》は、淡々《たんたん》と過ぎていった。

しかし、校長や教育委員会や学校職員たちが、校舎《こうしゃ》そのものに気味悪さを感じているのは明らかだった。子どもたちが帰ってきた次の週には、まだ完成していない部分があるにもかかわらず、仮校舎《かりこうしゃ》に引《ひ》っ越《こ》すことが決まったのだ。

「こりゃあ、引《ひ》っ越《こ》すというより避難《ひなん》だな」川島先生は、他人事《ひとごと》のように笑った。

表向きは、先日の地震《じしん》の際《さい》、何カ所か校舎にひびが入ったので、安全性を考慮《こうりょ》してということだった。

子どもたちが帰ってきたあの日起こった地震《じしん》は、校内では、あんなに長く大きく感じられたにもかかわらず、学校以外の場所ではそれほどではなかった。まるで校舎《こうしゃ》そのものが震源《しんげん》だったかのように、学校の敷地《しきち》だけが激《はげ》しくゆれたのだ。と言っても、学校には震度計《しんどけい》があるわけではないので、はっきりしたことはわからなかった。「校舎《こうしゃ》の老朽化《ろうきゅうか》が原因で、大きなゆれにつながったのではないか」と市の防災《ぼうさい》関係者などは語った。

平日のうちに机《つくえ》やいすなど細々《こまごま》したものを児童と教員で運び出し、パソコン、テレビといった電化製品や大きな荷物《にもつ》は、土曜日に専門の業者が仮校舎《かりこうしゃ》に移《うつ》した。

校舎《こうしゃ》の取り壊《こわ》しが始まったのは、翌日《よくじつ》の日曜日だった。加奈《かな》、バネッサ、亮太《りょうた》、みはるは校舎《こうしゃ》がよく見える丘《おか》の上の公園の見晴台《みはらしだい》に集まった。聖哉《せいや》は、早苗《さなえ》先生が施設《しせつ》に迎《むか》えに行ってくれた。早苗先生は、見晴台の下でみんなに手を振《ふ》った。

先に見晴台に上っていた四人は、聖哉の顔を見ると、「聖哉くん!」「聖哉ー」と声を上げた。聖哉は、ちょっとだけ手を挙《あ》げたあと、トントントンと軽やかに階段《かいだん》を上り、四人の真ん中に割《わ》りこんだ。となりになったみはるが、すかさず手をにぎった。

「どう? 新しい学校」

加奈が聞くと、

「……給食がうまいよ」

久しぶりに顔を合わせたせいか、聖哉は少し照《て》れていた。以前より、顔がふっくらした。

「施設《しせつ》ってどんなとこ」

亮太が遠慮《えんりょ》なくたずねた。バネッサがかみつきそうな顔で亮太をにらみつけたが、聖哉は気にする素振《そぶ》りも見せず、「ふつう」と答えた。

「食い物の心配しなくていいのがいいぞ」

みはるが「食いしん坊《ぼう》だね」と笑った。

「おまえ、ちょっと背《せ》が伸《の》びたんじゃね?」

聖哉は、みはるの頭に手をのせた。

「ここ、よく見えるな」

「だろ。穴場《あなば》ポイントだよ」

亮太は、得意気《とくいげ》に鼻の穴《あな》をふくらませた。

「あんなふうなんだな、校舎《こうしゃ》の中って」

「あ、あそこ見て」

コンクリートの中から現《あらわ》れる鉄骨《てっこつ》は、まるで生き物の骨《ほね》のように見えた。

バネッサが、公園の入り口近くの歩道橋を指差した。そこにも、校舎の取り壊《こわ》しの作業を見つめる人たちが何人もいた。

「あの人たちも、この学校の卒業生かな」

「たぶんね」

あの中には、自分たちのように校舎《こうしゃ》に助けられた人もいるかもしれないと、加奈は思った。

「あの地震《じしん》さ、学校以外のとこは、ちょっとしかゆれなかったんだろ」

聖哉が言った。

「うん。そうみたい。校舎《こうしゃ》が古いからじゃないかって」

加奈が答えると、

「ほんとかなあ」

亮太《りょうた》が、意味ありげに笑った。

早苗《さなえ》先生は、学校が救《すく》い出したかったのは聖哉《せいや》だと言ったが、加奈《かな》はそうではないと思っていた。自分もまた、学校に救《すく》われたのだ。

(もうひとつの学校で過ごした日のこと、一生忘《わす》れない)

そう考えているのは自分一人ではないだろうと思った。

加奈が、小さな声で「ありがとう」とつぶやくと、耳ざとく聞きつけた亮太が、

「そんなんじゃ聞こえないよ」

手をメガホンの形にした。

「ありがとう!」

ほら、と亮太にうながされて、加奈もさけんだ。

「ありがとう!」

守ってくれて、ありがとう。隠《かく》れ家《が》に入れてくれてありがとう。ずっとずっと、この学校の子どもたちを見守ってくれてありがとう。

「ありがとう!」

バネッサとみはるが同時に声をあげた。

聖哉は、声にはせず、「ありがとう」と唇《くちびる》を動かした。

「じゃあねえ」

亮太が手を振《ふ》った。聖哉は、頰《ほお》につたう涙《なみだ》を、手のひらでぬぐっている。

「あ、飛行機雲!」

みはるが、天を指差した。一機の飛行機が、青い空に白い線を引いていく。加奈は、空を見上げながら、すうっと息を吸《す》った。

(これからは、ずっとこの空の下にいる。もう逃《に》げない)

「ありがとう!　さようなら!」

加奈は、崩《くず》されていく校舎《こうしゃ》に向かって、大きく手を振《ふ》った。

山本悦子（やまもと えつこ）

愛知県生まれ。『神隠しの教室』で第55回野間児童文芸賞受賞。作品に「ポケネコ・にゃんころりん」シリーズ『がっこうかっぱのイケノオイ』『くつかくしたの、だあれ？』『先生、しゅくだいわすれました』（以上、童心社）『ぼくとカジババのめだまやき戦争』「テディベア探偵」シリーズ（共にポプラ社）『ななとさきちゃん ふたりはペア』『夜間中学へようこそ』（共に岩崎書店）など多数ある。日本児童文学者協会会員。

丸山ゆき（まるやま ゆき）

東京都生まれ。1991年にイラストレーターとして活動を始める。JACA準入選、第115回ザ・チョイス入選。児童書の挿画に『二日月』（いとうみく・作 そうえん社）があるほか、教科書、雑誌、文庫などのイラストを手がける。

神隠しの教室

2016年10月17日 第一刷発行
2018年1月26日 第四刷発行

作 ……………… 山本悦子
絵 ……………… 丸山ゆき

発行所 ………… 株式会社童心社 https://www.doshinsha.co.jp
〒112-0011 東京都文京区千石4-6-6
電話 03-5976-4181（代表） 03-5976-4402（編集）

製版・印刷・製本 …… 図書印刷株式会社

ISBN978-4-494-02049-2

Published by DOSHINSHA Printed in Japan. NDC913／383P／19.4×13.4㎝